古典詩歌研究彙刊

第九輯

龔鵬程　主編

第 **17** 冊

楊萬里生平及其詩學研究

歐 陽 炯 著

國家圖書館出版品預行編目資料

楊萬里生平及其詩學研究／歐陽炯 著 -- 初版 -- 新北市：花
木蘭文化出版社，2011〔民 100〕

目 2+206 面：17×24 公分

（古典詩歌研究彙刊 第九輯：第 17 冊）

ISBN 978-986-254-535-5（精裝）

1.（宋）楊萬里 2. 傳記 3. 宋詩 4. 詩評

820.91 100001472

ISBN-978-986-254-535-5

9 789862 545355

古典詩歌研究彙刊
第九輯 第十七冊 ISBN：978-986-254-535-5

楊萬里生平及其詩學研究

作 者 歐陽炯
主 編 龔鵬程
總 編 輯 杜潔祥
出 版 花木蘭文化出版社
發 行 所 花木蘭文化出版社
發 行 人 高小娟
聯絡地址 新北市永和區中正路五九五號七樓之三
電話：02-2923-1455／傳眞：02-2923-1452
網 址 http://www.huamulan.tw 信箱 sut81518@ms59.hinet.net
印 刷 普羅文化出版廣告事業
初 版 2011 年 3 月
定 價 第九輯 20 冊（精裝）新台幣 28,000 元

楊萬里生平及其詩學研究

歐陽炯　著

作者簡介

歐陽炯，字文如，民國二十一年（西元 1932 年）三月生。本籍江西省彭澤縣。台灣東吳大學文學博士。從學於潘重規、鄭騫、王夢鷗、臺靜農等國學名師，專治古典文學。曾執教於東吳、淡江、文化、實踐等大學。歷任東吳大學主任秘書、中文系主任、中文研究所所長等職。並受聘為中華學術院詩學研究所研究委員、及當選中華詩學研究會第一、二屆理事。所著《宋代詩家呂本中研究》一書，曾榮獲中華文化復興運動總會之「中正文化獎」，頒授獎狀及獎金二十萬元；又承新聞局「重要學術專門著作評審委員會」評定為年度最優著作，頒予出版獎助金二十萬元。

提　要

楊萬里（誠齋）是南宋最有名的詩人。今天人人知道陸放翁，似乎很少人知道楊萬里；然而在當時，楊萬里的名聲卻高出陸放翁之上，連放翁自己也承認：「我不如誠齋，此評天下同。」楊萬里的詩，別開生面，有人說他寫詩的技巧是一種「活法」。所謂「活法」，就是不守成法，不拘定法；也就是不走唐詩的老路子，而自闢新徑，自創一種與眾不同的思維方法與修辭手法。所以他的詩，常有許多奇思妙語，真是發人所未發，道人所未道。前輩學者陳衍、錢鍾書等，都對他極為稱賞。本書共分五章，分別論述楊萬里生平行實有關事項、楊萬里的詩學主張、楊萬里詩作的特色、風格與寫作技巧等，讀者可藉此認識九百年前的楊萬里，是如何以他的不朽作品，成為一個文學史上不能忽視的大詩人。

東吳大學曾於二○○四年邀聘中國辭章學研究會會長鄭頤壽教授來校講學，鄭教授索閱此書全稿後，盛讚不已，並撰文推介，稱許此書「博大精深，探本尋源，宏纖兼顧，體系謹密；……為諸多名家詩歌辭章學之研究樹一圭臬。」

目次

緒　言

　　有唐一代，以詩賦取士，故詩家輩出，各體詩歌皆臻於極致，無
以加矣。宋接踵五代，然在文化上直承唐季，於詩之一道，難乎爲繼，
其勢乃不得不變。清人葉燮曰：「從來豪傑之士，未嘗不隨風會而出，
而其力則常能轉風會。」《原詩》宋之歐、梅、蘇、王，則詩壇之豪
傑也，戞戞自造，不蹈陳因，而宋詩之風貌一變。及黃山谷出，牢籠
眾長，益富新意，遂開「江西」一派。江西詩去陳反俗，奇峭拗硬；
迨至末流，乃矯揉詰屈，枯槁寡味，人稍厭之，於是有南宋四大家焉。
四家皆承江西諸子之遺緒，而變化超脫，自闢町畦。楊萬里（誠齋）
學殖淹博，爲一代鴻儒；於詩尤獨造有得，自爲一宗，鎔鑄新詞，造
作詩境，以力救江西之窮。並世詩家群相推尊，陸放翁自言「我不如
誠齋，此評天下同。」〔註1〕周必大謂「誠齋詩名牛斗寒」，〔註2〕於
是誠齋隱然爲南宋詩壇之冠冕矣。然七百年來，放翁詩傳誦不絕，而
誠齋則明、清之後，賞者漸稀，今幾沉晦無聞矣。

　　余讀誠齋詩，清新坦易，鮮活自然，道難言之語，如出胸臆；狀
難寫之景，如在目前；淺白處不匱情韻，詼諧處透闢人情；誠堪稱古今
一大作手。而所撰詩話，宅心教導後學賦詩之道，亦屬擲地有聲。惜乎

〔註1〕見《劍南詩稿》卷五十三〈謝王子林判院惠詩編〉。
〔註2〕見《省齋文稿》卷五〈奉新宰楊廷秀攜詩訪別次韻送之〉。

其詩卷帙繁重，精金美玉，不免挾泥沙以俱下；而明、清評家狃於偏嗜，遽加排詆，致其人其詩，湮鬱而不彰，是非僅誠齋之不幸，抑亦後人之不幸也！余自忘譾陋，試撰本編，非敢冀揚先哲之清芬，不過聊誌愚者之一得耳。全文計分六章：第一、二章言其生平，有關誠齋之名號、先世、鄉里、行實、思想、性情、德行、功業、著述，及親屬、交遊等，皆慎加考述，力求詳實。蓋先生年譜已數見，而較詳之評傳尚付闕如，本文冀有以補史傳之不足也。第三、四章述其詩論，計分原理論、修養論、方法論、技巧論、鑑賞論等節，並溯其承傳，明其影響。第五章論誠齋之詩，有關其詩之淵源與影響，風格與技巧，及特點與缺失諸項，俱加論列，期於不諛不誣也。第六章作一總結，歷敘後人之褒貶，主在探討誠齋詩盛衰之迹，及其在文學史上之地位。文中持論，與前人或時賢之見，間有同異，蓋不得不爾。所同者，理之所在，不可異也；所異者，觀照有差，未能同也。至編中引文，概采之本集；惟以本集無目錄，故引詩註明詩集卷數，以利繙檢。

　　此書自蒐集資料迄於成稿，時歷二年，每昕宵握管，廢寢忘食；衹以學譾才疏，燭照未廣；侷處海隅，文獻難徵；故雖勉竭智慮，期有創獲，然疏漏之處，自知不免；倘承淹雅君子，糾其紕謬，則片言之錫，皆吾師也！

第一章　楊萬里之生平（上）

第一節　名號與家世

第一目　名　號

楊萬里，字廷秀，自號「誠齋野客」，學者尊稱曰誠齋先生。〔註1〕生於宋高宗建炎元年（西元 1127 年）九月二十二日，歿於寧宗開禧二年（西元 1206 年）五月八日，享壽八十。〔註2〕

《四庫總目提要》謂先生「自號誠齋」，今人所爲傳記、年譜、名錄等亦多此說，然與史實未盡相合；蓋「誠齋」本先生仕永州零陵丞時，自署其書室之名也。胡銓撰〈誠齋記〉曰：

> （萬里）紹興戊寅丞零陵，乞言於大丞相和國公以鍵其志，公報以正心誠意之說，則又喟曰：「夫與天地相似者，非誠矣乎？公以是期吾，吾安敢不力？」乃揭其藏修之齋，而屬余記之。〔註3〕

案和國公爲宋高宗故相張浚，初以兵變引咎去位，復因上疏極言時事

〔註1〕見《宋史》卷四百三十三本傳。至「誠齋野客」之號，史傳、方志、筆記、年譜等有關文獻均不載，然確爲先生所自號，說詳後。

〔註2〕據崔驥撰《楊誠齋年譜簡編草薰》引楊長孺撰〈誠齋楊公墓誌〉，見《江西教育》第十九期。以下略稱崔譜。

〔註3〕見《胡澹菴先生文集》卷十八。惟萬里丞零陵始於紹興己卯（二十九年），此言戊寅（二十八年），小誤。

忤秦檜，謫徙永州，已十年矣。〔註4〕《宋史》曰：

> 時張浚謫永，杜門謝客，萬里三往不得見，以書力請始見
> 之。浚勉以正心誠意之學，萬里服其教終身，乃名讀書之
> 室曰「誠齋」。……光宗嘗爲書「誠齋」二字，學者稱「誠
> 齋先生」。（卷四百三十三本傳）

先生長子長孺誌先生墓曰：

> 丞零陵時，張忠獻公謫居焉，勉先君以正心誠意之學，先
> 君佩服其言，遂以「誠」名其齋。厥後侍讀東宮，光宗皇
> 帝嘗書二大字用金裝以賜，海內咸稱先君爲「誠齋先生」
> 云。〔註5〕

先生上張公書曰：

> 某也與天下同仰先生之道，而未得與天下同瞻先生之容。
> 作吏此來，而及門者四三焉，入其庭而起敬焉，想其風而
> 起愛焉，雖未得見，如見之矣。〔註6〕

又羅大經曰：

> 楊誠齋爲零陵丞，以弟子禮謁張魏公，時公以遷謫故，杜
> 門謝客；南軒爲之介紹，數月乃得見。因跪請教。公曰：「元
> 符貴人，腰金紆紫者何限，惟鄒志完、陳瑩中，姓名與日
> 月爭光。」誠齋得此語，終身屬清直之操。〔註7〕

案先生撰〈順寧文集序〉曰：「余紹興己卯之冬，負丞永之零陵。」
〔註8〕又〈新喻知縣劉公墓表〉曰：「紹興二十九年冬十月十有九日，
萬里迎侍老親來吏零陵，過湘江，……。」〔註9〕是先生抵永之日，

〔註4〕見《宋史》卷三百六十一〈張浚傳〉及《誠齋集》（以下略稱本集）
　　　卷一百十五〈張魏公傳〉。
〔註5〕同註2。
〔註6〕見本集卷六十三《上張丞相書》。據舊鈔本引。案商務印書館四部叢
　　　刊本無〈上張丞相書〉，而以引文部分闌入〈上張子韶書〉內。
〔註7〕見《鶴林玉露》卷五。鄒志完名浩，陳瑩中名瓘，生平俱詳《宋史》
　　　卷三百四十五本傳。
〔註8〕見本集卷八十一。
〔註9〕見本集卷一百二十二。

當在二十九年底。又案先生撰〈張魏公傳〉曰：「三十一年春，命浚自便，浚歸至潭。」〔註10〕參以上引《宋史》、先生上張公書及羅大經之說，知先生見浚，必在紹興三十年（西元1160年）。而揆諸胡銓〈誠齋記〉，始曰「丞贊令爲邑，於民最親。」終曰「然則侯之志篤矣，由是而充焉，豈止行一邑乎？吾知其去是邑而翱翔於承明也必矣。」知先生請記於胡時，尚在零陵，則以「誠齋」名其書室，當在紹興三十年至三十二年間。〔註11〕而此後先生所爲記、序之文，乃常於篇末自號「誠齋野客」矣。〔註12〕

先生跋御書誠齋二大字曰：

> 淳熙十三年三月十九日，今上皇帝陛下於東宮榮觀堂召官僚燕集，酒半，欣然索一大研，命磨潘衡墨，染屠覺竹絲筆，乘興一揮「誠齋」二大字，「贈侍讀楊檢詳」六小字，識以清賞堂印。（本集卷九十八）

案淳熙十三年（西元1186年），先生爲樞密院檢詳兼太子侍讀，時年六十。據前引《宋史》本傳及墓誌所云，則學者之稱「誠齋先生」，當始於此年或更後矣。

第二目　先　世

誠齋爲漢太尉楊震〔註13〕之裔孫，父諱芾。胡銓撰〈楊君文卿

〔註10〕見本集卷一百十五。

〔註11〕本集卷七十一〈玉立齋記〉：「今年春二月四日，代者將至，避正堂以出。」記作於隆興元年（西元1163年），是先生於本年初官滿將離零陵矣。

〔註12〕先生自署「誠齋野客」之文，其數甚夥。最早者爲〈送劉景明游長沙序〉（本集卷七十七），撰於乾道二年（西元1166年）八月。晚作愈喜用此號，最晚者爲開禧元年（西元1205年）六月撰〈山居記〉（本集卷七十六），時年已七十九矣。

〔註13〕楊震，字伯起，東漢華陰人。少好學，明經博覽，無不窮究，時人稱曰「關西孔子」。舉茂才，遷荊州刺史、東萊太守。清廉自矢，嘗卻昌邑令王密暮夜贈金。子孫常蔬食步行，故舊長者或欲令爲置產業，震不肯曰：「使後世稱爲清白吏子孫，以此遺之，不亦厚乎！」歷仕太僕、太常、司徒。安帝延光二年（西元123年），爲太尉，時

墓誌銘〉曰：

> 公諱芾，字文卿。冑出漢太尉震。震後三十三世虞卿，虞卿
> 之孫承休，承休之六世曰輅。唐天祐中，承休以刑部外郎使
> 吳越，楊行密道梗，遂家江南。至輅仕南唐，徙盧陵焉。子
> 曰鋌，于公為八世祖。曾祖諱堪，字某。祖諱開，字先之。
> 父諱格非，字元忠。皆不仕。(《胡澹菴先生文集》卷二十五)

誠齋撰〈中奉大夫通判洪州楊公墓表〉曰：

> 公諱存，字正叟，一字存之。其先出晉武公子伯僑。伯僑四
> 世孫叔向，族號羊舌氏，食采於楊。生食我，以邑為氏，其
> 後居華陰。在戰國者曰章，章生款，為秦卿。後四世曰喜，
> 仕漢祖，封赤泉侯。十一世曰震。至唐曰綰，曰嗣復，曰汝
> 士，曰虞卿。虞卿之孫承休，天祐元年以刑部外郎使吳越，
> 楊行密亂，不得歸，遂家江南。六世曰輅，仕南唐，徙家盧
> 陵。子鋌，終海昏令，公之六世祖也。(本集卷一百二十二)

又《後漢書‧楊震傳》曰：

> 楊震，字伯起，弘農華陰人也。八世祖喜，高祖時有功，
> 封赤泉侯。高祖敞，昭帝時為丞相，封安平侯。父寶，習
> 歐陽尚書，哀平之世，隱居教授。

又惠棟〈後漢書補注〉曰：

> 太尉楊震碑作熹，喜讀為熹也。世系曰：喜生敷，敷生胤，
> 胤生敞，敞生忠，忠生譚，譚生寶，寶生震。自喜至震凡
> 八世。

案《後漢書》以喜為震之八世祖，與惠棟〈補注〉及誠齋所云小異；
取今傳〈楊氏族譜〉與之比覈，則世次與姓名多有扞格。想誠齋之說
必本諸家乘，不致有誤，自宜從之。

　　據上所述，並參考〈楊氏族譜〉，可表列誠齋之世系如左：(世次
不明者，以虛線示之；姓名不可考者，以□示之。)〔註14〕

> 嬖倖充庭，震屢疏切諫，遂為中官樊豐等所譖，遣歸本郡，行至城
> 西夕陽亭，飲酖而卒，時年七十餘。《後漢書》有傳。

〔註14〕案《唐書‧宰相世系表》列敍楊氏世系，然宋洪邁《容齋隨筆》(卷

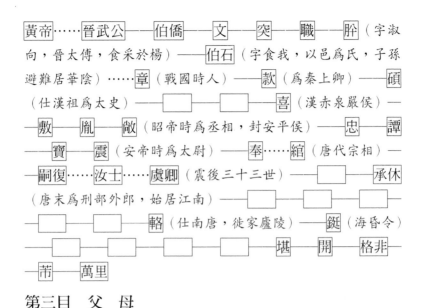

第三目　父　母

誠齋之父名芾，字文卿，號「南溪居士」。業儒，精於易學。胡銓撰〈墓誌〉曰：

> 公尤邃易學，自舍法行，三邸有司不逢，則隱吉水之南溪，號「南溪居士」云。家無田，授徒以養，暇則教子。

然誠齋曰：「余為童子時，從先君宦學四方。」〔註15〕則文卿公亦嘗為宦。又曰：「我少也賤，無廬於鄉。」〔註16〕是公無田無廬，貧苦已甚。然猶忍飢寒以市書，教子以義方：

> 公歲入束脩之貲，以錢計者，纔二萬。橐饘太穀，忍飢寒以市書。積十年，得數千卷，謂其子：「是聖賢之心具焉，汝盍懋之。」紹興甲戌，萬里策進士第，調贛州戶掾，再調永州零陵丞，皆侍公之官。每過庭，必曰：「儉則不賄」。

六）已辨其妄。清王鳴盛《十七史商榷》（卷八十三）亦據宋錢易《南部新書》，質疑其未可信。又案歐陽脩撰〈翰林侍讀學士右諫議大夫楊公墓誌銘〉及〈諫議大夫楊公墓誌銘〉（分見《歐陽修全集》卷二、三）兩文，亦敘及楊氏祖先名諱，然不知是否為誠齋之直系先世，故本闕疑之義，未予采錄。

〔註15〕見本集卷一百二十六〈曾時仲母王氏墓誌銘〉。

〔註16〕見本集卷一百一〈祭九叔知縣〉文。

嘗攜萬里見無垢先生侍郎張公九成、澹菴先生今侍郎胡公某於贛，又見紫巖先生大丞相魏國公張公浚於永，三公皆以宿儒賞之。（胡誌）

公事親至孝，《宋史》列入〈孝義傳〉。文曰：

有楊芾者，亦同縣人，字文卿。性至孝，歸必市酒肉以奉二親，未嘗及妻子。紹興五年，大饑，爲親負米百里外，遇盜奪之，不與，盜欲兵之，芾慟哭曰：「吾爲親負米，不食三日矣！幸哀我。」盜義而釋之。〔註17〕

胡誌所敘略同：

時方搶攘，重以乙卯饑，米斗千錢，窶甚，罄褚袍告米鄰邑，歸與盜值，奪其米，公死不與，盜欲兵之，泣曰：「吾二親皆七十，不炊三日矣！幸哀我。」盜亦感泣，止禦其半。

又曰：

有一罟紋布袋，以妣氏手紩寶藏之，踰五十年如新。曰：「我死必以歛」。萬里以歛公。

公卒於宋孝宗隆興二年八月四日，享年六十有九。有詩遺於世，周必大嘗爲題辭（見《周文忠公集》卷十九）。元配毛氏，生子二人，長誠齋，次早夭。繼配羅氏。

誠齋之生母毛氏，於誠齋八歲時棄世，生平不詳。〔註18〕

繼母羅氏，未育，就養于誠齋。羅氏久罹肺疾，誠齋〈送郭慶道序〉曰：

萬里老母病肺且二十年，謁醫於江湖遍也，大抵夕瘥而朝發，萬里有憂。之來零陵，聞人士有郭慶道者，於醫無所不工，召而視焉，發藥一二而去。初服食之，未始有藥也；未幾，則未始有病也。（本集卷七十七）

案誠齋丞零陵在紹興二十九年（西元 1159 年）底至隆興元年（西元 1163 年）初，羅太夫人就醫郭某當在紹興三十年至三十二年間，二十年之

〔註17〕見《宋史》卷四百五十六，附〈毛洵傳〉後。

〔註18〕本集卷一百三〈焚黃祝文〉：「某八歲而妣氏實棄之。」又卷一百十七〈李臺州傳〉：「予生八年，喪先太夫人，終身飲恨。」

宿疾始瘳。淳熙九年（西元 1182 年）七月，羅太夫人卒。〔註19〕享壽八十有一。〔註20〕

第二節　鄉　里

　　環境移人之說，自古有之。蓋一人思想、性格、道德、學問之形成，所受其生長地之自然環境及人文環境之影響，至深且鉅。故欲研究一人之生平，則於其自幼迄長之居住地域，自不宜置而不問。茲特就誠齋之鄉里，略述梗概，庶有裨於知人焉。

第一目　江西與吉州

　　誠齋為吉州吉水人。〔註21〕吉州於宋屬江南西路，即今之江西省。

　　江西負江依湖，水陸四通，山川特秀；南臨兩廣，北接宣揚，咽扼荊淮，翼蔽吳越。唐王勃有言：「襟三江而帶五湖，控蠻荊而引甌越。」〔註22〕「天開翼軫之疆，地扼江湖之國。據百粵之上游，為三楚之重輔。」〔註23〕俱謂江西形勢險要，勝景天成。夫地靈則人傑，故江西古多英秀，代出才人，而以兩宋之際為尤盛。如永豐之歐陽修，臨川之王安石，南豐之曾鞏，於唐宋八家中，奄有其三；臨川晏殊父子，長短句一時無匹，俱足追配李氏父子；分甯黃庭堅，以詩名世，卓然為一派開山；文采風流，並耀史冊。而歐公、荊公，且以相業顯於世，不僅文學著也。

　　吉州，春秋為吳楚地，戰國屬楚。秦併天下，地屬九江、長沙二

〔註19〕誠齋墓誌曰：「除直秘閣，居繼母憂去官。」案本集卷一百三十三有〈直秘閣告詞〉，注淳熙九年八月五日：又卷八十〈朝天集自序〉：「淳熙壬寅七月，既嬰戚還家，詩始廢。」知羅太夫人卒於淳熙九年七月。

〔註20〕本集卷一百二十九《太令人方氏墓誌銘》：「余淳熙七年為廣南東路常平使者，……余母年七十有九。」羅太夫人卒於淳熙九年，享壽當為八十一。今人撰年譜或謂八十，或臆度為七十五歲以上，俱失考。

〔註21〕見《宋史》卷四百三十三本傳。

〔註22〕見《王子安集・滕王閣序》。

〔註23〕見王應麟撰《玉海》卷十九。

郡。漢爲廬陵、新淦、安平三縣之地，屬豫章郡。獻帝興平元年（西元 194 年），吳孫策始分豫章立廬陵郡。隋平陳，改廬陵郡爲吉州。隋大業三年（西元 607 年），復置廬陵郡。唐武德五年（西元 622 年），仍置吉州，屬江南西道。天寶元年（西元 742 年），改爲廬陵郡。乾元元年（西元 758 年），復爲吉州。宋仍之，屬江南西路，領縣八，曰廬陵、吉水、永豐、安福、泰和、龍泉、永新、萬安。元至元十四年（西元 1277 年），升爲吉州路總管府。元元貞元年（西元 1295 年），改吉州路爲吉安路，領錄事司一、縣五（廬陵、永豐、萬安、龍泉、永寧）、州四（吉水、安福、泰和、永新），屬江西行中書省。明洪武二年（西元 1369 年），改爲吉安府，領縣九，廢上述四州爲縣，屬之。清乾隆八年（西元 1743 年），析永新及安福縣地，置蓮花廳。民國初肇，改吉安府爲廬陵道。國民政府成立後，廢道，行省縣二級制，諸縣皆直隸於江西省。〔註24〕據上所述沿革，可知吉州與廬陵郡，名異而地同。故歐公自稱廬陵人，誠齋亦自稱廬陵人。〔註25〕

　　吉州爲江西要郡，居豫章上游；幅員之廣，山川之雄，戶賦之繁，生殖之夥，風俗之美，人物之盛，甲於江右他州。其民手不持兵刃，樂其所業；家有詩書，人多儒雅；長幼有節，貴必下賤。唐顏眞卿於代宗初年謫爲此州別駕，徙家以居。魯公事君，有犯無隱；慍於群小，之死不回；而以八十元老，殉於賊手，鏗鍧大節，誦慕無窮。州民懷之，立祠祀焉。〔註26〕此州有楊邦乂誓爲趙鬼（詳下章第一節），胡銓乞斬秦檜（詳下章第二節），文天祥孤軍抗元，忠義之士，嶽立泉湧，或謂爲魯公之流風遺俗云。歐陽修一代大儒，開宋三百年文章之

〔註24〕 參閱《江西通志》、《吉安府志》、《宋史地理志》、《大明一統志》、《中國疆域沿革史》、《歷代輿地沿革圖》等。

〔註25〕 歐公記、序之文，常於篇末自署「廬陵歐陽修」。又〈醉翁亭〉記曰：「太守謂誰？廬陵歐陽修也。」誠齋記、序之文，亦常於篇末自署「廬陵楊萬里」。又卷六十四〈見章彥溥提刑書〉曰：「某也廬陵之匹士也。」〈與任希純運使實文書〉曰：「某廬陵書生也。」

〔註26〕 見《新唐書》卷一百五十三本傳及《吉安府志》。

盛；厥後黃庭堅作宰泰和，日與州之文士相唱酬；〔註27〕風氣所興，此州儒術特盛，名卿碩人，比肩接踵；閭閻力役，吟詠不輟。而文章忠節，萃於南宋，士皆以通經學古爲高，以救時行道爲賢，以犯顏敢諫爲忠；於是燕趙之氣節，齊魯之文學，三吳之翰藻，吉州遂以蕞爾地，兼有之矣。

第二目　吉水與故居

吉水縣，秦時爲廬陵、新淦二縣之地，屬九江郡。漢時屬豫章郡。後漢永元八年，析其地置石陽縣，仍屬豫章郡。獻帝興平元年，分豫章立廬陵郡，石陽屬之。晉太康中爲廬陵郡治，宋、齊、梁、陳皆因之。吳後主二年，析新淦置吉陽縣，屬廬陵郡。隋開皇十年，改石陽縣爲廬陵縣，並廢吉陽縣入焉。南唐保大八年（西元 950 年），析廬陵水東十一鄉，始置吉水縣，屬吉州。宋因之，屬江南西路吉州。元元貞元年，升爲吉水州，屬江西行中書省吉安路。明洪武二年，復降爲吉水縣，屬吉安府。清因之。民三年六月，劃屬江西廬陵道。國民政府成立，廢道，直屬江西省。〔註28〕

吉水縣因贛江下流與永豐水合，繚繞於縣境之灘洲間，狀若吉字，故得名。地與永豐、廬陵（今名吉安）二縣相界，廣一百一十里，袤一百六十里。誠齋曰：「大江之西，督府外爲州者十，吉爲大。吉之爲縣者八，吉水爲大。都鄙之袤，室廬之夥，名數之籍，粟米繭絲之征，視七邑兼之矣。」〔註29〕而東山蜿蜒鎮其後，字水交流環其前，五岡蹲西，玉峽峙北，控上流而爲吉州之喉襟，龍飛鳳翥之概，尤非他縣可儷。自歐公崛起於此，〔註30〕以古文倡天下，以風概立朝廷，鄉人慕尙，多重詩書而敦禮節，序塾相望，弦誦相聞，而貞亮大臣科第文

〔註27〕見《宋史》卷四百四十四本傳及《吉安府志》。
〔註28〕同註4。
〔註29〕見本集卷七十二〈吉水縣近民堂記〉。
〔註30〕歐陽修本吉州吉水人；宋仁宗至和二年，分吉水置永豐縣，公祖居沙溪，分屬永豐，故爲永豐人。參見《吉安府志》引清解文炳〈歐陽文忠公祖籍考〉，及《誠齋集》卷七十二〈沙溪六一先生祠堂記〉。

章之士，遂相續不絕焉。然民風素淳樸，士大夫習於苦淡，居官者操持廉謹；故風俗之厚，尊顯之多，節士之眾，又為此州之最也。誠齋以學問氣節炳耀於時，雖曰自致，然豈非州縣之風土，有以蔚成哉！

誠齋生於吉水之南溪，長於南山。〔註31〕《吉安府志》曰：

> 南溪在縣西北。源出縣西中鵠鄉，東北流經朝元山下，經涅塘，又東流二十里為螺陂，經柘溪又五里出柘口，經白沙，入於贛江。(參見《大明一統志》)

> 南山在吉水縣北六十里。山阿有數石屹立如人，號石人峯。下有宋儒王子俊振古堂，有南山六詠，楊文節、陸放翁、楊子直、朱晦庵皆有詩。

可知南山又吉水之勝地，為文人雅士流連吟詠之所。《府志》又曰：

> 誠齋故宅在縣西北五十里朝元嶺下。

案誠齋自云：

> ……甲戌再同舉於禮部，遂同年策第，某於是始一至南溪，謁族親鄰曲，蓋有不相識者；問故居，則盡為藜藋矣。問童子釣游之地，已茫哉不可尋矣。(本集卷七十九〈達齋先生文集序〉)

故知誠齋兒時之舊苦，早已不存；《府志》云云，蓋先生致仕後所卜築者。

第三節 時代環境

宋自太宗代周，結束五代十國分裂割據之局，中國復歸統一。太祖鑒於藩鎮跋扈之害，遂屬行兩大政策，其一為中央集權：舉凡政治、軍事、財政、法律等，各項權柄，悉屬中央；更於各州並置「通判」，以分其勢。故史家名之曰「強幹弱枝」。其二為重文輕武：屬行文人政治，防制武臣干政；罷免宿將兵權，貶抑軍人地位；又多方管制藩

〔註31〕本集卷七十九〈達齋先生文集序〉：「某生於南溪，長於南山。」又胡銓撰〈楊君文卿墓誌銘〉亦謂誠齋之父「隱吉水之南溪」，見上節引。

鎮，削奪其權力。此兩項國策，在當時誠爲補偏弭患之良方，於成就爾後百數十年太平之世，厥功至偉。惜太宗以降，因循舊法，不知與時俱新，時日既久，弊端漸生，遂致國勢不振，而外困於強敵環伺，內疲於黨爭不息，終陷於國亡主辱之絕境矣。

「靖康之禍」，徽、欽二帝蒙塵，高宗即位，改元建炎（西元 1127 年）。誠齋適於此年出生，歷高、孝、光、寧四朝。釋褐之先，已憂天下；既登仕籍，則多主張。其所處之環境，概如左述：〔註32〕

第一目　政　治

宋代中央行政組織初襲舊制，設三省、九寺、五監、諫院、御史台等重要機關，然名義雖同，實則各機關職權與隋、唐頗有異趣。其中影響最大者，以中書省掌政務，樞密院掌軍事，三司（戶部、鹽鐵、度支）掌財賦，而皆直隸於皇帝。軍、政、財三權分立，皇帝則集大權於一身。其後屢有更變，至南宋孝宗時，設左、右丞相，爲全國最高行政長官，統轄吏、戶、禮、兵、刑、工六部執行政務，戰時並兼樞密使指揮軍事，原三省三權之分，合而爲一。

文臣之清要，有翰林學士及館閣學士。翰林學士掌制誥，亦沿舊制。另設史館、昭文館、集賢院等，延集文學之士，監修國史，研究學術。又建秘閣，以收藏圖書。館閣皆置學士，羅致一時俊彥。朝臣一經此職，即爲名流，仕途發展，未可限量。

至於一般官員，則由於「重文輕武」，故對科舉考試之進士科，一試錄取多至數百人，及第者立即任官。又有所謂「恩蔭」，即顯宦之子孫甚至異性親屬與門客，皆可獲得官祿。故自朝廷至州縣，冗吏日多，而政府財政負擔日重，遂至國弱民貧，危機畢現。

高宗在位三十二年，因恐二帝南歸，皇位不保；又對統兵將帥之疑忌，未嘗稍減；故信用秦檜，專意乞和，對外向金人奉表稱臣，輸

〔註32〕本節所述宋代之政治、軍事及學術概況，分別取資於各類相關之史書，其出處不能備述（詳見本書後附參考書目）。

銀割地；對內則忠臣良將，誅戮殆盡，國勢因之益為貧弱。孝宗時銳意恢復，然文臣苟且偷安，武將無岳飛、韓世忠輩之勇略，仍不得不尊稱金主為叔，歲獻銀絹。迨光宗即位，以性懦體弱，李后干政，南宋更步入衰運。寧宗時，外戚韓侂冑用事，竊柄擅權，朱熹甫除侍講，奏其姦，侂冑銜之，為排擯異己，竟倡「偽學」之禁；「偽學」者，言行非實也；以此二字逐熹，禁錮賢人君子。慶元三年（西元 1197年），列名偽學者達五十九人，名儒正士，網括一空。迄嘉泰二年（西元 1202 年），侂冑以權威已固，為平眾憤，始弛「偽學」黨禁。然國事已不堪聞問矣。

第二目　軍　事

宋行募兵制，軍隊分禁兵（軍）、廂兵（軍）、鄉兵、藩兵四類，多來自招募。禁軍為皇帝衛隊，負責衛戍京畿，兼備征伐。廂軍為諸州之地方軍，擔任畜牧及其他力役。鄉兵即民兵，出自徵調或招募，以防本地盜警。藩兵為招募歸順部落，用於防守邊境者。由於「強幹弱枝」政策，故對「禁軍」一意擴充，數額居全國兵員過半。復因迫於外患，不能不多養兵；又每值荒年，即以招兵為救荒手段；南宋時，全國總兵額不斷遞增，竟較北宋時為多。冗兵之患，乃使軍費占政府歲入八成以上，國庫為之枯竭。但素質低劣，訓練不嚴，故兵員雖眾，並無戰力，外寇犯邊，遂無可用之兵矣。

第三目　學　術

一、理　學

儒學獨尊於學術論壇者垂兩千年，至宋代乃有理學之興起。理學為儒學之新發展，故可謂為新儒學。考其成因，約有三端：一曰鄙薄經學之細碎，二曰匡救文學之虛華，三曰遏阻佛教之泛濫。其實理學雖起於宋，然於韓愈撰〈原道〉、〈原理〉二文，及李翱撰〈復性書〉三篇中，已見消息。至宋儒中為理學先驅者，當推胡瑗（安定先生）、孫復（泰山先生）、與石介（徂徠先生）。其令理學成為有系統之學術

者，則應歸功於稍後之周敦頤（濂溪先生）、邵雍（康節先生）、張載（橫渠先生）、程顥（明道先生）、程頤（伊川先生）等人。周有《太極圖說》，邵有《皇極經世》，張有《正蒙》，程氏兄弟有《二程遺書》，皆爲理學中之名著。至南宋光、寧時代，理學趨於極盛，而與誠齋相交之朱熹（晦庵先生）及陸九淵（象山先生）最爲時人所稱。朱子集周、邵、張、程之大成，兼容並包。對修身治學之門，朱子偏於「道問學」，欲令人泛觀博覽，而後歸之約；象山則以「尊德性」爲主，教人先發明其本心，而後博覽；並先立乎其大者。二人所見雖異，然俱顯名於世。

二、文　學

文學類別甚多，此略言古文及詩。

（一）古　文

駢儷之文，流行既久，深中人心，其風至五代而不衰；唐代始倡之古文運動，乃不得不有賴宋代繼踵推闡矣。北宋石介、柳開、穆修等起而號召，歐陽修、尹洙等尤力主之。歐陽修肆力於古文，鼓吹韓文，對「太學體」痛加貶抑，並獎引後進，延譽曾鞏、王安石、三蘇等，「八大家」之文因之盛行於天下，古文運動至此始畢其全功。

（二）詩

唐代近三百年間之科舉考試，「進士」科輒試詩賦，故論者謂唐以聲律取士。覈諸宋制，亦庶幾近之。宋代重文輕武，而文人之入仕，多取徑科舉；科舉各科中，以「進士」科出身者前景最佳；進士須經「殿試」，殿試內容，詩賦爲必試之課；故士子欲揚名干祿，不能不苦吟力學。又宋代完成統一大業後，四海昇平，遂致力於關懷民生，改善經濟，故農、工、商各業皆蓬勃發展，人民生活普遍改善，教育與學術亦隨之昌盛。北宋士人大率處於社會安定、物資寬裕之環境，自有心情及時間研習文學，耽心吟詠。益以宋室帝王多好詩，對臣下有佳作者不吝賞賜，並常以己作賜臣下；太宗、眞宗、仁宗皆然，徽

宗尤精於詩詞。宋劉邠《中山詩話》云：「太宗好文，每進士及第，賜聞喜宴，常作詩賜之。累朝以爲故事。仁宗在位四十二年，賜詩尤多。」帝王如此，「下必有甚焉」。雖神宗採王安石之說，進士改試經義而廢詩賦，然風氣已成，上下好之如故。是以宋代詩人之眾，詩作之多，乃數倍於唐。

宋初詩家承晚唐遺風，競爲「西崑體」，其後歐陽修、蘇舜欽、梅堯臣等極力掊擊；歐詩平易暢達，蘇詩雄健奔放，梅詩深遠閑淡；詩風大變，盡洗「西崑」之習。至王安石、蘇軾等人出，王詩謹嚴深刻，蘇詩豪邁爽朗，則已突破唐詩規模。迨黃庭堅會萃百家，其詩去陳反俗，風骨絕高，開創「江西」一派；宋詩乃駸駸焉欲與唐詩分庭抗禮矣。

以上僅及古文與詩，他如詞、小說、戲曲、文評等，不能具述。

第四節　行實大要

第一目　受教成學時期

誠齋幼從父母自南溪遷居南山，又嘗隨其父文卿公宦學四方。公因家無恒產，又無緣以致宦達，遂歸隱南溪，以授徒爲業，誠齋亦從之學焉。公邃於易學，誠齋晚年之精研周易，有書行世，蓋亦家學淵源也（參見第一節第三目）。

文卿公束脩之贄已薄，復喜市書，兒女遂不免飢寒之苦。誠齋有詩曰：

> 我少貧且賤，不但無置錐。筆末墾紙田，黑水導墨池。
> 借令字堪煮，識字亦幾希。啼飢如不聞，飢慣自不啼。

（《誠齋詩集》（以下略稱詩集）卷十八〈明發白沙灘聞布穀有感〉）

可知誠齋幼時淒苦已甚，至無以果腹。啼飢二語，令人讀之惻然。

誠齋十四歲時，拜鄉先生高守道爲師，居於解懷德之齋房。〔註33〕嘗有詩自述其時之情狀曰：

〔註33〕見《詩集》卷四十〈贈高德順詩〉小序。

憶年十四五，讀書松下齋；寒夜耿難曉，孤吟悄無儕。

（《詩集》卷十一〈夜雨〉）

後三年，師王庭珪（自號「盧溪眞逸」）。誠齋曰：

> 予生十有七年，始得進拜盧溪而師焉，而問焉。其所以告
> 予者，太學犯禁之說也。（本集卷八十三〈杉溪集後序〉）

案其時崇姦絀正，目歐陽修、蘇東坡、黃庭堅之學爲「僻學」，禁
士人讀之；書肆畏罪，至毀其版，〔註34〕而王庭珪特立獨行，首犯
時之大禁，以之授生徒。誠齋得學眾人之所不敢教不能學者，亦云
幸矣。

又四年，就學於鄰縣安福，師劉安世（清純先生）。寄居於劉廷
直（以浩名齋）宅，並蒙其教誨。誠齋曰：

> 既冠而學於安福。（本集卷七十九〈達齋先生文集序〉）

> 始予生二十有一，自吉水而之安成，拜今雩都大夫劉先生
> 爲師。（本集卷七十七〈送劉景明遊長沙序〉）

> 某自少憒學，先奉直令求師於安福，拜清純先生劉公爲
> 師。而盧溪王先生及浩齋先生俱以國士知我，浩齋又館
> 我。每出而問業於清純，入而聽誨於浩齋。（本集卷七十三
> 〈浩齋記〉）

誠齋居安福三年，〔註35〕勤奮苦讀。嘗自言當時讀書之勤曰：

> 予每閉齋房，呻槁簡，劌心劉肺於文字間，若癡若迷，若
> 憊若病，無以自拔此身於蠹魚螢火之林。（本集卷七十九〈似
> 刻老人正論序〉）

其潛心向學，沈溺簡冊，有如此者。而王庭珪、劉安世、劉廷直等，
皆早擢士第，學養湛深（詳下章第二節），既得名師之提撕，益以經
年苦學，朝夕不倦，誠齋學有所成，蓋非偶然也。

劉廷直精研伊洛之學，嘗以其所涵詠者授誠齋。誠齋曰：

> （浩齋）一日問曰：「子見河南夫子書乎？」曰：「未也。」

〔註34〕見本集卷八十三〈杉溪集後序〉。

〔註35〕見本集卷七十七〈送劉景明遊長沙序〉。

退而求觀之，則驚喜頓足，歎曰：「六經語孟之後，乃有此書乎！」某今也年六十有三矣，師友零落殆盡，道不加修，德不加進，不但四十五十無聞而已。然不虛此生者，猶以粗有聞於浩齋也。（本集卷七十三〈浩齋記〉）

誠齋自以承浩齋之教，而「不虛此生」，足證對道學所得之深。其有關道學之著述，立論精湛，《宋元學案・趙張諸儒學案》盛稱之。

紹興十九年（西元1149年），誠齋二十三歲，自安福歸家。次年，與族叔輔世同赴禮部試，未第。〔註36〕益自刻苦奮勵，自期以千里之姿，必能致遠。〔註37〕

逾三年，再師劉才邵（號杉溪居士）。誠齋曰：

後十年，又得進拜杉溪而師焉，而問焉。其所以告予者，亦太學犯禁之說也。（本集卷八十三〈杉溪集後序〉）

惟我廬陵有廬溪之王、杉溪之劉兩先生，身作金城，以郭此道。自王公游太學，劉公繼至，獨犯大禁，挾六一、坡、谷之書以入。畫則庋藏，夜則繙閱。每伺同舍生息燭酣寢，必起坐吹燈，縱觀三書。逮暇或哦詩句，或績古文，每一篇出，流布輦轂，膾炙薦紳，紙價為高。（同前）

是王、劉二人於歐、蘇、黃之學，浸淫已久，所為詩文，亦殊不凡。而先後以其學傳誠齋，則誠齋獲益於歐、蘇、黃者，自匪淺矣。

紹興二十四年（西元1154年），誠齋二十八歲，策進士第。科舉登第不僅顯示為學有成，抑為仕進之正式途徑；誠齋本鄙薄仕宦，然志在匡時，學貴實用，兼以家貧親老，無田無廬，故此後不得不開始游宦四方之生涯矣。

第二目　游宦四方時期

紹興二十五年（西元1155年），誠齋始入仕，為贛州司戶。〔註38〕

〔註36〕見本集卷七十九〈達齋先生文集序〉。
〔註37〕袁燮〈題誠齋帖〉曰：「誠齋楊公未第時，嘗小蹶矣，自期以千里之姿，必能致遠，竟如其言。」見〈絜齋集〉卷八。
〔註38〕見《宋史》本傳及本集卷七十五〈贛縣學記〉。

時年二十有九。因落落寡合，或又不諳吏事，意殊鬱悒，甫任職一月，即欲棄官，「先太中怒撻焉乃止」。〔註39〕然公餘未嘗廢學，暇輒與人論詩，移日不倦。〔註40〕其詩文乃益爲精進。

　　紹興二十八年，誠齋秩滿，〔註41〕返南溪，卜居於溉塘里之竹煙波月村，與族叔輔世爲鄰，日相唱酬。〔註42〕次年冬月，調永州零陵丞（參閱第一節第一目）。案永州窮陋僻遠，地瘠人稀，柳子厚嘗曰：「此州地極三湘，俗參百越，左袵居椎髻之半，可墾乃石田之餘。」〔註43〕又曰：「永州於楚爲最南，狀與越相類。僕悶即出游，游復多恐，涉野有蝮虺大蜂，仰空視地，寸步勞倦；近水即畏射工沙蝨，含怒竊發，中人形影，動成瘡痏。」〔註44〕降至南宋，永州風土民俗，大體如昔。汪藻曰：「紹興十四年，余來零陵，距先生（案：指柳子厚）三百餘年，……龍興寺並先生故居曰愚堂愚亭者，已湮蕪不可復識，八愚詩石亦訪之無有。黃谿則爲峒獠侵耕，嶝危徑塞，無自而入。……」〔註45〕前賢遺蹟摧敗若此，其地其民，蓋可知矣。地遠而鄙，民寡而樸，則爲政多暇；況丞贊令爲邑，本屬職簡事少；〔註46〕

〔註39〕見本集卷六十七〈與南昌長孺家書〉。
〔註40〕見本集卷八十三〈北窗集序〉。今傳商務印書館四庫叢刊本失收，此據舊鈔本引。
〔註41〕本集卷七十九〈達齋先生文集序〉：「甲戌再同舉於禮部，遂同年策第。……後四年，某自贛掾辭滿，乃歸南溪。」案甲戌爲紹興二十四年，「後四年」，即二十八年。又卷四十五〈黃世永哀辭〉：「（世永）初主贛縣簿，予時爲州戶掾。予之來去，後於世永者一年，而爲寮者三年。……紹興戊寅三月，世永白太守去，出城五十里不得行，……余時親見此事。」是先生離贛州之日，不得早於紹興戊寅（二十八年）三月。又依「後於世永者一年」之語意，參以〈達齋先生文集序〉「後四年」之說，疑當在紹興二十八年冬離贛州。今人所撰先生年譜，有定爲紹興二十七年者，恐誤。
〔註42〕見本集卷七十九〈達齋先生文集序〉。
〔註43〕見《柳河東先生集》卷三十八〈代韋永州謝上表〉。
〔註44〕見前書卷三十〈與李翰林建書〉。
〔註45〕見前書附河東先生集傳〈永州柳先生祠堂記〉。
〔註46〕參見《韓昌黎集‧藍田縣丞廳壁記》，及胡銓撰〈誠齋記〉。

意者誠齋必於此時更傾力於學問，胡銓撰〈誠齋記〉曰：

> 廬陵楊侯廷秀，清白世其家，學問操履，有角立傑出之譽。
> 戰其藝場屋，中兩科。則喟曰：「時方味諂言，吾乃得志，
> 得毋以諂求合乎！」則羞前之為，更隸宏博之學，以息劌
> 補黥。於是呻其咕嗶，上窺姚姒，下逮羽陵群玉之府；至
> 於周柱魯壁，汲冢泰山，漢渠唐館之藏，奧篇隱帙，抉摘
> 殆盡。沈浸醲郁，擷茹咀英，詞藻粲發，往往鉤章棘句，
> 怪怪奇奇，可喜可愕。業既成，則又喟曰：「是得毋類韓
> 子所謂俳優者之辭耶？」又盡棄其學，而為子思中庸之
> 學。（《胡澹菴先生文集》卷十八）

是誠齋於取進士後，即棄時文而為古文，博覽群書，嘔心翰墨，故其
學益弘深，其文益奇詭。而未第前，得王廷珪、劉才邵兩師先後教以
歐、蘇、黃之學（見第一目），會心已多，至此想更摛張發揮於極致
矣。然又盡棄其學，轉措意於孔門成己成物、內聖外王之學。而十年
前劉廷直所授伊洛之學，此際自必重溫而會通之（參見第一目）。適
故相張浚謫居永州，又勉以正心誠意之說，並以鄒浩、陳瓘相期許（參
見第一節），誠齋求之愈深，信之愈篤，至以「誠」名其書屋。而此
後一生律己謹嚴，立朝剛介，居官清正，可謂名實相符，不負所學矣。

紹興三十二年（西元 1162 年），誠齋盡焚其少作詩稿，蓋俱「江
西體」也。〔註47〕秋，曾往湖南漕司任試官。〔註48〕案宋官制三年秩
滿，誠齋自二十九年冬來零陵，迄本年底已滿官矣。〔註49〕此年高宗
傳位於太子瑋，是為孝宗。

孝宗隆興元年（西元 1163 年），初以代者未至，繼因臥病月餘，
誠齋惟以賦詩自遣。嘗謂「只言官滿渾無事，也被詩愁攪一春。」

〔註47〕見本集卷八十〈江湖集序〉。
〔註48〕《詩集》卷一有〈考試湖南漕司南歸值雨〉諸詩。
〔註49〕本集卷七十一〈玉立齋記〉（作於隆興元年）：「今年春二月四日，代
　　　　者將至。」及《詩集》卷一〈送別呂令聖與〉：「三年為察無間然，
　　　　公行何得攪吾先。」可資參證。今人所撰誠齋年譜俱謂誠齋於隆興
　　　　元年春滿官，小誤。

〔註50〕至仲夏，始離零陵返吉水。〔註51〕八月，張浚薦誠齋於朝，除臨安府教授。誠齋自謂「墮在百僚之底，忽其半世之催。頗欲陳所抱於事功，萬分其試；獨不見若昔之賢聖，幾許其逢？」〔註52〕故對浚頗感知遇之恩。抵臨安後，尚未就職，驚聞父病，即馳歸侍湯藥。〔註53〕次年八月四日，父卒。二十九日，張浚卒。慈父恩師，一月內相繼棄世，誠齋賦詩有「心與燭俱灰」及「滴盡思親淚，猶慚影弔形」之語，〔註54〕蓋哀傷之極矣。

　　乾道二年（西元 1166 年），服除。多十月，至長沙；年底轉臨安。次年春，上書陳俊卿樞密，並呈所著《千慮策》三十篇。又因陳之介，見樞密虞允文。六月始歸。〔註55〕意者誠齋家居四年，生計日絀，不能不奔走都下，以售其才學也。

　　乾道六年（西元 1170 年）四月，出宰奉新。〔註56〕不踰月而民悅吏信，縣以大治。

　　自張浚謝世，知己而有力援引者已稀，誠齋自分將老死州縣矣。十月，忽奉召爲國子博士，蓋宰相虞允文、陳俊卿之薦也。誠齋〈答虞祖禹兄弟書〉曰：

　　　先是歲在丁亥，先師相召來自西，初拜樞密。一日，莆田陳魏公攜某所著論時事三十策以觀於公。公曰：「不意東南有此人物！」於是召某一見，待以國士，面告以將薦於上。

　　（本集卷六十七）

〔註50〕見《詩集》卷一〈題所寓唐德明書齋〉。
〔註51〕見《詩集》卷一〈夜離零陵以避同寮追送之勞留二絕簡諸友〉，及〈憩連嶺店〉等詩。
〔註52〕見本集卷四十九〈除臨安府教授謝張丞相啟〉。
〔註53〕見《宋史》本傳，及《詩集》卷二〈赴調宿白沙渡族叔文遠攜酒追送走筆取別〉，〈甲申上元前聞家君不快西歸見梅有感〉等詩。
〔註54〕見《詩集》卷二〈和周仲覺三首〉及卷三〈次昌英主簿叔鑷白韻〉。
〔註55〕見本集卷七十二〈怡齋記〉，卷六十三〈見陳應求、虞彬甫樞密書〉，及卷七十七〈送羅永甫序〉：「今年六月，余歸自都下。」
〔註56〕本集卷六十五〈與張嚴州敬夫書〉：「某將母攜挈，已至奉新，於四月二十六日交職矣。」

羅大經亦曰：

> 虞雍公初除樞密，偶至陳丞相應求閣子內，見楊誠齋《千慮策》。讀一篇，歎曰：「東南乃有此人物！某初除，合薦二人，當以此人爲首。」應求導誠齋見。雍公一見，握手如舊。誠齋曰：「相公且子細，秀才子口頭言語，豈可便信！」雍公大笑，卒援之登朝。（《鶴林玉露》卷十）

是年冬，赴京受國子博士任。〔註57〕次年七月，遷太常博士。〔註58〕乾道八年（西元 1172 年）二月，侍講張栻因上年論張說除簽書樞密院事，出知袁州。先生抗疏留栻，黜軍器少監韓玉；又遺丞相虞允文書，謂逐張栻留韓玉，爲朝廷黜陟之大失，而以和同之說規之，其詞甚切。栻雖不果留，玉亦罷，誠齋由是名重朝野。〔註59〕三月，爲進士省試官。〔註60〕九月，升太常丞，兼權吏部右侍郎官。〔註61〕曾上輪對劄子二，言人主任賢使能、勸善沮惡之道（見本集卷六十九）。乾道九年四月，轉任將作少監。〔註62〕曾上輪對劄子二，勉孝宗畏天憂民，效文王之純一不已。及言立法不如守法之理（見本集卷六十九）。同年底，奉旨出知漳州。〔註63〕上陛辭劄子二，請孝宗旌異廉吏，以變貪昧之風；並飭綱運所過，稅場不得苛留。淳熙元年（西元

〔註57〕《詩集》卷六〈詔追供職學省曉發鳴山駟〉詩：「冰痕猶帶浪，霜草自成花。」又本集卷七十一〈懷種堂記〉：「十一月某日，堂成；余移官成均，將行。」

〔註58〕見本集卷一百三十三〈太常博士告詞〉。

〔註59〕楊長孺誌誠齋墓曰：「上疏乞留左司員外郎張栻，黜軍器少監韓玉；栻雖去而玉亦罷，由是名重朝廷。遷太常博士。」參見《宋史》本傳，本集卷六十二〈上壽皇乞留張栻黜韓玉書〉，卷六十三〈上虞彬甫丞相書〉。墓誌與《宋史》俱謂誠齋抗疏留栻在國子博士任，非是。

〔註60〕《詩集》卷六有〈四月初二日進士唱名萬里以省試官待罪殿廬遇林謙之說詩夜歸又見林東因紀其事〉詩。

〔註61〕見《宋史》本傳。參見本集卷一百三十三〈太常丞告詞〉。

〔註62〕見本集卷一百三十三〈將作少監告詞〉。

〔註63〕《詩集》卷七〈別蕭挺之泉州二首〉云：「野人應補外，賢者亦爲邦。」案蕭挺之知泉州在乾道九年十二月，故誠齋奉旨補外當亦在此年底。又據甲午出知漳州詩，知誠齋於次年春始離臨安。

1174 年）春離京，未赴官，逕返吉水。朝廷諸公薦之，改知常州，誠齋仍不欲就，上章丐祠。有詩曰：

> 亦豈眞辭祿，誰令自不才。更須三釜戀，未放兩眉開。
>
> 道我今貧卻，何朝不飯來？商量若爲可，杜宇一聲催。

（《詩集》卷七〈待次臨漳，諸公薦之易地毗陵，自愧無濟劇才，上章丐祠〉）

蓋南宋行中央集權之制，重朝官而輕外官，風氣所至，朝官乃至薄撫憲而不爲。誠齋抱救物之能，不得獻替於朝，已覺屈抑，況本澹泊名利，宜乎其決然丐祠矣。

里居三載，誠齋終赴常州任，時爲淳熙四年（西元 1177 年）四月。〔註64〕「汝翁在官緣索米」，〔註65〕迫於衣食，欲不爲官而不可得，亦可謂寒儒之悲矣。淳熙六年正月，除提擧廣東常平茶鹽。〔註66〕二月底，離常州。在道及還吉水待次近一年，誠齋曾患病，又喪子壽佺，情懷鬱鬱，賦詩有「病身仍哭子，併作老來情」之句。〔註67〕

淳熙七年（西元 1180 年）春，之官廣東。以所部有愆，坐貶秩兩階。〔註68〕次年二月，除廣東提點刑獄。〔註69〕閏三月初赴任。冬初，閩盜沈師犯南粵，警報至，即躬帥師往平之；淳熙九年二月始還任所，有詩百數十首紀行。〔註70〕誠齋於討賊期中，嘗履潮惠二州，兩地素備外砦，潮以鎮賊之巢，惠以扼賊之路；然名爲外砦，而將士實安居城中，盜所以無所畏忌。誠齋即令飭兩州興修各砦廨舍營屋，使將土移屯復歸舊處，用杜寇患。〔註71〕七月，丁繼母憂，還家居喪。

〔註64〕《詩集》卷九有〈丁酉四月十日之官毗陵〉詩二首。案毗陵即常州。

〔註65〕《詩集》卷十三〈得小兒壽俊家書〉。

〔註66〕見本集卷一百三十三〈廣東提擧告詞〉。

〔註67〕見《詩集》卷十五〈病中感秋時初喪壽佺子詩〉。

〔註68〕見本集卷四十六〈謝降官表〉。

〔註69〕見本集卷一百三十三〈廣東提刑告詞〉。

〔註70〕據墓誌及《宋史》本傳。惟《宋史》置平賊在廣東常平茶鹽任，案茶鹽司不司兵事，參以誠齋平盜之詩俱作於提刑任內，及本集卷一百三十三〈直秘閣告詞〉，可證《宋史》非。

〔註71〕見本集卷六十九〈甲辰以尚左郎官召還上殿第一箚子〉。《宋史》曰：

〔註72〕朝廷未及聞，以其禦盜有功，於八月初加直秘閣之命。〔註73〕

淳熙十一年（西元1184年）十月，召爲吏部員外郎。十一月，就道入京。〔註74〕奏呈上殿箚子三，首請詔飭諸路憲司稽考郡邑外砦，有移居城中相類潮、惠二砦者，並令移屯復舊；次言州郡改鈔之弊，請蠲除累政舊欠；三言偏黨之失，望孝宗有以省察。〔註75〕次年二月，被旨爲銓試考官。〔註76〕五月，除吏部郎中。會天災地震，召求直言，誠齋上封事極言虜情、兵備、民生、人才、君德等事，凡三千餘言，識見超邁，深中肯綮，孝宗嘉之。〔註77〕宰相王淮一日問誠齋曰：「宰相先務者何事？」答曰：「人才。」又問：「孰爲人才？」誠齋即時取筆書朱熹、袁樞等六十人以獻，俱一時俊彥，而所爲評論，皆簡當覈實；其平素留心人才如此。〔註78〕八月，帝親擢誠齋兼太子侍讀，官僚以得端人正士相賀。楊長孺曰：

> 淳熙乙巳，史方叔侍郎既以敷文閣待制奉祠，於是東宮闕侍讀一員。時經營欲得之者甚眾。一日，詹事余處恭、葛楚輔見梁丞相，問云：「官僚闕勸讀官，如何？」余、易二公對曰：「今日請間，固欲白此。」乃合辭以誠齋爲薦，丞相可之。既而廟堂諸公將進擬，在選中者凡七、八人。余、葛又與廟堂議，損其數，凡經營者，皆削其姓名，乃定議以吳春卿、陳寒叔、胡子遠、何一之及誠齋凡五人，連名進擬。八

「就除提點刑獄。請於潮惠二州築外砦，潮以鎮賊之巢，惠以扼賊之路。俄以憂去。」事誤。

〔註72〕《詩集》卷二十一〈朝天集自序〉：「淳熙壬寅七月，既嬰疾還家，詩始廢。」
〔註73〕見本集卷一百三十三〈直秘閣告詞〉。
〔註74〕見《詩集》卷二十一〈朝天集自序〉。
〔註75〕見本集卷六十九。
〔註76〕同註74。
〔註77〕見本集卷六十二〈上壽皇論天變地震書〉，及《宋史》本傳。
〔註78〕見《宋史》本傳，及本集卷一百十三楊長孺識語。惟《宋史》謂誠齋所薦六十人，「淮次第用之」，考諸史實，實未盡然。又《宋史》置誠齋疏薦朱熹等一事於「帝親擢萬里爲侍讀」之後，而長孺識語曰誠齋時爲吏部郎中，未云兼太子侍讀，疑《宋史》誤。

月初八日早，進呈。上閱至胡子遠云：「也得。」又閱至誠齋云：「遮箇好也麼。」遂得旨以誠齋兼侍讀。命既下，初九日，余、葛二公與諭德沈虞卿、侍講尤延之上講堂，皇太子問云：「新除楊侍讀，得非近日上封事極言者乎？」余處恭對曰：「是也。其人學問過人，操履剛正，甚誠實，又甚直，尤工於詩。」太子曰：「極好。」……誠齋親結主知，天語稱好，誠齋不負天子：讀《陸宣公奏議》，讀《資治通鑑》、《三朝寶訓》，皆效忠規於太子，時人以爲稱職。〔註79〕

此年輪對，上箚子三，言災異者天之所以愛君，警懼者聖人所以畏天；聖人以己占天，而不以天占天。又言用人者必養其進退之節，使以禮而進，以義而退。又言法不難於立，而難於守；凡以門蔭補官者，非中銓試不許出官，以維銓試之法。（見本集卷六十九）

淳熙十三年正月，擢樞密院檢詳，仍兼太子侍讀。三月十九日，太子於東宮榮觀堂召宴，頒賜誠齋金杯、襴羅、及御書「誠齋」二字，賞梅詩一首。〔註80〕五月，遷朝請郎，仍爲檢詳兼侍讀。告詞曰：

爾以淵源正大之學，再召爲郎，茲列屬於樞庭，仍參華於宮案，凡誦說講貫之次，皆箴規篤實之言，直諒不阿，忠嘉可尚。一官之賞，未足以酬卿也。（本集卷一百三十三）

對誠齋獎譽備至。秋，遷右司郎中。誠齋上章乞閩漕，未許。〔註81〕十一月，遷左司郎中，仍兼太子侍讀。次年三月，爲殿試進士考官。〔註82〕七月，帝以久旱不雨求言，誠齋應詔上疏，歷言致旱之由，精講備旱之策，言詞懇至，深切時弊。〔註83〕十月，遷秘書少監。會高宗崩，孝宗欲行三年之喪，將釋萬幾；十一月初，創議事堂，

〔註79〕本集卷一百十二〈東宮勸讀錄〉長孫誠語。參見《宋史》本傳。

〔註80〕見《詩集》卷二十二〈謝皇太子三月十九日召宴榮觀堂頒賜金杯襴羅〉，及本集卷九十八〈跋御書誠齋二大字〉，〈跋御書御製梅雪詩〉。

〔註81〕《詩集》卷二十二〈送張定叟〉二首，有「扁舟歸與恰中秋」、「君向瀟湘我閩粵」等句，自註：「時予方上章乞閩漕。」知誠齋中秋前曾上章乞閩漕。而其後無赴閩事，蓋未許也。

〔註82〕《詩集》卷二十四有〈三月二十六日殿試進士待罪集英殿門〉詩。

〔註83〕見本集卷六十二〈旱暵應詔上疏〉。

詔太子參決庶務。誠齋上疏力諫，以天子之孝在安社稷，政出於二，天下必危。又上太子書，言天無二日，民無二王，一履危機，悔之何及？與其悔之無及，孰若辭之不居？太子悚然。〔註84〕

　　淳熙十五年三月，高宗未葬，有詔議配饗功臣，翰林學士洪邁不俟集議，獨以呂頤浩、趙鼎等四人姓名上，誠齋上疏爭之，力言張浚當預，以爲浚有社稷大功五：建復辟之勳，一也；發儲嗣之議，二也；誅范瓊以正朝綱，三也；用吳玠以保全蜀，四也；却劉麟以定江左，五也。且謂以邁一人之口而杜千萬人之口，其弊必至於指鹿爲馬。孝宗覽疏不悅，曰：「萬里以朕爲何如主！」誠齋上章丐補外，四月，得知筠州。朝士惜之，補闕薛收及拾遺許及之且上疏乞留。〔註85〕誠齋有詩曰：

　　　新晴在在野花香，過雨迢迢沙路長。
　　　兩度立朝今結局，一生行客老還鄉。
　　　猶嫌數騎傳書札，剩喜千山入肺腸。
　　　到得前頭上船處，莫將白髮照滄浪。
　　（《詩集》卷二十七〈明發南屏〉）

誠齋行其所信，本無餘憾，然觀此詩詞意蒼涼，則耿耿忠誠，不見容於君父，終不免有慨於懷也。仲秋，赴筠州任。〔註86〕

　　淳熙十六年（西元1189年）春，孝宗內禪，光宗登極。四月，誠齋遷朝散大夫。五月，被旨復直祕閣。旋又下詔命，授朝議大夫。兩月之內，復原官，晉兩秩，可謂恩寵之極。告詞有「勸讀古訓，開導朕心」之語（見本集卷一百三十三），蓋光宗對誠齋昔日侍讀之忠

〔註84〕參見《宋史》本傳，及本集卷六十二〈上壽皇論東宮參決書〉，〈上皇太子書〉。

〔註85〕參見《宋史》本傳，墓誌，《鶴林玉露》卷七，及本集卷六十二〈駁配饗不當疏〉。

〔註86〕筠州爲今江西省高安縣。《詩集》卷二十七〈將赴高安出吉水報謁縣官歸塗宿五峯寺〉詩，有「風暄雨暖日和柔，道是穠春不道秋」之句；其前有七月二十三日在家所作〈賀叔父壽〉之詩；又本集卷八十〈盧溪先生文集序〉及〈西溪先生和陶詩序〉，均自署新知筠州軍州事，序作於本年九月晦日，故知誠齋赴筠州約在八月間。

告善道，感激於心也。八月，奉召赴行在奏事。〔註87〕上箚子三，以為天下有無形之禍，即朋黨之論；用人唯賢唯才，勿問某黨。又言近習之臣最易竊權，近習與外朝群臣，各盡其公，而不相附麗，則天下治。又言帝王治道之要有五，曰勤、儉、斷、親君子，獎直言；而行之者一，曰誠而已。〔註88〕十月，除祕書監；此為三度立朝矣。十一月，借煥章閣學士為接伴金國賀正旦使；〔註89〕得觀江濤，歷淮楚，盡東西之奇觀。而江湖嶺海之山川風物，胥見之於詩。

　　紹熙元年（西元 1190 年）正月，送伴金使出國門，二月還朝。輪對箚子貼黃云：

> 臣近因接送虜使，往來盱眙，聞新酋用其宰臣之策，蠲民間房園地基錢，又罷鄉村官酒坊，又減鹽價，又除田租一年。竊仁義，假王政，以詿誘中原之民，又使虛譽達於吾境，此其用意不可不察。（本集卷六十九）

蓋金人據中原，故示仁義，藉結民心；又傳其事於江南，以利爾後之攻掠，堪謂一石二鳥之計。而誠齋洞燭其奸，上奏光宗，其析事之智，謀國之忠，誠不愧國之大臣。三月，被命覆考殿試進士。〔註90〕五月，兼實錄院檢討官。〔註91〕八月，孝宗日曆書成。先是權監修官參知政事王藺以故事委誠齋為序，藺於七月拜樞密，改左丞相留正監修，正不用誠齋序篇，而俾禮部郎官傅伯壽為之。誠齋乃自劾失職，力求去。傲骨嶙峋，時人歎服。光宗封還奏狀，批云：「所請不允，依舊供職。」

〔註87〕見《詩集》卷二十八〈賜題送殘秋和聖韻遊字〉，及〈自跋江西道院集戲答客問〉二詩。

〔註88〕見本集卷六十九〈己酉自筠州赴行在奏事十月初三日上殿第一箚子〉，〈第二箚子〉，〈第三箚子〉。

〔註89〕見《宋史》本傳。惟《詩集》卷二十九〈曉霜過寶應縣〉三首，有「看來忘却臘前景，一色李花三月初。」之句，又有「初食太原生葡萄時十二月二日」詩，知接伴金使在十一月。《宋史》置於紹熙元年，實誤。

〔註90〕本集卷六十二〈上皇帝留劉光祖書〉，云覆考殿試進士後，聞光祖上章丐祠。按以光祖行實，知誠齋覆考殿試進士在本年三月。

〔註91〕見《南宋館閣續錄》卷九。

蓋殊禮也。〔註92〕十月，晉階中奉大夫。十一月，奉進孝宗聖政，孝宗見誠齋，猶不悅，遂以直龍圖閣出為江東轉運副使，權總領淮西江東軍馬錢糧。一官樸被，悵惘出都。朝論惜其去，中書舍人倪思入箚留之。〔註93〕陸游、陸九淵、樓鑰、彭龜年、張鎡等，俱有詩送行。年底，之官金陵。因赴袁起嚴郡會，座中熾炭周圍，遂中火毒，得疾垂死，慨然曰：「乃悟貴人多病，皆養之太過耳。」有詩紀其事（見《詩集》卷三十三）。

紹熙二年八月，巡行轄地。江東水鄉多圩，圩者圍也，內以圩田，外以圍水，蓋河高而田反在水下也。鄉有圩長，歲晏水落，則集圩丁，日具土石，捷蓄以修圩。誠齋行至溧水縣南，嘗作詞十章，擬劉夢得竹枝、柳枝之聲，以授圩丁之修圩者，歌之以相其勞。末章云：

> 圩上人牽水上航，從頭點檢萬農桑。即非使者秋行部，乃
> 是圩翁曉按莊。（《詩集》卷三十四〈圩丁詞十解〉）

方面大臣，而以圩翁自況，誠齋平易親民之風範，於此可見。次年三月，再巡行。兩次行部，歷所轄九郡，足跡殆半中國矣。秋，朝議欲行鐵錢會子於江南諸郡，誠齋上疏力爭，言其不便。既忤宰相留正及吏部尚書趙汝愚意，即謝病自免，請祠官。〔註94〕八月，改知贛州。告詞曰：

> 爾萬里久從吾游，奇文高標，朕所加禮。召還自外，固將
> 用之；至而不留，豈朕素望？江東近地，宜可少安，何嫌
> 何疑，復有去志？得毋使人謂朕疎賢而忘故歟！……贛土
> 足樂，往其小憩，毋有還心。（本集卷一百三十三）

然誠齋志在匡世，才堪相君，又視富貴若浮雲，二十年前已不欲為州，今年暮體衰，更不願勞形吏事矣。故仍以疾力辭，不赴。九月，還吉水。

〔註92〕參見《宋史》本傳，墓誌，本集卷七十〈秘書省自劾狀〉、〈奏報狀〉，及卷四十七〈謝御寶封回自劾狀表〉。

〔註93〕參見《宋史》本傳及周密撰《癸辛雜識》前集。

〔註94〕參見《宋史》本傳，墓誌，及本集卷四十五〈和陶淵明歸去來兮辭〉，卷七十〈乞龍江南州軍鐵錢會子奏議〉。

第三目　息隱家居時期

紹熙三年（西元 1192 年）冬，誠齋已絕意仕進，開始其詩人逸士之生活。次年正月，在老屋之東闢一園，以鄉友所貽怪石成假山，引泉爲池。又闢九徑，以江梅、海棠、桃、李、橘、杏、紅梅、碧桃、芙蓉等九種花木各植一莖，命曰三三徑，〔註95〕自此吟詠於東園、南溪間，與江風山月爲伴，不復作出岫計矣。其後嘗有詩自贊云：

清風索我吟，明月勸我飲，醉倒落花前，天地爲衾枕。

《詩集》卷四十二〈又自贊〉）

蓋自謂胸襟透脫，了無塵慮；亦生活之寫實也。光宗且賜詩曰：

黃蘆州上雪初乾，風撼枯枝晚更寒。

靜艤小舟誰得似，生涯瀟灑一漁竿。（《吉安府志》引）

君臣相知之深，情好之篤，千載之下，猶令人嚮慕不已。

紹熙四年三月，除祕閣修撰提舉隆興府玉隆萬壽宮。次年七月，光宗內禪，寧宗嗣位。十月，誠齋進秩爲中大夫。

慶元元年（西元 1195 年）五月，召赴行在，辭以病不能赴。寧宗不許，抗章再辭。〔註96〕五年前自劾狀謂舊有肺氣咳嗽之疾，此則稱有採薪之疾。然觀其五年後與長子長孺書云：

……三立朝，三棄官，至江東漕，遂永棄官。是時吾年六十
六耳，若曰几案吏道，猶可以勉而能也。（本集卷六十七）

可知雖有小疾，仍可奉公，祇以生性恬澹，又不欲屈己徇人，故甘與漁樵爲伍耳。九月，升煥章閣待制提舉江州太平興國宮。次年六月，誠齋年屆七十，雖官簿僅六十有六，仍奏請致仕，未獲允。慶元三年七月，再陳乞引年致仕，復不允。〔註97〕前奏謂感臟腑之疾，此奏更謂「久病之後，血氣愈衰，耳目無復聰明，手足全然緩弱，飲食減損，舉動艱難，疾苦無聊，伏枕待盡。」揆以慶元五年送盧陵丞劉約之詩曰：

〔註95〕見《詩集》卷三十七〈癸丑正月新闢東園〉、〈三三徑〉等詩，及本
　　　　集卷七十四〈泉石膏肓記〉。
〔註96〕見本集卷七十〈辭免召命公箚〉、〈再辭免召箚子〉。
〔註97〕見本集卷七十兩次〈陳乞引年致仕奏狀〉。

晦翁若問誠齋叟，上下千峯不用扶。(《詩集》卷三十九)

至七十八歲之高齡，猶曰：

今日寒食，方欲躡青鞋，喚烏藤，鷗鷺前導，猿鶴旁扶，
相將挑野菜於芳洲，拾瑤草於杜渚。(本集卷六十八〈答袁機
仲侍郎書〉)

可證其手足緩弱、舉動艱難之說，純屬託辭。況紹熙五年即有詩云：

飽喜飢嗔笑殺儂，鳳凰未可笑狙公。

儻逃暮四朝三外，猶在桐花竹實中。(《詩集》卷三十七〈有歎〉)

蓋鳳凰雖不聽命於狙公，然猶待桐花竹實而飽；此以花實況祠廩，誠
齋早欲併祠廩而去之也。〔註98〕孝宗褊衷淺識，光宗多病無能，寧宗
君權旁落，誠齋仕歷四朝，有才無位，而目覩小人盈朝，國事日非，
則捨掛冠長爲農夫外，尚復有他途哉！

慶元四年元月六日，進封吉水縣開國子，食邑五百戶。〔註99〕
元月十七日，進官太中大夫。次年三月，詔命允以通議大夫寶文閣待
制致仕。增秩一階，進職四等，可謂非常之恩。誠齋上疏辭免，不報。
十二月，進爵吉水縣開國伯，食邑七百戶。

嘉泰三年（西元1203年）八月，詔授寶謨閣直學士致仕，給賜
衣帶。誠齋具奏懇辭，並上書陳勉之丞相，請轉陳於上，追寢恩命。
詔書復以誠齋文鳴一世，忠事累朝，人主爲風俗計，則褒勸宜厚，故
不允。〔註100〕嘉泰四年元月，進封廬陵郡侯，加食邑三百戶。

誠齋自棄官家居後，即以賦詩自娛，致仕之願既遂，詩興益厚，

〔註98〕用劉克莊說。見《後村詩話前集》卷二。

〔註99〕本集卷一百三十三〈告詞〉略曰：「勅中大夫、煥章閣待制、提舉
江州太平興國宮、吉水縣開國男食邑三百戶楊萬里，可進封吉水縣
開國子，加食邑二百戶。」慶元元年（西元1195年）九月十七日
〈煥章閣待制告詞〉，亦稱誠齋爲「吉水縣開國男食邑三百戶」，是
誠齋在紹熙四年（西元1193年）三月提舉萬壽宮後，至慶元元年
九月十七日之前，曾受封爲吉水縣開國男，然究爲何時，史傳及詩
文中均無可考。

〔註100〕見本集卷六十八〈上陳勉之丞相辭免新除寶謨閣直學士書〉及卷一
百三十三〈辭免除寶謨閣直學士不允詔書〉。

酬贈之作至夥。賦詩之餘，則讀書與登臨，嘗曰：

> 某狗馬齒今年七十有八矣。人間萬事不到胸次，不待掃漑
> 而自除，不煩排遣而自遠。……惟是挾策讀書，此書生之
> 餘習；登山臨水，此野人之滯弊；二病痼之，一在膏之上，
> 一居肓之下，秦緩之鍼攻之而不達，華陀之劑澆之而不入。

（本集卷六十八〈答袁機仲侍郎書〉）

然年事已高，精神日隤，疾病漸作，咳嗽、臂痛、足疾、痔疾紛至；
入秋，復患淋疾。次年有詩云：

> 君欲問淋病，便是法外刑。封剨備百毒，更以虐焰烹。

（《詩集》卷四十二〈送戴良輔藥者歸城郭〉）

又云：

> 伏自去秋偶嬰淋疾，當平居則似乎無事，遇發作則痛不可
> 堪。慘毒甚於割烹，呻吟達於鄰曲。（本集卷七十〈辭免召赴
> 行在奏狀〉）

案誠齋所謂淋病，即今之攝護腺肥大症，或膀胱結石、腎結石症，〔註
101〕病況嚴重時，其痛楚眞有不能堪者。開禧元年（西元 1205 年）九
月，又奉召赴行在，誠齋力辭，詔書不允，復以疾懇辭。〔註102〕次年
初，誠齋之「淋病」已完全治癒，詩有「向來肝腸痛如割，今歲疾病
全然脫」之句。〔註103〕三月，升寶謨閣學士，賜衣帶鞍馬；奏狀辭免，
詔復不允。〔註104〕先是姦臣韓侂胄竊弄權柄，氣焰薰灼，誠齋常驚歎
憂懼。妻兒知其憂國愛君，忠誠深切，而又老病，恐傷其心，凡聞時
事，皆不敢告。五月七日，忽有族侄來訪，遽言侂胄用兵啓釁事，誠

〔註101〕古人所稱「淋病」，即今之攝護腺肥大症，或膀胱結石、腎結石症：
　　　　前者稱氣淋，後者稱石淋。明代中葉後，性病由歐陸傳入中國，一
　　　　般中醫認識不清，借舊名以呼新病，時日既久，其本症本義反不爲
　　　　人知矣。說見鄭師因百撰〈古今誹韓考辨〉（《中外文學》七卷八期）。
〔註102〕見本集卷七十〈辭免召赴行在〉兩奏狀，卷一百三十三〈辭免召命
　　　　不允詔書〉。
〔註103〕見《詩集》卷四十二〈丙寅人日送藥者周叔亮歸吉水〉。
〔註104〕見本集卷七十一〈辭免除寶謨閣學士奏狀〉及卷一百三十三〈辭免
　　　　除寶謨閣學士不允詔書〉。

齋聞之，痛憤號泣，不食不寐，次日卒。享年八十。〔註105〕遺言有曰：

> 韓侂胄奸臣專權無上，動兵殘民，狼子野心，謀危社稷；
> 吾頭顱如許，報國無路，惟有孤憤，不免逃移；今日遂行，
> 書此爲別。〔註106〕

竟無一語及家事。十一月，葬於本鄉烏泥塘距家八百步之所。次年元月，詔贈光祿大夫。是時侂胄鉗制中外，生殺自肆，誠齋諸子收藏遺囑，塞口吞聲，不敢上聞。嘉定元年（西元 1208 年），始狀奏本末於朝，誠齋遺忠大節，得以暴白於天下。賜諡文節。〔註107〕元大德五年（西元 1301 年），族人於誠齋之故里湴塘建忠節祠，立主奉祀焉。〔註108〕

〔註105〕《宋史》本傳曰「卒年八十三」。惟楊長孺所撰墓誌，明言「先君於建炎元年丁未歲九月二十二子時生，……開禧二年丙寅五月八日，無疾薨，享年八十。」又誠齋詩文中多有自述年歲者，亦可證實「享年八十」無誤。今人儲皖峯撰〈楊萬里的生卒年月〉一文（《國學季刊》五卷三期），及夏敬觀撰〈年譜〉，俱辨《宋史》之非，舉證雖不多，然已可信據，故不更舉。

〔註106〕見本集卷一百三十三〈諡文節公告議〉。

〔註107〕同前註。

〔註108〕見《吉安府志·建置志·吉水廟祀》。

第二章　楊萬里之生平（下）

第一節　思想與性情

第一目　思　想

誠齋出身詩書之家，博古通經；復得名師指授，益以累年之覃思苦研，故不僅學造精微，且識遠才周，足以匡世。蓋儒家修行本以治國平天下爲理想，而誠齋生當宋室南渡之後，國如危卵，遂更懷拯溺之志，學欲濟時，心常憂國；入仕之初，即已洞徹天下利病，於匡救時弊、富國安民之道，瞭然在胸。嘗著〈千慮策〉三十篇，皆造於義理，切於事機；其探索王霸，有仲舒師友淵源之淳；其議論古今，得蘇洵父子治亂之學。今就政治、軍事、經濟、法律四端，試析誠齋之思想於次：

一、政治思想

誠齋之政治思想，悉本諸孔孟之教，而能審時因勢，作深入精當之發揮。約而言之，其說有五：

（一）國命在於民心

誠齋深信人民爲國家之命脈。孟子曰：「民爲貴，社稷次之，君爲輕。」（盡心上）《僞古文尚書・五子之歌》曰：「民惟邦本，本固

邦寧。」誠齋亦云：

> 臣聞國之命如人之命，人之命在元氣，國之命在民心；故
> 君之愛養斯民，如人之愛養元氣也。(本集卷六十九〈壬辰輪
> 對第一劄子〉)

（二）建立法度，厲行教化

誠齋以爲教育與法律爲立國之根本。孟子曰：「國家閒暇，及是
時明其政刑，雖大國必畏之矣。」(〈公孫丑上〉)誠齋見宋金和議已
成，烽火暫息，即主張應及時建立法度，厲行教化，以肇中興之機運，
立不拔之根基：

> 爲國者患無其暇，亦患有其暇。有其暇而用其暇者，暇也；
> 有其暇而安其暇者，偷也。……今天子即位五年於此矣，
> 頃者天子之所以宵衣旰食，公卿大夫之所以竭心盡慮者，
> 惟支持強寇一事而已；至於法度、紀綱、教化、刑政之具，
> 所以開中興而起太平者，皆未及也；非不及也，無暇於及
> 也。今者講解既成，邊候不驚，是猶謂之無暇歟？有暇矣，
> 而廟堂之議，所謂法度、紀綱、教化、刑政之具，又不及
> 焉。臣不知天子之所以宵衣旰食，公卿大夫之所以竭心盡
> 慮者，何等事耶？將以講解而偷朝夕之安耶？將未忘中興
> 之計，而猶有意於堯舜三代之法也？……夫無暇則憂，有
> 暇則休，天下之事，百變如雲，萬轉如輪，一旦敵人又動，
> 則又曰無暇，臣不知法度、紀綱、教化、刑政之具，所以
> 開中興起太平者，何時而可議哉！(本集卷八十七〈治原上〉)

（三）精簡法令，嚴課責任

孝宗即位，初有意恢復，然符離一潰，割地請和，而上下苟安偷
惰者如故。誠齋以爲欲貫徹政令，號召中興，必求新求變，始克有爲。
求變之道，須自精簡法令，嚴課責任入手：

> 將有以齊天下，必有以聳天下；將有以聳天下，必有以變
> 天下。……今之變，其孰爲要？孰爲先？聞之曰：法不必
> 行，不如無法；人不任責，不如無人。今天下之大患，不
> 在於法之不備，而在於法之太詳；不在於賢人君子之不眾，

而在於人才之太多。何者？法備而不必行，人多而不任責
故也。然則今日之事，欲一舉而變之，盍亦刑其法之繁，
以必天下之從；一其人之責，以閉天下之遁，而後天下可
爲也。（本集卷八十七〈治原中〉）

（四）整飭政風，澄清吏治

　　吏治之隆污，攸關國家之盛衰。誠齋對整飭政風，澄清吏治，提
出標本兼治之策：治本方面在革選法之弊，略小法而責大體，賦吏部
長貳以擇賢才汰不肖之權。〔註1〕治標之策，其一爲防官吏之冗濫。
先嚴任子試吏之法，次省編制之冗員：

仕進之路之盛者，進士、任子而已。……進士之修身積學，
有老死而不一第，得之難如此，而取之不勝其寡。任子者，
至未勝衣而命焉，得之易如此，而取之不勝其多。則官冗
之源，在進士乎？在任子乎？故臣以爲借未能限其入，盍
亦嚴其試。試何爲而嚴也？任子之銓，其歲視進士之大比，
而非大比則不銓；取人之法，其數視進士之多少，……自
宰相子弟下至於庶官之子弟，必均焉，則一舉而三利得矣：
貴游子弟脫綺襦之習，而勵寒素之業，以成其才；一也。
得之不輕，則愛之也重，孰不自奮於功名，而國與民不受
其屬；二也。進士、任子，其進也均，則兩無怨；其來者
徐，則應者不迫；不過十年，官曹清矣；三也。又何官冗
之足病也哉！（本集卷八十九〈冗官上〉）

臣聞任官者，寧以事勝人，無以人勝事。……今則不然，
一官而數人居之，一事而數人治之。數人而居一官，則不
競其公，而競其私；數人而治一事，則任其功而不任其責；
此以人勝事之病也。……臣願朝廷痛革其弊：每路之監司，
止設提轉之二職，而轉運止於一員；析醶茗以隸於刑，舉
常平以皈於漕；則監司之冗員省矣。大郡之兵官不踰於二，
而小郡則止於一；大邑之征，設官者一，而小邑則兼以令
丞；至於幕職，有簽書而又有判官者，簿尉之可以併省者，

〔註1〕見本集卷八十九〈選法〉上、下。

　　　則存其一而廢其一；則郡邑之冗員省矣。庶乎人不勝事也。
　　（本集卷八十九〈冗官下〉）

嚴任子試吏之法，所以清其源；省編制之冗員，所以制其眾；雙管齊下，官吏冗濫之弊可盡去矣。治標之策，其二爲嚴治贓吏，而用法自大吏始。其三爲重獎廉吏，予不次之拔擢。[註2] 其四爲平均吏祿，使無衣食之憂。其五爲朝廷百官，概以三年或二年爲任期。

　　　人惟伯夷也，而後能首陽之節。然伯夷之後，未見伯夷也，
　　　而天下又安能人人而伯夷哉！……今天下之吏祿，二浙之簿
　　　尉，月給至於踰百緡，而二廣之縣令不及其半；至於江淮荊
　　　湖，則又往往州異而縣不同，蓋有豐不勝其豐，而約不勝其
　　　約者矣。士之貧者，扶老攜幼千里而就一官，祿既薄矣，……
　　　而飢寒以居也，狼狽以歸也，非大賢君子，誰能忍此？而曰
　　　爾無貪，吾有法，豈理也哉！是故莫若均天下之吏祿，使其
　　　至遠者如其近者，增其寡者如其豐者。（本集卷八十八〈馭吏中〉）
　　　州縣之吏，有以滿秩而去者，有以成資而去者；官期及代而
　　　不求去，則士皆賤而笑之。今朝廷之百官，未聞有以秩滿而
　　　去者，亦未聞有以成資而去者，……懷祿顧位，惟恐失之。
　　　此風一成，豈國之福哉！臣愚欲望陛下明告大臣，凡在朝之
　　　百官，或以三年爲滿秩，或以二年爲成資；其及代者，朝廷
　　　以其賢而欲留之，則畀之以再任；不然，朝廷隨其才力，因
　　　其資格，而畀之以外任。（本集卷六十九〈乙巳輪對第二箚子〉）

懲貪獎廉，政風自清。而嚴治贓吏，可使天下懼於貪；拔擢廉吏，可使天下樂于廉；平均吏祿，可使天下不取于貪，不難於廉。誠齋所言者情理兼顧，行之必驗。而平均吏祿，亦即今日所謂提高薪俸平衡待遇之意；朝官以三年或二年爲期，亦即今日政府部分機關所行主官定期調職制度之旨；而誠齋已發之於七百七十年前矣。

（五）任賢使能，求才薦士

　　誠齋本諸孟子「賢者在位，能者在職。」〈公孫丑上〉之主張，

[註2] 見本集卷八十八〈馭吏〉上、下。

以爲人君應任賢使能：

> 臣聞人主之要道有一，而所以爲要道者有二。何謂一？曰
> 用人是也。何謂二？曰任賢、曰使能是也。（本集卷六十九〈壬
> 辰輪對第二箚子〉）

又以爲求才用才爲宰相之先務，而人臣之報國，忠莫大於薦士，故平
日極留意人才。淳熙十二年，誠齋爲吏部郎中時，嘗疏薦賢士六十人
於宰相。〔註3〕其後任江東轉運副使，時僅一年八閱月，即權賢揚善，
向朝廷奏舉劉起晦等，達十五人之多。〔註4〕誠齋又以爲制科之試，
本在羅致奇傑之士，故試題應去其細目，試以大端。此猶未足，更宜
委將帥郡守共薦謀臣才士，視其才略，別試以文詞或兵事，使無遺珠
之憾。

> 昔者西漢制科之盛莫武帝若也，嘗求其所以策之之說，則
> 曰上嘉唐虞下悼桀紂而已，則又曰禹湯水旱厥咎何由而
> 已，何其甚平而無難也！……今則不然：先命有司而試之
> 以莫知所從出之題，既又親策於廷，而雜之以奧僻怪奇之
> 故事，不過於何晏、趙岐、孔安國、鄭康成之傳注，與夫
> 孔穎達之疏義而已，此豈有關於聖賢之妙學、英雄豪傑濟
> 世之策謀也哉！以訓詁之苛碎，而求磊落之士；以蟲魚之
> 散珠，而釣文武將相之才，不幾於施鱄鱣之筍，以羅橫江
> 之鯨；掛黃口之餌，以望鳳之來食也耶？雖使古之聖賢如
> 孟軻者復生，亦不能也。孟子之時去周之盛時，與今孰遠
> 也？孟子與孟獻子相去尤近也，諸侯惡周籍之害己而去
> 之，孟子已不能記其詳；孟獻子之友五人，孟子已忘其三，
> 則孟子亦安能中今之所謂制科也哉！……臣愚欲望朝廷參
> 之以祖宗漢唐制科之本意，立大端而去細目，使士之所治，
> 上之爲六經之正經，下之爲十七代史與諸子之書，而削去
> 傳注奧僻之問。其學則主乎有用，其辭則主乎去諛；上及
> 乘輿而不誅，歷詆在廷而不怒；使天子得聞草野狂且之論，

〔註3〕見本集卷一百十三〈淳熙薦士錄〉。
〔註4〕見本集卷七十〈薦舉奏狀〉。

> 而士得專意乎興亡治亂經濟之業，庶乎奇傑有所挾者，稍
> 稍出矣。（本集卷八十七〈人才上〉）

對制科試題失之苛碎，不能羅度外奇傑之士，誠齋痛切言之。今日大專學校招生與政府公務員進用考試，多採電腦試題，其苛碎不尤愈乎？使孟子生於今，亦安能與他人角一日之記問也哉！

二、軍事思想

誠齋雖一介書生，未習兵事，然於軍事謀略亦深加究研；故於任廣東提刑時，有盜犯境，即親帥師戡平之（參見上節第二目）。考其軍事方面之卓見，約有六端，皆針對時弊，切中肯綮，極為精審。

（一）強化戰備

誠齋以為敵國對壘，其所以處之者有四：「一曰謀，二曰備，三曰應，四曰隨。」而目覩南宋與金人和議方成，君臣遂欣然相慶，罷戎幕，撤邊防，晏然盤樂，不為之備，不勝憂之。

> 何謂謀？收召豪傑，選馬勵兵，深謀密計，期於必取，所
> 謂臥榻之側，豈容有鼻息雷鳴者。……何謂備？修政刑，
> 求人才，深溝高壘，積粟治兵，恐懼儆戒，常若一日而敵
> 三至也。……何謂應？政事紀綱守其常，兵甲士馬因其舊，
> 敵不至則不慮其至，敵至則徐應其至。……何謂隨？苟於
> 安，而不知危伏於其中；媮於樂，而不知憂寓於其間；狃
> 於敵人之詐而不悟，隨於敵人之計而不疑；至於覆亡其國，
> 則曰天也。……謀人者其國興，備人者其國安，應人者其
> 國僅存，而隨於人者其國必亡。……臣懼朝廷今與虜人講
> 解之後，輕信其情而不防其詐也。歷下之兵一解，而淮陰
> 之師至；鴻溝之境一分，而垓下之禍作；此往事明也。臣
> 願朝廷深為之備，以待不測之警。（本集卷八十七〈國勢上〉）

誠齋以為謀敵乃可勝敵，備敵乃不為敵所敗。其所謂謀與備，實本於《孫子兵法》之準備、先知、與主動等戰爭原則。孫子曰：「故善戰者，致人而不致於人。」〈虛實篇〉「先為不可勝，以待敵之可勝。」〈軍形篇〉「夫未戰而廟算勝者，得算多也；未戰而廟算不勝者，得

算少也。多算勝，少算不勝。」〈計篇〉「運兵計謀，爲不可測。」〈九地篇〉「故用兵之法，無恃其不來，恃吾有以待之；無恃其不攻，恃吾有所不可攻也。」〈九變篇〉凡此可知誠齋之軍事思想，其來有自。而誠齋能加以融貫，針對當時情勢，策訂戰略方針，則又非對軍事乏眞知灼見者所可企及也。

（二）確保淮河

誠齋又主張南宋之拒金，應以兩淮爲第一線。有淮而後有江，長淮數千里一失，大江天塹亦不可恃矣。

> 夫室以戶存，戶以垣存也。垣毀，是無戶也，室其得存乎？……臣願今日以待沿江之工而待淮，凡淮之要害之地，虜之所必攻者，巨鎭如盧壽、廣陵者，則各擇一大將委以一面，而付之重兵；至於其他州郡，則多其壁壘，而茸其城池。……有淮，而後江者吾之江也；無淮，則江者非獨吾之江也，亦敵之江也。全而有之，猶恐失之，而況分之哉！（本集卷八十七〈國勢中〉）

> 有淮所以有江也，淮苟無矣，安得而有江哉？吾果棄淮乎？虜以兵居之，居之而不去，近則通泰之鹽利爲彼所據，將無以給吾之財用；遠則吳蜀之形勢爲彼所裂，將無以通吾之脈絡。（本集卷六十二〈上壽皇論天變地震書〉）

脣亡則齒寒，守淮所以固江。即以現代之戰略觀點言，誠齋所論亦屬至當。

（三）培養將才

誠齋以爲雖國家無事，亦不可重文輕武；將才應於平時培養，則緩急之際，方有可用之將。

> 昔者文王周公……文武並用，而莫知其孰先，莫知其孰後；不見其所甚好，不見其所不好；才素備而無一旦之憂。後之君臣，狃於治而謂天下不復亂也，則曰：「汝不逢高帝時，萬戶侯何足道哉！」而羽林子弟受經於學校，與夫將軍不好武而其子皆能文，則君臣相慶，以爲太平之盛觀；而腐儒曲

生又從而諛之曰：「兵寢者，二帝三王之極功也！」不知夫
二帝三王之不如是也，諛說之誤時世也。諛說盛於下，君臣
怠於上，而天下以兵為諱，以武為懣矣。……臣願天子增重
武事不改於有事之時，訪求將才不啻於有事之初；而宰相大
臣亦折節以下才略武勇之士，毋責其卑野之狀，毋怒其桀岸
之氣，時賜之燕間而延見之；探之於其中，而試之於其外，
以陰求天下之奇傑，待之異而養之久；此所謂不示天下以其
可窺，而作天下以其不自止者也。則緩急之際，亦何至於芒
芒前求，而求又不得哉！（本集卷八十八〈論將上〉）

（四）選用新銳

時論曰選將莫若宿望，而新進者未足恃。誠齋以漢之衛青、霍去
病直搗龍庭，唐之郭子儀、李光弼救平安史，知宿將之與新進未易以
相輕重，且新銳猶勝於宿望也。

相不厭舊，而將不厭新。擇相不以舊，不足以靨天下之望；
選將不以新，不足以激天下之才。……夫所謂宿將者，功
業就矣，名位高矣，富貴極矣，腴田甲第金玉寶貨充乎其
家，歌童舞女酣宴沈浸泪乎其心，昔之精明之謀者將黯
然，而勇果之氣者將廢然矣。天下無事，則曰：「朝廷苟
有事，不使我則不濟。」及其有事也，使之舍其所甚樂，
而任其所甚憂；取其甚愛之身，而捐之必死之地，彼則畏
矣。以今之畏合前之驕，焉往而不敗？故曰將不厭新。（本
集卷八十八〈論將下〉）

此與近代樂用青年將帥之世界潮流，若合符節。誠齋思想之通敏，觀
念之超邁，稽之往古，誠屬罕見。

（五）裁汰庸弱

誠齋以為練兵之道，先宜去冗去虛，以求其精實。

何謂冗？蓋以十人而擊一人，則十者眾一者寡矣，然一有
時而勝十，則老壯之異也。以一人而擊百人，則一者愈寡
百者愈眾矣，然百有時而不當一，則勇怯之殊也。老壯之
相去至於相十，而勇怯之相遠至於相百，而吾則一之。是

則一軍之士，絕多補少而計之，食者十，而兵者十之三四也，……此冗兵實不散而宜散者也。何謂虛？蓋其名存，其人亡；其人亡，其食存。某與某死者也，而其籍則生也；某與某逃者也，而其籍則居也；某與某未嘗募而至也，而其籍則已募也；彼執籍以責吾食，而吾亦按籍以餽之食；一軍之士，而子虛烏有之徒居其十之三四焉，……此虛兵實散而名不散者也。……臣願朝廷每歲不測遣侍從臺諫一人忠而有望者，出諸軍行視而檢押之，則虛冗之弊可以少革也。(本集卷八十八〈論兵上〉)

「虛兵」今日雖不可見，然自宋迄於民國，似無代無之。而裁汰老弱庸劣，以保持軍隊之精壯，則至今仍爲不刊之論。

（六）組訓鄉兵

議者皆曰鄉兵之法不可行，以農爲兵，非其所樂，亦非其所習也。誠齋以爲民不同地，地不同利，故鄉兵行於內地則不可，行於邊地則可。

邊地之民，寇來則支，不支則移，寇去則歸。夫曷不遂徙以避，而何樂於歸也？非樂也，勢也。……觀其寇來則支，此已有鄉兵之資；不支則移，此已病於無鄉兵之助；寇去則歸，此已有樂爲鄉兵之意。上之人迎其意，乘其資，而成其助，則鄉兵之法有不難行者。得其人，講其術，而行以漸，荊襄淮甸之民，皆韓信背水之兵也。……蓋以國守邊，不若以邊守邊，何則？人自爲守也。夫人自爲守者，守不以城；人自爲戰者，戰不以兵。守不以城者，以人爲城也；戰不以兵者，以心爲兵也。(本集卷八十八〈論兵下〉)

邊地迫於外患，民習戰備，故鄉兵之法可行。誠齋不徇成說，獨排眾議，蓋思之深而燭之微也。

三、經濟思想

誠齋天性忠愛，恒以黎元之憂患爲念；又深悉歷代興亡之理，因之痛惡淫奢，崇尚儉德，故其經濟思想乃有兩大主張：一曰節財用，二曰薄賦歛。

（一）節財用

古代天下爲一家所有，宮廷往往予取予求，以致民不堪命；而南宋國如危卵，猶窮極奢費如故。誠齋以爲節用實爲保國之基礎。

> 臣聞保國之計，在結民心；結民心在薄賦斂，薄賦斂在節財用。……臣願陛下明詔大臣，立爲法制：凡內帑出入，皆令領於版曹，而經於中書；制之以印券，而覆之以給舍；其大過之恩幸，無功之錫予，皆得執奏而繳駁之，……此節用之大端也。至於宮室、車服、祠祀之過制，百官、百吏、三軍之冗食，中外官吏賜予之濫費，亦皆議所以裁省之者，……蓋用節而後財可積，財積而後國可足，國足而後賦可減，賦減而後民可富，民富而後邦可寧。(本集卷六十九〈輪對箚子〉)

誠齋以爲節用當自內帑始，蓋一則省糜費，二則爲百官之示範；可謂深中窾要矣。

（二）薄賦斂

古代取之於民者，爲粟若干，帛若干，而南宋數倍之。粟、帛之外，更有所謂和買錢、免役錢、經制錢、總制錢、月椿錢、板帳錢等費，初爲應急，後爲常賦，蓋已若干倍於漢、唐、北宋之制矣。故誠齋痛言之曰：

> 上賦其民以一，則吏因以賦其十；上賦其民以十，則吏因以賦其百。朝廷喜其辦，而不知有破家鬻子之民；賞其功，而不知有願食吏肉之民。……有甲郡以絹非土產，而言於朝，乞市之於乙郡者，此何謂也？民所最病者，與官爲市也，始乎爲市，終乎抑配。……且有所謂「和買」者，已例爲正租矣；又有所謂「淮衣」者，亦例爲正租矣；今又求鄰郡之絹；是三者之絹，與正租之絹，爲四倍而取之矣，民何以堪？而吏不以聞。惟朝廷亟罷之，庶不爲斯民不拔之疴根也。(本集卷八十九〈民政上〉)

南宋稅負之重，數倍前朝，至民有願食吏肉者，而宰臣不悟，帝王不悉，則其覆亡有所必至，豈必俟外敵之入侵哉！誠齋忠鯁痛切之言，

千載之下，猶令人感嗟不已。

四、法律思想

誠齋之法律主張有四：

（一）法律當簡明

法律由略而詳，爲社會進化之自然趨勢，然過於繁細，則不易令民以必從。誠齋曰：

> 臣愚欲深詔有司，刪法令之細而不急者，大而不可行者，重複而可以去者；如太祖皇帝時法度簡而要，明而信，設者必用，存者必行，不與天下之人爲戲，庶幾天下之人可驅也。（本集卷八十七〈治原中〉）

誠齋以爲法律當簡而要，明而信，其說不獨適用於當時，即置之今日，仍爲立法所當遵循之原則。

（二）一罪一刑

誠齋主張同一罪行應處以同一刑罰，不問其動機與手段，但視其行爲結果如何。

> 後之法蓋詳且密矣，然文詳而舉之也略，網密而漏之也疎。……何也？一曰法不執而多爲之岐，……殺人一也，則有曰盜曰鬥之目焉，則有曰故曰謀曰誤之別焉。曰盜曰謀曰故者，法之所必死也；曰鬥，則死生之間也；曰誤，則生矣。果誤也，而殺人也！又況所謂誤者，未必誤；而所謂非謀非故者，未必非謀非故也。何則？法不執則吏可賣，吏可賣則民可逭。有司取具獄而讀之曰：「此眞誤殺也。」不知夫吏之竊笑也。（本集卷八十九〈刑法下〉）

不問犯罪動機與手段，而處以同一刑罰，自嫌矯枉過正。然刑罰輕重有彈性，而法曹對犯罪動機又可依自由心證而認定，則欲期處刑之絕對公允無誤，亦戛戛乎難矣。夫執法者或有意，或無心，因而致之之冤獄，古今何可勝數？況南宋吏治敗壞，玩法濫權之徒，其劣行或更甚於古；「法不執則吏可賣，吏可賣則民可逭」，誠齋主張一罪一刑，非得已也。

（三）法自上始

用法貴在公平，不可屈法徇人。誠齋曰：

> 臣聞古之行法者，必自貴近始。捨貴近而行於疎遠，則天
> 下不服。法行而天下不服，則法廢矣。（本集卷六十九〈乙巳
> 輪對第三劄子〉）

> 大吏不正而責小吏，法略於上而詳於下，天下之不服固也。
> 是故用法自大吏始，而後天下心服。天下心服，則何法之
> 不可盡行哉！（本集卷八十八〈馭吏上〉）

現代之法治觀念爲「法律之前，人人平等。」誠齋主張用法自貴近始，
自大吏始，則更進一步。在君權時代而有此種民主思想與法治觀念，
殊不多覯。今日台灣法治未彰，檢調人員每受政治左右，不免屈法以
徇私；案涉高官，則趦趄不前；聞誠齋此言，能無愧乎！

（四）守法重於立法

有法而不用，則官壞之，民忤之，其害大於無法也。誠齋曰：

> 立法不如守法。今新法重修之後，臣願陛下與大臣力持之
> 於上，凡法之所無者，一皆執而不行。又詔給舍臺諫之臣，
> 力糾之於下，凡法之所無者，一皆議而不阿。有害吾法，
> 罪在必罰，此又非特有司之事而已也。（本集卷六十九〈癸巳
> 輪對第二劄子〉）

> 有法而不用，則民知其法之不足忌。……法至於爲空言文
> 具，是無法賢於有法也。（本集卷八十〈刑法下〉）

誠齋主張凡犯法者必罰，法之所無者不行；此種崇法務實之思想，與
其一生剛鯁不阿之風骨，適相表裏。

以上所述誠齋之政治、軍事、經濟、與法律思想，多見於〈千慮
策〉中。誠齋爲文時，年未四十，官止縣丞，而宏識遠謀如此，其才
其志爲何如耶！

第二目　性　情

欲知其人，不可不知其性情。然誠齋之歿，去今已七百七十餘載，

言其性情，殊非易易。今但據其詩文與行事之可考見者以測度之，略如下述。至《宋史》本傳言先生「爲人剛而褊」，剛誠有之，褊則未必也。

一、幽默詼諧

誠齋爲人忠誠篤厚，行事謹守法度，而其性格則頗幽默詼諧。如與尤袤爲金石交，談笑間即時相諧謔。羅大經記其與尤互謔之事曰：

> 淳熙間，誠齋爲祕書監，延之爲太常卿。又同爲晉宮察案，無日不相從。二公皆喜謔，延之嘗曰：「有一經句，請祕監對。曰：楊氏爲我。」誠齋應曰：「尤物移人。」眾皆嘆其敏確。誠齋呼延之爲「蜻蜓」，延之呼誠齋爲「羊」。一日食羊白腸，延之曰：「祕監錦繡腸亦爲人食乎？」誠齋笑吟曰：「有腸可食何須恨，猶勝無腸可食人。」蓋蜻蜓無腸。一座大笑。厥後閒居，書問往來，延之則曰：「羔兒無恙？」誠齋則曰：「彭越安在？」誠齋寄語云：「文戈却日玉無價，寶氣蟠胸金欲流。」亦以蜻蜓戲之也。（《鶴林玉露》卷六）

誠齋與朱熹吟詠甚多，亦頗好戲謔。呂炎曰：

> 劉約之丞廬陵，過誠齋，語及晦庵足疾，誠齋因贈約之詩云：「忠節聞孫定不虛，西樞猶子固應殊。鷺停梧上遺風在，雁進松間得句無？賸有老農歌贊府，未多薦墨送清都。晦翁若問誠齋叟，上下千峯不用扶。」晦翁後視詩笑云：「我疾猶在足，誠齋疾在口耳。」（《柳溪近錄》。魏慶之撰《詩人玉屑》卷十九引）

誠齋雖謔人，然未嘗不自謔。如答陸游書曰：

> 新來做得一箇寬袖布衫，著來也暢，出戶迎賓，入城幹事，便是楊保長云云。呵呵！（本集卷六十七）

此書作於致仕之後，尚自謔以娛人，可謂幽默之上乘矣。宋楊和甫亦記誠齋軼事曰：

> 楊誠齋爲監司時，巡歷至一郡，郡守盛禮以宴之。有官妓歌〈賀新郎〉詞以送酒，其間有「萬里雲帆何日到」之句，誠齋遽曰：「萬里昨日到。」守大慚，監繫此妓。（《行都紀事》）

案誠齋應聲曰「萬里昨日到」，蓋亦幽默感之自然流露，初無不豫之意。而郡守監繫歌者，則非誠齋所預知，尤非誠齋所心許也。案《誠齋詩話》記東坡軼事一則曰：「東坡談笑善謔。過潤州，太守高會以饗之。飲散，諸妓歌魯直茶詞云：『惟有一杯春草，解流連佳客。』坡正色曰：『却留我喫草！』諸妓立東坡後，憑東坡胡床者大笑絕倒，胡床遂折，東坡墮地，賓主一笑而散。」使潤州太守不解幽默，則諸妓或監繫，或流放，何所不可？然豈坡公之意哉！

二、恬澹寡欲

誠齋秉性恬澹，有匡時之才，濟世之志，而平素所措心積慮者，不在於其一身。故有事功之念，而無功利之慾；雖乘軒服冕，而心未嘗不在林壑也。試吏之始，即有「山林早回首，詩酒且平生」〔註 5〕之思。乾道五年賦詩曰：「不隨俗子作蠅營，深入書林寄此生。」〔註 6〕雖以贈人，殆亦夫子之自道。知常州時，賦詩曰：「徑須父子早歸田，粗茶淡飯終殘年。」〔註 7〕又有「不妨聊吏隱，何必更林泉」〔註 8〕之句，大有淵明「結廬在人境，而無車馬喧」之遺意。蓋心境澄澈，襟懷灑落，無名利之相縈也。羅大經曰：

> 楊誠齋立朝時，計料自京還家之費，貯以一篋，鑰而置之臥所，戒家人不許市一物，恐累歸擔，日日若促裝者。(《鶴林玉露》卷七)

誠齋不以顯祿為可戀，故時作歸田之計。黃山谷云：「佩玉而心若槁木，立朝而意在東山。」誠齋亦然。

淳熙二年（西元 1175 年），誠齋以將作少監奉旨知常州，即上章辭官，時年僅四十九歲。雖曰緣於自負其才，無所施展；然觀其抵常後有詩：「只教詩句清如雪，看得榮名細似埃。」〔註 9〕可知生性恬澹

〔註 5〕見《詩集》卷一〈得老親家問〉二首。
〔註 6〕見《詩集》卷五〈和張器先十絕〉。
〔註 7〕見《詩集》卷十三〈得小兒壽俊家書〉。
〔註 8〕見《詩集》卷十一〈晚登懷古堂〉。
〔註 9〕見《詩集》卷十二〈晚興〉。

寡欲，實爲辭官之潛因。紹熙二年（西元 1191 年）官江東轉運副使時，有詩曰：

> 今茲秋又至，歸心捺還生。會當掛其冠，高臥聽松聲。
>
> （《詩集》卷三十三〈秋日早起〉）

蓋已動掛冠之興矣。會朝議欲行鐵錢於江南諸郡，誠齋以兩淮嘗行鐵錢會子致民怨沸騰爲鑑，抗不奉詔，旋即謝病辭官，杜門高蹈。自謂「如病鶴出籠，如脫兔投林。猶有恨者，不早焉耳。」〔註 10〕並世公卿多懷祿顧位，惟恐失之，〔註 11〕而誠齋之淡泊如此。寧宗登極後，一再召赴行在，皆以疾辭。朱熹貽書曰：「時論紛紛，未有底止；契丈清德雅望，朝野屬心。切冀眠食之間，以時自重；更能不以樂天知命之樂，而忘與人同憂之憂。毋過於優游，毋決於遁思，則區區者猶有望於斯世也。」〔註 12〕朱熹出，誠齋堅不起，蓋已忘情於名利矣。慶元六年（西元 1200 年），誠齋與長子長孺書曰：

> 初仕贛掾，忝職一月，有所不樂，欲棄官去，先太中怒撻焉乃止。後三立朝，三棄官，至江東漕，遂永棄官。是時吾年六十六耳，若曰几案吏道，猶可以勉而能也，然決焉舍去，還家待盡。至七十而納祿，三請而得俞。汝視我平生之出，此心樂否也？（本集卷六十七）

誠齋抱忠愛之忱，而不以居官爲樂，故得時則駕，道不行則隱。嘗云：「人皆以饑寒爲患，不知所患者，正在於不饑不寒爾。」〔註 13〕致仕後，每奉詔晉爵，即以奏疏及私函，交相懇辭。又有示三子幼輿詩云：

> 素王開國道無臣，一牓春風放十人。
>
> 莫羨牓頭年十八，舊春過了有新春。
>
> （《詩集》卷四十〈送幼輿子之官澧浦慈利監稅二首〉）

則不獨己之淡泊寡欲，並誡兒輩勿重科名，眞視名利若敝屣矣。

〔註 10〕見本集卷六十六〈答沈子壽〉書。
〔註 11〕用誠齋語，見本集卷六十九〈乙巳輪對第二劄子〉。
〔註 12〕見《朱文公文集》卷三十八。
〔註 13〕羅大經撰《鶴林玉露》卷十五引。參閱本集卷六十四〈再答學者書〉。

三、剛直耿介

誠齋賦性質直，又以不置慮於升沈得失，「無欲則剛」，遂益形成其剛正耿介之個性。故立朝鯁言直議，無所容隱，如上孝宗書乞留張栻、黜韓玉；又舉言無事於有事之時者十事，以為謬論足以亡國；旱暵應詔上疏，以為致旱之由，在於上澤不下流，下情不上達，歷舉事證，以實其說；俱辭義凜然，道人之所不敢道者。〔註14〕宰相虞允文於誠齋有知遇薦拔之恩，迨侍講張栻因論張說而不容於朝，誠齋即上書允文，謂不得辭其責，辭氣峻切。栻雖不果留，而公論偉之。〔註15〕高廟配享，洪邁在翰苑，以呂頤浩等四人為請，蓋文武各用兩人，出於孝宗之意也，遂令侍從議。時宇文子英等十一人以為宜如明詔，誠齋獨上書詆之，且以欺、專、私三罪斥邁。〔註16〕戶部侍郎王少愚為其弟丐銘於誠齋，有「速為下筆」之語，誠齋以其辭氣不敬，即拒不應命：

> 臺座賜大兒長孺書，乃有「速為下筆」之語，某敬讀至此，汗不敢出，此與程督里胥不報期會之爰書有以異乎？……孔子曰：「君使臣以禮」，杜子美曰：「五日畫一水，十日畫一石，能事不受相促迫，王宰始肯留真迹。」子思曰：「今而後知君之犬馬畜伋，王公貴人之輕士，未有甚於此時者也。」某亦安能嘔心胼手，竭蹷奔命，以奉此急急之符哉！行狀奏議敬以歸納，可別選才敏思湧者而往役焉。（本集卷六十八〈答戶部王少愚侍郎書〉）

誠齋自謂「材不適時，性多忤物。」〔註17〕又云：「其身之所操者，皆非時之所售；而時之所售者，又非身之所操。」〔註18〕居官數十年，

〔註14〕見本集卷六十二〈上壽皇乞留張栻黜韓玉書〉，〈上壽皇論天變地震書〉，〈旱暵應詔上疏〉。
〔註15〕見本集卷六十三〈上虞彬甫丞相書〉及《宋史》本傳。
〔註16〕見《宋史》本傳、本集卷六十二〈駁配饗不當疏〉，及《鶴林玉露》卷七。
〔註17〕見本集卷六十六〈與余右相書〉。
〔註18〕見本集卷六十三〈與虞彬甫右相書〉。

孤立直前，非特不悅於流俗，即一時名卿賢大夫聚議之際，苟惟立論小異，亦不肯少屈以徇之。三立朝，三去官，終以忤宰相從臣，絕意軒冕。昔人論蘇東坡在元豐不容於元豐，在元祐不容於元祐，以為非隨時上下人；誠齋其有焉。〔註19〕孝宗嘗曰：「楊萬里直不中律。」光宗亦曰：「楊萬里也有性氣。」故誠齋自贊云：

> 禹曰也有性氣，舜云直不中律。
>
> 自有二聖玉音，不用千秋史筆。〔註20〕

蓋頗以此自矜自慰也。退隱後，甯宗一再收召，然誠齋鄙夷名利，更自知不能與奸臣小人共處，竟不復出。嘗名酒之和者曰金盤露，勁者曰椒花雨。曰：「余愛椒花雨，甚於金盤露。」羅大經謂「意蓋有為也」；〔註21〕余以為誠齋之嗜烈酒，衡諸性格，固當如此。

第二節　德行與功業

第一目　德　行

羅大經曰：「楊誠齋初欲習宏詞科，南軒曰：『此何足習，盍相與趨聖門德行科乎？』誠齋大悟，不復習。」〔註22〕故誠齋之學，根柢乎六經仁義，而信道甚篤，行道甚力，其體現於德行者，乃純為儒家之崇高思想與精神。

一、孝親慈幼

誠齋八歲喪母，終身追慕。〔註23〕隆興元年（西元 1163 年）秋，除臨安府教授，已抵臨安，尚未就任，聞父病，即日遄歸侍湯藥。〔註24〕於繼母羅氏，事之亦盡孝，祿養三十年，人不知羅之為

〔註19〕用本集卷一百三十三〈謚文節公告議文〉。

〔註20〕據《鶴林玉露》卷五。自贊文本集未見。

〔註21〕同前注書卷四。

〔註22〕見《鶴林玉露》卷十三。

〔註23〕見本集卷一百十七〈李臺州傳〉及崔譜引楊長孺撰墓誌。

〔註24〕參見《宋史》本傳及《詩集》卷二〈甲申上元前聞家君不快西歸見梅有感〉二首。

繼母也。〔註25〕平居本好誦詩作詩，然居繼母喪期間，詩文皆不作。免喪後，奉召爲吏部員外郎，「就道入京，道途僅得二十餘詩，然自覺其扞格不如意，蓋哀未忘故也。」〔註26〕可知誠齋事繼母如生母，出乎純孝之性也。

淳熙七年（西元 1180 年）夏，誠齋在廣東常平茶鹽任，遣二子壽仁壽俊還吉水待秋試，旋有饋荔枝者，急呼健僕追致之。有詩曰：

> 二子別我歸，兼旬無消息，客有饋荔枝，盈籃風露色。……
> 老夫非不饞，忍饞不忍喫。急呼兩健步，爲我致渠側。……
> 十日兩騎還，千里一紙墨。把書五行下，廢書雙淚滴。……
> 決焉遣還家，一笑更不疑。傍人怪無淚，淚入肝與脾。……

（《詩集》卷十六〈得壽仁壽俊二子中塗家書〉）

誠齋時年五十四，二子亦在弱冠，猶舐犢情深若此，其對子女之慈愛可知也。

二、愛國忠君

誠齋初入仕時，即留心天下利病，嘗撰〈千慮策〉三十篇，詳論君道及選將、擇相、馭吏、練兵、求才、拒敵之道，送呈宰相陳俊卿。忠君愛國，情溢乎辭（參閱上節第一目）。凡三立朝，莫不直言忠諫，極陳時政闕失，不畏權勢，不避嫌怨。尤以論天變地震之由、論儲君監國、言朝官應定滿秩或成資之期、乞用張浚配享、言朱熹不當與唐仲友同罷等，俱天下大事，而皆封章剴切，有賈誼、陸贄之風。其〈駁配饗不當疏〉中，有「其弊必至於指鹿爲馬之姦」一語（見本集卷六十二），引喻雖稍嫌激切，然實出於愛國忠君之一念，初不料反以此不容於孝宗也。爲東宮侍讀時，講《資治通鑑》、《陸宣公奏議》等，皆隨事規警，深獲太子敬重。〔註27〕及孝宗欲命太子參決庶務，誠齋上章力諫；又援天無二日之說，上書太子，請三辭五辭而勿居。其上孝宗疏云：

〔註25〕見崔譜引楊長孺撰墓誌。
〔註26〕見本集卷六十六〈答盧誼伯書〉及卷八十《朝天集·自序》。
〔註27〕見《宋史》本傳及本集卷一百十二〈東宮勸讀錄〉。

自古未有國貳而不危者，蓋國有貳則天下向背之心必生；向背之心生，則彼此之黨必立；彼此之黨立，則說間之言必起；說間之言起，則父子之隙必開。開者不可復合，隙者不可復全。昔趙武寧王命其子何聽朝，而從旁觀之；魏太武命其太子晃監國，而自將於外；既而間隙一開，四父子皆及於禍，而二國遂大亂。故夫君父在上而太子監國，此古人不幸之事也，非令典也。……臣一介小臣，預國大議，自知言出於口，戮及於身；然使臣殺一身以利國家，臣之願也。使臣言不用，而安危有不可測，則臣雖生何益？

（本集卷六十二）

疏上，當時諸公皆甚其言，至紹熙甲寅，始服先見。〔註28〕而誠齋之耿耿精忠，及今讀之，猶令人蕭然生敬。

誠齋憂國愛君，有杜甫每飯不忘之風。初爲下吏時，即懷「乾坤裂未補，簪笏達何榮？」之念。〔註29〕晚年雖袖手林泉，仍未嘗一日不以君國爲憂，及聞韓侂冑竊弄權柄，專恣狂悖，有無君之心，不勝憂憤，怏怏成疾。開禧元年（西元 1205 年）孟秋，誠齋時年七十九，且纏綿病榻，仍力疾草奏，極陳侂冑之姦，竟以壅閼不得自達而止。次年五月，聞侂冑專僭用兵，謂「姦臣妄作，一至於此！」流涕太息不止。垂絕數語，痛憤時事，遂捐其生。〔註30〕臨死生之際，而忠不忘君如此，其與慷慨赴義於疆場，從容就死於敵手者，何以異乎！《吉安府志》（清順治十七年刊本）以誠齋入〈忠節傳〉，良有以也。

三、執節守度

誠齋一生操履端方，執節守度，一議不苟隨，一事不苟且，一情不苟合。居無事時，溫良惠和，與物無忤；及遇事，擇善固執，萬夫不能奪也。宋孫奕曰：

誠齋先生考校湖南漕試，同僚有去易義爲魁者，先生見卷

〔註28〕羅大經說。見《鶴林玉露》卷十六。
〔註29〕見《詩集》卷一〈得老親家問〉二首。
〔註30〕參見本集卷一百三十三〈諡文節公告議〉。

> 上書盡字作尽，必欲擯斥；考官力爭，先生曰：「明日揭
> 榜，有喧傳取得尺二秀才，吾輩將何顏？」竟黜之。（《示
> 兒編》）

時爲紹興三十二年（西元 1162 年），誠齋官零陵丞，方入仕未久也。
其後立朝則持論鯁挺，特立不阿；攬轡則斥遠權利，節概凜然，人不
敢有私請。〔註31〕

紹熙元年（西元 1190 年），誠齋爲秘書監，所撰孝宗日曆序篇不
見用，自以不稱職，即連章決退，其重去就之分如此。嘗慨然曰：

> 臣竊觀近世之俗，駸駸乎嚮於名節之不立矣。公卿大夫以
> 靖恭爲大體，有將順而無弼違；百官有司以柔伏爲厚德，
> 有依阿而無奮發；政事之得失，卷舌而不敢議；人物之忠
> 邪，閉目而不敢分；以守正爲拙，以敢爲爲狂；以中立不
> 倚爲後時，以處穢田經爲速化；古人進退之節，往往視爲
> 迂濶無用之具矣。此風一成，豈國之福哉！（本集卷六十九
> 〈乙巳輪對第二箚子〉）

而誠齋平生剛大不撓，始終一節；苟有弗合，決然求去，則極人情之
所難而不容挽，誠可謂行踐其言矣。

慶元三年（西元 1197 年），韓侂胄欲誠齋爲〈南園記〉，誠齋峻
拒之。《宋史》本傳曰：

> 韓侂胄用事，欲網羅四方知名士相羽翼，嘗築南園，屬萬
> 里爲之記，許以掖垣。萬里曰：「官可棄，記不可作也。」
> 侂胄恚，改命他人。臥家十五年，皆其柄國之日也。〔註32〕

誠齋之不阿不屈，高風特操，於斯可概見。嘗云：

> 或問：明哲保身何如？楊子曰：全其名，守其節，斯不失
> 其身矣。若張禹、孔光之保身，乃所以失身。（本集卷九十二
> 〈庸言十〉）

〔註31〕同前注。
〔註32〕誠齋於紹熙三年（西元 1192 年）秋退隱，而韓侂胄於慶元元年（西
　　　元 1195 年）始漸擅權，柄國更在後；《宋史》云誠齋臥家十五年皆
　　　韓柄國之日，未爲全是。

其不爲權奸作記，有由來矣。又有詩示長子長孺曰：「高位莫愛渠，愛了高位失丈夫。」〔註33〕亦誡其子勿因貪慕勢位而枉道阿俗也。葛天民稱誠齋曰：「脊梁如鐵心如石，不曾屈膝不皺眉。」〔註34〕堪謂知誠齋者。夫道德博文曰「文」，能固所守曰「節」，誠齋兼有斯美，諡曰「文節」，可謂得其實矣。

四、清廉自持

誠齋以爲爲民之蠹者，莫大於貪吏。禁制之方：寬以養其恥，則彼等狃上之寬而不知畏；故須繩之以法，使知貪不可爲。且用法必自大吏始，而後天下心服，則貪污自戢也。〔註35〕誠齋極言之，亦力行之。平生非惟一毫弗苟取，馴至官俸亦不欲納。爲廣東提刑時，丁繼母憂，諸郡賻布爲錢四百萬，誠齋俱却之。漕江東時，凡行部之常禮，一切不納；至於折俎交饋，秋毫弗以自入，悉歸之官，爲錢一百六十萬。〔註36〕卸任時有俸給萬緡，竟留庫中，棄之而歸。〔註37〕致仕後，高臥南溪，老屋一區，略無增飾，采椽土墀，如田舍翁。嘗有詩曰：

> 亭午曬衣補摺衣，柳箱布襆自攜歸。
>
> 妻孥相笑還相問，赤腳蒼頭更阿誰？（《詩集》卷四十一〈曬衣〉）

可知家庭瑣事，亦少婢僕代勞。徐璣贈詩云：

> 名高身又貴，自住小村深。清得門如水，貧惟帶有金。
>
> 養生非藥餌，常語是規箴。四海爲儒者，相逢問信音。
>
> （《二薇亭集・投楊誠齋》）

葛天民亦有〈寄楊誠齋〉詩云：

〔註33〕見《詩集》卷三十〈大兒長孺赴零陵主簿示以雜言〉。
〔註34〕見《葛無懷小集・寄楊誠齋》。
〔註35〕參見本集卷六十九〈得臨漳陛辭第一箚子〉及卷八十八〈千慮策・馭吏〉上。
〔註36〕見崔譜引楊長孺撰墓誌及《鶴林玉露》卷四。
〔註37〕見《吉安府志》。

> 我與誠齋略相識，亦不知他好官職。但知拼得忍饑七十年，
> 脊梁如鐵心如石。不曾屈膝不皺眉，不把文章做出詩。(《葛
> 無懷小集》)

凡此皆紀實也。長子長孺爲邑南昌，行前問政，誠齋告之云：「吏道如
砥，約法惟五：一曰廉，二曰恕，三曰公，四曰明，五曰勤。」〔註38〕
而以「廉」居首。蓋不廉則無不可爲也。次子次公之官安仁監稅，誠
齋送以詩曰：

> 汝仕今差晚，家庭莫恨離。學須官事了，廉忌世人知。
> 爭進非身福，臨民只母慈。關征豈得已，榷斷欲何爲？(《詩
> 集》卷四十)

亦以清廉相勉。而長孺官至督撫，果以清廉有聲於時，可謂善體父志，
不墜家聲矣。

五、謙遜虛心

誠齋爲學，轉益多師。對朋輩亦常誠心請益，虛心服教。所撰《易
傳》一書，自謂「自戊申發功，至己未畢務。」歷時十二年之久，可
謂殫精竭慮於斯矣，然仍執以請益於尤袤、朱熹、袁樞等：

> 嘗出屯蒙以降八卦於尤延之矣，延之我愛不我棄也，皆有所
> 竄定焉，某皆聽從而改之焉，是以樂爲延之出而忘其瀆也。
> 又嘗出家人一卦於元晦矣，元晦一無所可否也，但云「蒙示
> 易傳之秘」六字焉，某茫然莫解其意，是以不敢復進焉。今
> 再以出之於元晦者出之於機仲，機仲能如延之之不我棄而我
> 教乎？幸也。不然，又曰「蒙示易傳之秘」乎？戲也。幸之
> 戲之，唯命焉。(本集卷六十七〈答袁機仲寄示易解書〉)

誠齋誠心請益，而晦翁無所可否，誠齋頗有憾焉。羅大經曰：

> 楊誠齋在館中，與同舍談及「晉于寶」，一吏進曰：「乃干
> 寶，非于也。」問何以知之，吏取韻書以呈，「干」字下注
> 云：「晉有干寶。」誠齋大喜曰：「汝乃吾一字之師。」(《鶴
> 林玉露》卷十三)

〔註38〕見本集卷九十七〈官箴〉。

其虛心服賢如此。然誠齋又不欲爲人師，張鎡（功父）函誠齋，尊之
爲師，誠齋謙辭不受，曰：

> 今功父號我以師，而自號以弟子。詰其實，則朝同朝也，
> 游同游也，志同志也。友云者，實也；師弟子云者，浮也。……
> 然而云云若爾者，尚古人敬老之義，而欲行之以厚俗也。
> 此在功父不失爲盛德事，在某則有所大不安者。敬我不若
> 安我，他日賜書，惟無曰師弟子云者，則老友之盛福也。（本
> 集卷六十八〈答張功父寺丞書〉）

陸游謂誠齋詩作當有萬首，誠齋答以多則不善，而自稱其詩爲「惡
詩」。〔註39〕退隱後，郡士劉訥寫誠齋及周子中、周必大爲「三老圖」，
誠齋題詩二絕云：

> 旦奭行間著季眞，黃冠不合附青雲。
>
> 二南風裏君知麼，添箇委蛇退食人。
>
> 劉君寫照妙通神，三老圖成又一新。
>
> 只道老韓同傳好，被人指點也愁人。
>
> 《詩集》卷四十一〈誠齋題三老圖〉）

周必大亦有題詩。趙威伯《詩餘話》曰：「益公形容甚工，誠齋謙遜
自處，眞一時盛事云。」〔註40〕誠齋之謙遜虛心，固不獨於子中、必
大爲然也。

六、篤實力行

誠齋謂自信聖人之道爲必可行，力行之而不息，固執之而不移，
此之曰誠。〔註41〕初以誠名齋，以誠自勉，終以誠著稱於世。〔註42〕

自昔文人好爲空言，誠齋則反是。嘗曰：

> 任賢非難，知賢爲難。使能非難，知能爲難。……嗇夫之
> 利口而無補於漢，周勃之訥言而能安劉氏。然則人君欲知

〔註39〕見本集卷六十八〈再答陸務觀郎中書〉。

〔註40〕魏慶之撰《詩人玉屑》卷十九〈周益公〉條引錄。

〔註41〕見本集卷六十九〈己酉自筠州赴　行在奏事十月初三日上殿第三劄子〉。

〔註42〕見本集卷一百十二〈東宮勸讀錄〉楊長孺附識，及卷一百三十三〈諡
　　　文節公告議〉。

其臣之才能歟？似不能言，而能立功立事者，其才能無疑矣。欲知其臣之誕謾歟？敢爲大言，而不能成事者，其誕謾無疑矣。能者使之，誕謾者廢之，則使能之道盡矣。（本集卷六十九〈壬辰輪對第二箚子〉）

臣聞言非尚於奇，尚於用也。事非難於料，難於處也。奇而無用，能料事而不能處，此豈非士大夫進言謀國者之大患歟！昔之人蓋有長於談兵而敗於兵，工於說難而死於難，言非不奇也，疏於用也。（本集卷八十七《千慮策·君道上》）

古之君子，道足以淑一身，及其足以淑萬世，而不自知也。後之君子，言將以信萬世，及其不足以信一室，而不自知也。（本集卷九十一《庸言一》）

放言易，力行難。誠齋蓋目覩山河破碎，邦家傾危，而空談高論無裨時艱，故倡力行，鄙虛言。其一生篤實力行，言必信，行必果，自謂「某平生萬事無以愈人，至於愚誠有所必不爲者，如矜異眾之行，如立欺世之論，如干矯俗之名，皆深恥而必不爲者。」〔註43〕孔子曰：「君子欲訥於言，而敏於行。」「故君子名之必可言也，言之必可行也。」〔註44〕誠齋殆眞能闡揚夫子之教，而又身體力行者矣。

第二目　功　業

考誠齋宦歷，初爲贛州司戶三年，繼丞永州零陵三年，出宰奉新半年，知常州二年，爲提舉廣東常平茶鹽一年，廣東提刑一年半，知筠州一年半，爲江東轉運副使一年八閱月；三任朝官，共七年半；居官計二十二載。其功業史不備錄，然參以誠齋詩文，一鱗半爪，仍有足稱述者。

一、宰奉新

誠齋作宰奉新不過半年，鋒芒初試，政績赫然。《宋史》本傳曰：

知隆興府奉新縣，戢追胥不入鄉。民逋賦者，揭其名市中，

〔註43〕見本集卷六十六〈再與余丞相書〉。
〔註44〕分見《論語·里仁》及〈子路〉篇。

民謹趨之，賦不擾而足。縣以大治。

誠齋自言其本末曰：

> 異時爲邑者：寬己而嚴物，親吏而疏民，施威而廢德。及
> 其政之不行，則又加之以益深益熱之術；不尤其術之不善，
> 而尤其術之未精。前事大抵然也。某初至，見岸獄充盈，
> 而府庫虛耗，自若也。於是縱幽囚，罷逮捕，息鞭笞，去
> 訟繫；出片紙書某人逋租若干，寬爲之期，而薄爲之取；
> 蓋有以兩旬爲約，而輸不滿千錢者。初以爲必不來，而其
> 來不可止；初以爲必不輸，而其輸不可卻。蓋所謂片紙者，
> 若今之所謂公據焉，里詣而家給之，使之自持以來，復自
> 持以往；不以虎穴視官府，而以家庭視官府。……某至此
> 期月，財賦粗給，政令方行，日無積事，岸獄常空。若上
> 官儻見容，則平生所聞於師友者，亦可以略施行之。〔註45〕

孔子相魯，三月而大治。誠齋爲邑，行其所學，施恩信於民，其効如
響，期月而治，可謂不負孔孟之教矣。又本欲聚糧興學，而召命已至，
「耿耿此心，不遂而去。」〔註46〕

二、知常州

誠齋在常勤政愛民，夜分臨訟，鷄鳴即起。嘗有詩曰：

> 不分老鈴下，苦來驚我眠。要知甘寢處，最是欲明天。
> 未了公家事，難銷月俸錢。坐曹臨訟罷，殘燭正熒然。
>
> （《詩集》卷十一〈早起〉）

即此「未了公家事，難銷月俸錢」之一念，令誠齋兢業從公，必求俯
仰無愧。離常之日，州人環而止之，途爲之塞。有詩紀其事：

> 攔街父老不教行，出得東門已一更。
> 一事新來偏可意，夢中聞打放船釘。
>
> （《詩集》卷十四〈初離常州夜宿小井，清曉放船〉）

誠齋在常之具體政績，無可稽考，然觀之「攔街父老不教行」，則其

〔註45〕見本集卷六十五〈與張嚴州敬夫書〉。參見同卷〈與胡澹菴書〉，及
　　　　卷六十三〈與虞彬甫右相書〉。
〔註46〕見本集卷一百三〈辭縣學文〉。

有功德於民，蓋無疑也。

三、持節廣東

閩盜沈師犯境，誠齋召諸郡兵，躬帥師粉平之。歷時數月，馳逐千里。兵凶戰危，誠齋本不嫻武事，而顧盼自雄，談笑破賊。事聞於朝，孝宗大喜，褒曰：「仁者之勇」，又曰：「書生知兵」。〔註47〕誠齋於發兵前賦詩云：

> 閩盜宵窺粵，南兵曉盡東。軍聲動巖谷，旗影喜霜風。
> 貔虎諸方集，欃槍一笑空。區區鼠子輩，不足奏膚功。

（《詩集》卷十九〈羽檄召諸郡兵〉）

又班師時有詩云：

> 不是潢池赤白囊，何緣杖屨到潮陽？
> 官軍已掃狐兔窟，歸路莫辜山水鄉。

（《詩集》卷二十〈平賊班師明發潮州〉）

讀其詩，雄才大略，凜凜有生氣。惜乎孝宗用未竟也。

四、任江東轉運副使

紹熙三年（西元 1192 年），詔書令江南行使鐵錢會子，軍民聞之，群情惶惑。誠齋以為一旦使用，喧爭必起，上疏析其不可行，請罷成命：

> 臣非不知時暫兼攝總司之職，奉承朝廷之命，可以免目前方命之罪；然萬一鏤版揭榜及交收新會子，他日正官到任，將新會子與軍人支遣民旅交易之際，儻有如前所謂喧爭紛紜之說，則朝廷推其所從，皆臣阿諛順旨交收會子之罪，雖斬臣以塞責，於國何益哉？淮民兩年已被揀擇鐵錢之擾，怨咨之言，有不可聞；今幸少寬揀錢之禁以安淮民，若江南八州復欲力行鐵錢會子，是江南之民又將不勝其擾也。（本集卷七十〈乞罷江南州軍鐵錢會子奏議〉）

疏上，忤宰相從臣意，誠齋為民請命，竟坐落職；然江南八郡因得免無窮之紛擾，誠齋豈非大有恩於江南千萬之民哉！

〔註47〕參見《宋史》本傳及崔譜引墓誌。

　　誠齋三度立朝，迭陳安邦定國之策，宏謀卓識，朝野同欽，已略述於上節第一目及本節第一目第二款中，原文具見本集，此不贅述。迨晚年退休，嘗悵然曰：「吾平生志在批鱗請劍，以忠鯁南遷，幸遇時平主聖；老矣，不獲遂所願矣。」〔註48〕倘得大用，或彌綸燮理於朝，或開藩持鉞於外，則其所以福國利民者，尚可知耶！

第三節　親　屬

第一目　妻　兒

　　誠齋夫人羅氏，爲廬陵名儒羅紼（天文）之女，進士羅元亨之妹。〔註49〕誠齋有〈爲妻安人醮星辰青詞〉曰：

　　　　伏念某妻室安人羅氏，頃及月辰，遘纏災疾，命已危於一髮，禱遂遍於三靈。罄忱恂於方寸之間，格化育於圜穹之上，其應如響，厥疾乃瘳。（本集卷九十七）

可知夫人嘗病危，誠齋爲之遍禱神靈，始得痊癒。伉儷情深，亦於此可見。

　　夫人仁慈寬厚，克己愛人；且勤勞儉約，暮年猶躬親鄙事。《吉安府志》與《鶴林玉露》並載夫人軼事曰：

　　　　楊誠齋夫人羅氏，年七十餘，每寒月，黎明即起詣廚，躬作粥一釜，遍享奴婢，然後使之服役。其子東山先生啓曰：「天寒，何自苦如此？」夫人曰：「奴婢亦人子也，清晨寒冷，須使其腹中略有火氣，乃堪服役耳。」東山曰：「夫人老，且賤事，何倒行而逆施乎？」夫人怒曰：「我自樂此，不知寒也。汝爲此言，必不能如吾矣。」東山守吳，夫人嘗於郡圃種苧躬紡緝以爲衣，時年蓋八十餘矣。〔註50〕

〔註48〕見《鶴林玉露》卷五。
〔註49〕墓誌曰：「娶羅氏。」本集卷一百二十二〈羅元亨墓表〉：「父諱紼，以經術爲州里儒先，粹然古君子人也。」末自署妹婿。
〔註50〕《吉安府志》今可見之刻本凡三，茲所引者出光緒元年刊，《重修吉安府志》五十三卷，劉繹等纂。

> 東山月俸，分以奉母。夫人忽小疾，既愈，出所積券曰：「此
> 長物也。自吾積此，意不樂，果致疾。今宜悉以謝醫，則
> 吾無事矣。」平生首飾止於銀，衣止於紬絹。生四子三女，
> 悉自乳，曰：「飢人之子以哺吾子，何心哉！」

羅大經曰：「誠齋東山，清介絕俗，固皆得之天資，而婦道母儀，所
助亦已多矣。」其言良是。

長子長孺，字伯子，〔註51〕舊名壽仁。約生於紹興三十年（西元
1160 年）左右。〔註52〕光宗紹熙元年（西元 1190 年），以蔭補永州零
陵主簿。〔註53〕其後詔舉制科，長孺以書經薦名。慶元六年（西元 1200
年），為南昌令。〔註54〕嘉定四年（西元 1211 年），守湖州；彈壓豪貴，
牧養小民，治聲赫然，郡人相與肖像祠於學宮。除浙東提刑。累官至廣
東經略安撫使，知廣州事。改福建安撫使，以忤權貴劾去。累召不起，
加集英殿修撰致仕。紹定元年（西元 1228 年），起判江西憲台，尋以敷
文閣直學士致仕。文學政事，綽有父風。家居時，與雲巢曾無疑友善，
往來唱酬，時稱其風味不減平園誠齋云。自號「東山潛夫」，晚號「農
圃老人」。有《東山文集》、《知止》、《休官》等詩文集。卒年七十九。
贈大中大夫，諡文惠。粵之士民懷之，為立像與吳隱之合祠云。

長孺居官剛正，不阿權勢。守湖州時，秀邸橫一州；一日，秀王
柚招府公張樂開宴，水陸畢陳，帷幕數重，列燭如畫。酒半少休，已
而復坐，乃知逾兩夕矣。歸即自劾云：「赴秀王華宴，荒酒凡兩日，

〔註51〕羅大經撰《鶴林玉露》書長孺為「伯子」（見卷七、十一、十四）；
按羅為廬陵人，與長孺為世交，其所記長孺父子軼事，當可信；所
書長孺之名號，尤不致誤。又《吉安府志》卷五十一〈藝文志〉錄
陳傅良詩，題曰「楊伯子以其尊人誠齋《南海集》為贈，以詩奉酬」，
可為旁證。《宋史翼》卷二十二《楊長孺傳》作「子伯」，他書或作
「伯大」，俱誤。
〔註52〕《詩集》卷十七〈得壽仁壽俊二子書皆以病不及就試且報來期〉詩，
有「兄弟年二十，塵埃路四千」之句，作于淳熙七年（西元 1180 年）；
上溯二十，則長孺兄弟當在紹興三十年（西元 1160 年）前後出生。
〔註53〕同註33。
〔註54〕見本集卷六十七〈與南昌長孺家書〉。

願罰俸三月，以懲不恪。」自是秀邸不敢復招。一日，府促解爬松釵人，長孺判云：「松毛本是山中草，小人得之以爲寶。嗣王促得太吃倒，楊秀才放得却又好。」竟釋去。帥閩時，強宗累年負租，乃署諸法署牘曰：「爾爲天子親，我爲天子臣。爾犯天子法，我行天子刑。」強宗惴恐，盡輸之。終以忤權貴劾去。作詩貽幕友曰：

> 與世長多忤，持身轉覺孤。夤緣新齒舌，收拾老頭顱。
>
> 我已訶瀧吏，君誰誦子虛。同歸燈火讀，家裏石渠書。

又嘗語羅大經曰：「丈夫自有衝天志，莫向如來行處行。」其特立獨行，不同流俗者，蓋非一日之功也。

長孺清廉至極，每對人曰：「士大夫清廉，便是七分人矣。」經略廣東時，知民有貧不能輸租者，竟於將卸任時，盡捐己俸七萬緡代輸之。有詩云：

> 兩年枉了鬢霜華，照管南人没一些。
>
> 七百萬緡都不要，脂膏留放小民家。

又別石門詩云：

> 石門得得泊歸舟，江水依依別故侯。
>
> 擬把片香投贈汝，這回欲帶忘來休。

蓋昔吳隱之守五羊，不市南物，歸舟有香一片，舉而投諸石門江中；用此事也。嶺南群吏，獨長孺以清白著於時。有詔獎諭，謂其清似吳隱之，故長孺賦詩有「詔謂臣清似隱之，臣清原不畏人知」之句。後安撫福建時，又不請供給錢。眞德秀入對，寧宗問當今廉吏，德秀既以趙政夫爲對，翌日又奏：「臣昨所舉廉吏未盡，如崔與之出蜀，惟載歸艎之圖籍；楊長孺之守閩，靡侵公帑之毫釐，皆當今廉吏也。」羅大經曰：

> 其家采椽土堦，如田舍翁，三世無增飾。東山病且死，無衣裳，適廣西帥趙季仁餽縑絹數端，東山曰：「此賢者之賜也，歛材無憂矣。」史良叔守廬陵，官滿來訪，入其門，升其堂，目之所見，無非可敬可仰可師可法者，所得多矣，因命畫工圖之而去。

位至撫憲，官居三品，而貧至無以爲斂，誠亘古罕儷。如長孺者，亦可以風世矣。〔註55〕

次子次公，一名壽俊，約生於紹興三十年（西元 1160 年）前後。慶元六年（西元 1200 年）之官安仁監稅。〔註56〕開禧二年（西元 1205 年）官知縣。〔註57〕他不詳。

三子幼輿，慶元三年中吏部銓試。〔註58〕嘉泰元年（西元 1201 年）出仕澧浦慈利監稅。〔註59〕嘉定四年（西元 1211 年），累官知融州。他不詳。

案：胡銓撰文卿公墓誌銘曰：「孫男三人，曰壽豈、壽俊、壽昌。」楊長孺誌誠齋墓曰：「子男三人：長孺、次公、幼輿。」考胡誌作于隆興二年（西元 1164 年）秋，〔註60〕其時誠齋年未四十，子女俱未成年，故胡誌所書三人名當係乳名（江西俗稱小名。常有於就學或成年後另命名，而以此乳名爲字者。）。稽之本集，長孺一名壽仁，次公一名壽俊，而《詩集》卷十五有〈病中感秋時初喪壽佺子〉一詩（約作於淳熙六年，西元 1179 年），頗疑壽豈即壽仁；壽昌即壽佺，夭歿。而幼輿生於隆興二年之後，胡誌不及載。然何以一人有二乳名，殊不可解。

女：五人，名季蘩、季蘊、季藻、季蘋、季淑。一適陳經，一適劉价，一適王時可。他不詳。

〔註55〕長孺行實參見《吉安府志》，《宋史翼》本傳，《鶴林玉露》等。
〔註56〕本集卷一百五答周丞相：「（中男）年及四十，許令詣曹受署，叨冒安仁之監河。」參見卷一百六〈與湖南陸提刑書〉及《詩集》卷四十〈送次公子之官安仁監稅詩〉。
〔註57〕《詩集》卷四十二有〈除夕送次公入京受縣〉詩。
〔註58〕見本集卷五十七〈答周丞相賀長男改秩幼子中銓〉。
〔註59〕《詩集》卷四十有〈送幼輿子之官澧浦慈利監稅〉詩二首，參之卷六十七與南昌長孺家書，知幼輿此次出仕在次公後一年。
〔註60〕胡誌曰：「（隆興二年）八月四日早作据以坐，嘿而逝。嗚呼！其告之矣。」又曰：「其孤欲以十一月十日葬公於縣之同水鄉介山毛夫人之墓域。」則墓誌之作，當在八至十月間。

第二目　族　長

叔祖楊邦乂，字希稷（一作稀稷）。少處郡學，目不視非禮。同舍欲隳其守，拉之出飲，託言故舊家，實倡館也。公初不疑，酒數行，娼女出，公愕然，疾趨還舍，解衣冠焚之，流涕自責。其自飭如此。爲學博通古今，以舍選登進士第。遭時多艱，每以節義自許。初仕歙州婺源縣尉，歷蘄州、盧州、建康三郡教授，遷溧陽知縣。縣久苦苛政，公至，先教化，後刑威，均征斂。邑人德公，肖像祠之。建炎三年（西元 1129 年）九月，除通判建康軍府，兼提領沿江措置使司公事。大將杜充擁兵數萬保建康，公以兵隸焉。是時賊李成剽江北，瀕江守備。十一月，杜充以戰艦擊成，適金兵大至，與成合，杜充不敵，悉師遁去。知軍府事陳邦光以下皆降，公獨不屈，刺血書襟曰：「吾寧作趙氏鬼，不作他邦臣。」金酋兀朮遣所降官屬及所親厚者說之，公不爲動。邦光語之曰：「事固無可奈何，願少回意，毋爲徒死無益也。」公瞋目曰：「爾以從臣守藩，臨難不能死，甘心屈膝，犬豕苟生，復幾何時？使人人效爾，朝廷何賴？」兀朮誘怵百端，終不肯屈，反唾罵之，酋怒，遂害之，剖取其心。聞者哀壯之。時建炎三年十一月二十七日，享年四十有四。遺子四，女一。高宗褒之曰：「綽有張御史之風，無愧顏常山之節。」詔贈直秘閣，田三頃，官爲斂葬，即其地廟祀之，廟號「褒忠」。諡曰「忠襄」。並官其二子。孝宗即位，又官其二子。《宋史》卷四百四十七有傳。

公赫赫節義，凌霜貫日，立天下臣節之端，其影響於誠齋者當不爲淺。誠齋嘗撰公行狀，且每年清明均祭掃其墓云。〔註61〕

九叔楊輔世，字昌英，自號達齋。與誠齋同年擢第。乾道三年（西元 1170 年）官左宣教郎知麻陽縣。〔註62〕六年冬卒於任，享年五十。

〔註61〕《邦乂公行狀》見本集卷一百十八。又《詩集》卷三十三有〈三月三日上忠襄墳〉詩。
〔註62〕本集卷一百二十六〈曾時仲母王氏墓誌銘〉：「今年行中來學於予叔

詩文俱工,有《達齋文集》。

誠齋與輔世南溪之居相比鄰,非之官無日不還往,不唱酬,詩集中可見者達三十二首。輔世卒,誠齋祭曰:

> 惟我與公,豈如他人?族則小疏,情則至親。名則二人,實則一身。自幼至壯,於學於仕,我有公隨,公無我棄。公唱我和,疇同疇異。……我忽無公,如廈失梁,如駕失輈,如涉失航。(本集卷一百一)

後十四年,又序其文集曰:

> 斯文非今人之文,古人之文也。斯詩非今人之詩,古人之詩也。蓋賦似謝莊,詩似高適,文似列禦寇云。(本集卷七十九)

第三目 姻 親

婦翁羅紼,字天文,廬陵人。羅氏自上世皆穡於業,變而儒自天文始。天文粹然古君子人也,嘗貢至春官不第,自是不復試有司。宣和間以卜子夏詩學爲一州師表,學者爭從之。在庠序從之傾庠序,在鄉里從之傾鄉里;蓋來者必受,受者必訓,訓者必成也。有子三,曰上達、上行、上義。其子若孫若曾孫,三世第進士者七人,皆以詩學;可謂積而精,傳而永者矣。〔註63〕

妻兄羅上達,字元通,紼長子。以詩學名家,授徒數十百人。自三舍盛時有聲庠序,如胡銓等,皆其與遊之士。事親至孝,於親故慷慨任義。乾道五年(西元 1169 年)卒,年七十四。誠齋爲撰墓誌銘(見本集卷一百二十六),又輓詩有曰:

> 舊事餘詩酒,何人續笑談?生前孝友在,伐石爲公鑑。
>
> (《詩集》卷六)

妻兄羅上行,字元亨,紼次子。登建炎二年(西元 1128 年)進

父麻陽縣尹之門。」銘撰於乾道三年。至《詩集》卷五〈送昌英叔知縣之官麻陽〉詩,編入乾道四年,恐誤。

〔註63〕 參見本集卷八十一〈羅氏一經堂集序〉,卷一百二十二〈羅元亨墓表〉,卷一百二十六〈羅元通墓誌銘〉,卷一百二十七〈羅仲謀墓誌銘〉。

士。丞武岡時，值岳飛奉命討洞庭巨寇楊么，上行以飛檄督餉於諸郡，全州通判范寅倨傲不與，上行抗責之，始發帑廩以應，然用是銜上行。上行宰荔浦，治甲廣右。復知東安、安仁諸縣。至安仁數月，境內大治；饒州太守上其狀於朝，請頒其條教爲州縣式。以所至遇讎嫌，而不得施其才。紹興三十一年（西元 1161 年）卒，享壽六十有一。誠齋爲撰〈墓表〉，慨然曰：

> 嗟乎！攖己者醜，諛己者妍；同己者扶，異己者顚。今之君子，此病未瘳。若元亨之犯一郡丞，其禍已如此，況復有大於此者耶？然則乏才於緩急之際，而天下之所以難治，不足怪也已！不足怪也已！（本集卷一百二十二）

內侄羅全略，字仲謀，上行長子。乾道間登進士第。爲永州司戶參軍，歲飢，受命賑潭、衡兩州，多所全活。永州檄仲謀按境內之旱，仲謀力主減其租過半，郡民皆曰：「活我者，戶曹也！」攝東安令，簡而節，寬而信，不數月而大治。去之日，有未給俸錢四十萬，以邑之匱也，置之而去。遷湖南轉運司主管賑司，淳熙二年（西元 1175 年）卒，年四十八。

仲謀少誠齋一歲，初同舉於鄉，既聞罷而歸，未半途，誠齋得疾垂死，仲謀爲謁醫嘗藥，晝夜視疾，廢寢食者半月。乾道二年（西元 1166 年），仲謀策名省榜，誠齋喜甚，至通夕不寐。〔註64〕仲謀卒，誠齋銘其墓，曰：

> 仲謀之爲人，恢疎而夷曠。其學醇懿，爲文粹然，不立異論。與人交，和而久。（本集卷一百二十七）

婿陳經，字履常，紹熙元年（西元 1190 年）進士。初任吉水主簿，嘉泰元年（西元 1201 年）爲泰寧縣丞。工詩，五言有后山之風。〔註65〕餘不詳。

〔註64〕見《詩集》卷三〈得省榜見羅仲謀曾無逸並策名夜歸喜甚通夕不寐得二絕句〉。

〔註65〕《詩集》卷四十〈送陳壻履常縣丞之官泰州：「一官新立授，五字后山風。」

婿劉价，安福人。生平不詳。

婿王時可，安福人，約生於淳熙六年（西元 1179 年）。為王庭珪之孫，楊邦乂之甥。誠齋甚獎異之，稱其「只今二十能綴文，超然下筆如有神。」〔註66〕他不詳。

第四節　交　遊

誠齋平生仕履所至，半於中國；又素以誠信待人，人遂樂與之交，故所與遊者甚夥。嘗曰：

> 予既宦遊四方二十年，自州縣入朝列，得與海內英俊並游，當世之士，非所趨殊響、所志不同行者，往往一見即定交，既交必久要，蓋山何芳而不擷，海何珍而不索也。（本集卷七十一〈水月亭記〉）

稽諸詩文，誠齋交遊上至公卿，下至布衣；有詩人，有方外，有醫者，有術士；其名氏可見者，凡九百數十人。禮記曰：「獨學而無友，則孤陋而寡聞。」孟子曰：「一國之善士，斯友一國之善士。」自來師生講論，友朋往還，研索切磋，聲應氣求；則思潮相感，氣志相激；其影響於思想、德行、學問、事功者，常非淺鮮。故欲研究一代人物，不可不知其交遊。然誠齋與遊者眾，限于篇幅，殊難一一羅列；茲特披沙揀金，就其交誼深至者，略舉於次；其過從較稀，或生平不詳，或文學、德業不著者，暫從闕焉。

第一目　師長及前輩

一、王庭珪

王庭珪，字民瞻，自號「盧溪真逸」。安福人。弱冠以貢入京師太學，已有詩名。政和八年（西元 1118 年）成進士。任衡州茶陵丞，懲刁猾，均田稅，民皆稱善。以忤部使者，拂衣歸，隱居盧溪者三十年。執經來問者，屢滿戶外。紹興十八年（西元 1148 年），編修官胡銓上封

〔註66〕見《詩集》卷三十九〈贈王壻時可〉。

事忤秦檜，謫嶺表，親舊無敢通問，庭珪獨以詩送行，有「百辟動容觀奏牘，幾人回首愧朝班。」及「癡兒不了公家事，男子要爲天下奇」之句，語峻驚人，小人上飛語告訐，坐謗訕朝政，流夜郎，時先生年七十矣。檜死，許自便。孝宗初召對，詔曰：「粹然耆儒，凜有直節。」除國子監主簿。以年老乞祠。乾道八年（西元 1172 年）卒，享壽九十三。〔註67〕於學無不通，尤邃於易，著有《盧溪集》、《易解》等書百餘卷。

誠齋於十七歲起問學於庭珪，歷四年之久。庭珪以國士目之。誠齋序其文集曰：

> 蓋其詩自少陵出，其文自昌黎出，大要主於雄剛渾大云。（本集卷八十）

又送庭珪南歸詩云：

> 潮頭打雲雲不留，月波澄窗窗欲流。夜寒報晴豈待曉，天公端爲盧溪老。盧溪在山不知年，盧溪出山即日還。黃紙苦催得高臥，青霞成癖誰能那？詔謂先生式國人，掉頭已復煙林深。路旁莫作兩疏看，老儒不用橐中金。（《詩集》卷二）

二、劉安世

劉安世，字世臣，安福人。登紹興十八年（西元 1148 年）進士。授岳州司戶參軍，兼攝錄事參軍。抑強豪，止兵變，岳民德之。遷永州教授，墜馬傷久不瘥，州宰憫其客間貧病，以攝他職廩之。安世將行，持所受還之官，爲錢六十萬，太守嘉歎不已。知雩都縣，往往日昳而進晨餐，得疾以歸。邑之民曰：「劉公，非吾縣尹也，吾父母也。」皆走送先生，遣之不去。安世事父母無不盡，謂妻子曰：「事親謂之色養，不得其悅，不謂之子。」方安世之未仕也，士之來受業者百千人。其學不爲空言，源委自賈誼、陸贄、蘇明允父子，文與其人皆肖焉。乾道三年（西元 1167 年）卒，年六十八，門人私謚「清純先生」。

誠齋二十一歲時從安世遊，時逾兩載。迨丞零陵時，復得就安世而卒業。安世之喪，誠齋爲制師服，並狀其行（見本集卷一百十八），

〔註67〕見鄭師因百著《宋人生卒考示例續編》。

以誌師恩。又輓以詩曰：

> 策第仍爲邑，于公未足論。眼中無佛國，戶外即韓門。
> 道大功非細，人亡德則存。西風寄雙淚，吹到秀峯原。
>
> （《詩集》卷六）

三、劉廷直

劉廷直，字諤卿，一字養浩，安福人。登紹興十五年（西元 1145 年）進士第，授鄂州戶掾。調武陵縣丞，數決疑訟；部使者郟章薦之，廷直以不屑其人，不願出其門，竟好言謝却之。改知新喻縣，未之官而疾作，紹興三十年卒，享年六十一。有文集二十卷。

誠齋從學於劉安世時，館於廷直家，廷直以伊洛之學授之（參閱上章第四節第一目）。廷直即世後，誠齋爲撰〈墓表〉、〈浩齋記〉，又祭以文曰：

> 公之文足以追前修，而口不置後進之片善。面折人過，而退則稱其長。……我始徒步，摯文謁公；辱公鑒裁，拔之徒中。謂彼珠璧，寶不難得；惟此人才，可珍可惜。始則教育，使貴於成；終焉永好，重以昏姻。訃告忽來，失聲有慟。……民失慈母，國失高賢，士失主盟，我失我天。……
>
> （本集卷一百二）

四、劉才邵

劉才邵，字美中，廬陵人。大觀二年上舍釋褐，爲贛、汝二州教授。宣和二年（西元 1120 年），中宏詞科。改司農寺丞，遷校書郎。高宗即位，以親老歸侍，居閒十年。大臣薦之，復出，累官至中書舍人兼權直學士院，帝稱其能文。時宰忌之，出知漳州。即城東開渠十有四，爲閘與斗門以瀦滙決，溉田數千畝，民甚德之。紹興二十五年（西元 1155 年），召拜工部侍郎，兼直學士院；尋權吏部尚書。以疾請祠。紹興二十八年卒，享年七十三。〔註68〕才邵氣和貌恭，方權臣用事之時，雍容遜避，以保名節。有《杉溪居士集》行世。《宋史》

〔註68〕見鄭師因百著《宋人生卒考示例》。

卷四百二十二有傳。

　　紹興二十三年，誠齋二十七歲，拜才邵而師焉。方才邵與王庭珪遊太學時，值群小崇姦，紬歐、蘇、黃之學爲「僻學」而禁錮之，兩先生獨犯大禁，孜孜攻研，其後並以之授誠齋（參閱上章第四節第一目）。誠齋撰〈杉溪集後序〉有言曰：

> 嗟乎！若兩先生當妖禽群啾而發紫鶯之鳴，折揚驟歌而奏清廟之瑟，鷫冠胡服之競麗而覿黃收純衣之製，其有大勳勞於斯文其偉乎哉！……兩先生獨首犯時之大禁，力學眾人之所不敢學，所謂豪傑特立之士者，不在斯人歟！不在斯人歟！（本集卷八十三）

五、張　浚

　　張浚，字德遠，綿竹人。中政和八年（西元 1118 年）進士第。靖康二年（西元 1127 年），浚爲太常寺主簿，金粘罕入汴京，欲立張邦昌，浚逃入太學，不肯署狀。聞高宗即位南京，星馳赴焉。除樞密院編修官，以平亂禦虜，功在社稷，累遷尚書右僕射同中書門下平章事。嘗進《中興備覽》四十一篇，高宗置之坐隅。秦檜力主和議，使臺臣交劾，貶徙永州。紹興三十一年（西元 1161 年），召歸，判建康兼行宮留守。孝宗即位，除江淮宣撫使，封魏國公；進樞密使，復爲都督，拜右僕射。左相湯思退急於求和，令從臣交沮浚，浚上章求去。隆興二年（西元 1164 年）卒，享年六十八。〔註69〕諡曰「忠獻」。浚事親至孝，衣食儉約。終生以恢復爲念，艱難危疑，以身任之；功雖未就，人稱其志。其學一本天理，尤深於經術，遺《紫巖易傳》等五十四卷。《宋史》卷三百六十一有傳。

　　誠齋對浚極敬仰，丞零陵時，嘗以弟子禮謁請教益（參閱上章第一節第一目）。浚復相，首薦誠齋，誠齋謝啓曰：「其敢不請事贈言，深藏嘉惠。豈有毫髮，可補報於恩光？不辱門闌，獨保全於名節。」（本集卷四十九）誠齋一生言行，受浚之啓發獨多。浚卒，誠齋作傳，

〔註69〕同前註。

述其行誼，有曰：

> 議者謂其論諫本仁義似陸贄，其薦進人才似鄧禹，其奮不
> 顧身、敢任大事似寇準，其志在滅賊、死而後已似諸葛亮
> 云。（本集卷一百十五）

又祭文曰：

> 正叔之學，公則心之。君實之德，公則身之。……踽踽小
> 子，受知惟深；道學之傳，可諉於心？（本集卷一百一）

又有輓詩三章，讀諡冊感歎詩一首，足見其對浚之崇敬感德。輓詩起
二句云：「出畫民猶望，迴軍敵尙疑。」劉克莊以爲只十個字而道盡
張浚一生。〔註70〕高宗崩，誠齋上章言浚有大功五，理當配饗；以此
忤孝宗，至兩度出朝，不得大用。然亦足慰浚於地下矣。

六、胡　銓

胡銓，字邦衡，晚自號「澹菴老人」。廬陵人。建炎二年（西元
1128 年）進士，授撫州軍事判官。紹興五年（西元 1135 年），張浚都
督諸路兵，辟爲湖北常平茶鹽公事。次年，兵部尙書呂祉以賢良方正
能直言極諫科薦，改樞密院編修官。時宋、金醞釀約和，朝野洶洶，
銓獨奏封事，乞斬奏檜、王倫、孫近三人之頭，懸之藁街。檜怒，除
銓名，遠謫嶺南，再謫新州；由是忠義之聲、剛直之名揚天下。士多
執經受業，凡經坏冶，皆爲良士。孝宗即位，復官，除吏部郎，遷起
居郎兼侍講。以屢斥和議，宰相不悅，出爲措置浙西淮東海道使。復
召還，累遷工部侍郎。淳熙七年（西元 1180 年）卒。遺言不及家事，
口授遺表有「死爲鬼以屬賊」之語。享壽七十九。諡「忠簡」。銓於
利不苟取，沒齒先疇不益一畝。其一生剛介獨立之大節，人所難能。
而文章亦如其人。朱熹曰：「澹菴奏疏爲中興第一，可與日月爭光矣。」
謝疊山曰：「胡澹菴肝胆忠義，心術明白，思慮深長，讀其文想見其
人，眞三代以上人物。」銓長於經學，富於著述，有《澹菴文集》及
《春秋集善》等一百九十八卷。《宋史》卷三百七十四有傳。

〔註70〕詩見本集卷二。劉克莊語見《後村詩話前集》卷二。

誠齋少時嘗隨父文卿公謁銓於贛州，又嘗於丞零陵時，問學於銓。故曰：「紹興季年，紫岩謫居於永，澹菴謫居於衡，……萬里時丞零陵，一日併得二師。」〔註71〕又曰：「萬里與公同郡，且嘗從學。」〔註72〕其後誠齋時往訪謁，或投以詩文，銓亦有詩寄之，且作〈誠齋記〉及〈文卿公墓銘〉。及銓辭世，誠齋爲撰〈行狀〉，並序其文集曰：

> 故澹菴先生資政殿學士忠簡胡公，中興人物未能或之雙也。……先生之文，肖其爲人。其議論閎以挺，其記序古以馴，其代言典而嚴，其書事約而悉。其爲詩，……視李杜夜郎夔子之音益加恢奇云。至於騷辭，……靈均以來一人而已。（本集卷八十二）

七、陳俊卿

陳俊卿，字應求，莆田人，紹興八年（西元 1138 年）進士。授泉州觀察推官，累官至監察御史。極言忠諫，皆根柢天下治亂。遷中書舍人權建康府，與張浚協謀效力，盡瘁國事。浚爲湯思退所排，俊卿亦丐祠。及思退貶死，復出爲吏部侍郎兼侍讀，拜尚書左僕射同中書門下平章事兼樞密使，孝宗稱其忠誠方正，爲賢相云。以與右相論事不合，力請去，改知福州；遷建康。故事有月餉，俊卿別儲之以周士之貧者；將去，尚餘萬緡，悉歸之官。而平居自奉甚約，食日一肉，一衣或二十年。遇人以誠，一言終身可復。致仕後，拜少師，封魏國公。紹興十三年卒，享壽七十四。有文集二十卷。《宋史》卷三百八十三有傳。

俊卿爲相，以用人爲己任，誠齋嘗以所著〈千慮策〉投之，俊卿延譽於樞密虞允文，交薦於上，誠齋始居朝列。俊卿薨，朱熹爲撰〈行狀〉，誠齋銘其墓（見本集卷一百二十三）。

八、虞允文

虞允文，字彬甫，隆州人。紹興二十四年（西元 1154 年）第進士。權知黎州，改渠州。歷擢樞密院檢詳，中書舍人兼侍講。爲江淮

〔註71〕見本集卷一百〈跋張魏公答忠簡胡公書十二紙〉。
〔註72〕見本集卷一百十八〈宋故資政殿學士胡公行狀〉。

督視府參謀軍事，虜酋完顏亮統七十萬眾渡淮入寇，宋師大潰，諸將皆遁，允文見危自任，權領潰兵一萬八千人以禦之，身先冒死，以激怯懦，大殲逆虜於牛渚，一戰而定國焉。旋遷川陝宣諭使，與諸將謀畫經略中原之策，遂復涇原熙鞏等十六州。孝宗即位，累官至左丞相兼樞密使，遷武安軍節度使，兼四川安撫使雍國公。修軍政，裕民力，儲財用，進人才；以積勞得疾而卒，時在淳熙元年（西元 1174 年）二月，享年六十有五，諡「忠肅」。允文性廉介，雖召賜亦固辭。邃於經學，為文立成。在紹興、隆興間，以忠孝、文武、勳名、德望與張浚相頡頏。遺詩文奏議若干卷，《宋史》卷三百八十三有傳。

允文閱誠齋所撰〈千慮策〉，即許以「東南之人物」，常相通問，卒援之於朝。故誠齋曰：「雍公，我知己也。」〔註73〕允文謝世，誠齋輓以詩，祭以文，並為撰〈神道碑〉，〔註74〕以誌恩遇。又〈答虞祖禹兄弟書〉，謂允文之忠孝、文武、元勳、鉅德，視王旦、司馬光二賢，無所與遜，其必傳於後無疑也：

> 是先師相之傳，無待於某之文；而某之姓名與其文，乃有待於先師相而附之以有傳也，某何幸哉！來書附以行實三大編，凡二十餘萬字，某撮其要者，約而為七千言。似簡而實詳，似疏而實密，無遺善，無溢美。惟先師相私於某，故某不私於先師相，所以報也。（本集卷六十七）

第二目　同僚及詩友

一、張　栻

張栻，字敬（欽）夫。父浚。自幼受教以忠孝仁義之實。既長，從胡宏問程氏學，宏知其大器，即告以孔門論仁親切之旨，乃益自奮勵，以古聖賢自期。少以蔭補承務郎。孝宗時，除知嚴州，歷左司員外郎兼侍講。聞張說除樞密，栻夜草手疏，極言其不可；且詣宰相質責之，語

〔註73〕見本集卷六十七〈答興元府章侍郎書〉。
〔註74〕輓詩見《詩集》卷七，祭文見本集卷一百一，〈神道碑〉見本集卷一百二十。

甚切，宰相慚憤不堪，出栻知袁州。改知靜江府兼廣西安撫使，知江陵府兼湖北安撫使，多有德政。栻為人坦蕩明白，詣理精，信道篤，樂於聞過，勇於徙義，嘗曰：「學莫先於義利之辨。」故能德日新，學益廣，而有見乎論說行事之間也。淳熙七年（西元 1180 年）二月卒，年四十八，四方賢士，出涕相弔。江陵、靜江之民，皆哭之哀。宋史入道學傳。有《南軒集》，及《南軒易說》、《癸己論語解》等書。

　　誠齋與栻相知甚深，嘗曰：

　　　　欽夫、仲秉、德茂，我友也。……皆一見而合，合而久，久而不渝。澹乎若水，乃過於醴之甘；汎乎若萍之適相值，而確乎若金石之不可解。（本集卷六十七〈答興元府章侍郎書〉）

　　　　某行天下，自謂知我者希；知我者，其惟亡友欽夫與契丈乎！（本集卷一百五〈答朱侍講〉）

二公之相交，始於零陵。誠齋初就教於張浚，亦栻為之介。乾道二年（西元 1166 年），誠齋嘗自吉水至長沙訪栻，盤桓兩月之久，有詩倡和。別後且數度寄詩，互通音問。乾道七年，栻出朝，誠齋上書孝宗及宰相乞留。栻歿，誠齋為文祭之，並為作傳。祭文有曰：

　　　　聖域有疆，南軒拓之。聖門有鑰，南軒廓之。聖田有秋，南軒穫之。（本集卷一百一）

其後唐德明示誠齋以栻之畫像，誠齋題詞曰：

　　　　名世之學，王佐之才，一瞻一慟，非為公哀。（本集卷九十七）

二、朱　熹

　　朱熹，字元晦，一字仲晦，婺源人。年十八登進士第。授泉州同安主簿。孝宗即位，詔求直言，除武學博士。以時相主和，論不合，歸。乾道三年（西元 1167 年）為樞密院編修官，尋丁內艱。家居二十年，三辭朝命。淳熙五年（西元 1178 年），知南康軍，興利除害，汲汲如不及。奏復白鹿洞書院遺址，與諸生講論不倦，風教大行。改浙東常平茶鹽公事，遷江西提刑。因與林栗論《易》、〈西銘〉不合，被劾「言無一實，偽不可掩」，遂辭免。光宗即位，歷知漳州、潭州。

戢姦吏，抑豪民，興學校，明教化，四方學者畢至。寧宗即位，召爲煥章閣待制侍講；以攻韓侂冑得罪，立朝四十日而罷。於是竭其精力以研經訓，日與生徒講學不休。博極群書，而以理學爲依歸。往往稱貸於人以給用，非其道義，則一介不取。慶元六年（西元 1200 年）卒，享年七十一。諡曰「文」，追封「信國公」。淳祐元年（西元 1241 年）從祀孔廟。著有《易本義》、《詩集傳》、《大學中庸章句》等書。《宋史》卷四百二十九有傳。

　　誠齋因張栻之介，得識晦翁。「既曰識只，一見相得。……自此與公，好如弟昆。」〔註75〕誠齋淳熙十二年（西元 1185 年）薦士，列晦翁於首，稱其「學傳二程，才雄一世。賦性近於狷介，臨事過於果銳。若處以儒學之官，涵養成就，必爲異才。」十四年旱暵應詔上疏，論晦翁才可應變，竟以劾郡守而落職，「天下屈之」。〔註76〕二公晚年益厚善，常書翰往來，賦詩寄懷。誠齋每以慎口舌戒晦翁；晦翁於人多所譏評，而於誠齋則揚其美，贊其文章，敬禮而兄事之，尊之可謂至矣。晦翁入朝復罷，書告誠齋，誠齋答曰：

　　　　當其入也，固知其不久也。執古之道以強今之踐，持己之方以入時之圜，是能久乎？不久何病！不久然後見晦老。

　　　　（本集卷六十六）

蓋亦夫子之自道也。晦翁即世，誠齋與袁樞書曰：「孔堂兩楹，遂折其一，其關吾道興衰，非細事也。」〔註77〕其對晦翁之推重，亦蔑以加焉。

三、尤　袤

　　尤袤，字延之，無錫人，幼稱奇童，登紹興十八年（西元 1148 年）進士第。爲泰興令，以禦金人得全城，吏民皆曰：「此吾父母也！」爲立生祠。除將作監簿，以文字受知高宗，三遷至著作郎兼太子侍讀。孝宗時，以論張說出知臺州。後累遷爲太常少卿。洪邁請以呂

〔註75〕見本集卷一百二〈祭朱侍講文〉。
〔註76〕〈淳熙薦士錄〉見本集卷一百十三。〈旱暵應詔上疏〉見本集卷六十二。
〔註77〕見本集卷一百一十。

頤浩等配享高宗，袤奏請詳議。孝宗嘗稱袤之才識，近世罕有。紹熙元年（西元 1190 年），除給事中。凡貴近營求內除小礙法制者，皆不奉詔。除禮部尚書兼侍讀，憂國成疾，紹熙四年卒，享年六十七。〔註 78〕諡「文簡」。袤學有淵源，藏書甚富，有《遂初堂書目》。著《梁谿集》、《遂初小藁》等九十卷，已佚。清康熙中，裔孫尤侗裒輯其詩文一卷，曰《梁谿遺稿》。

　　誠齋初聞諸張栻稱袤之賢，及同為尚書郎，還往且久，乃益悅服。詩文集中，與袤唱酬之詩，達三十九首；袤之名見於文者，亦達二十餘處。詩有「相逢情若忘，每別懷不已。他日寄相思，百事那寫意。」之句，〔註 79〕可知相交之篤。二公常相諧謔（參見本章第一節第二目），然彼此極推重。袤有贈誠齋詩曰：

> 西歸累歲却朝天，添得囊中六百篇。
> 垂棘連城三倍價，夜光明月十分圓。
> 競誇鳳沼詩仙樣，當有雞人賈客傳。
> 我似岑參與高適，姓名得入少陵編。（《誠齋詩集》卷二十六錄）

誠齋亦謂袤詩為其「所畏者」。〔註 80〕又嘗出所著易傳於袤，請為竄定。對袤之於書靡不觀，觀書靡不記，而公餘猶手抄古籍，勤誦不輟，自以為不可及。〔註 81〕又有詩寄袤曰：

> 與君鬢髮總星星，詩句輸君老更成。
> 別去多時頻夢見，夜來一雨又秋生。
> 故人金石情猶在，贈我瓊琚雪似清。
> 誰把尤楊語同日，不教李杜獨齊名。（《詩集》卷二十八）

此詩對袤多所稱譽，而末聯隱然有不讓李杜之意，其自許亦已高矣。袤歿，誠齋有祭文，今傳本集失收，《鶴林玉露》卷六引有數句。

〔註 78〕見鄭師因百著《宋人生卒考示例補正》。
〔註 79〕見《詩集》卷二十一〈尤延之和予新涼五言末章有早歸山林之句復和謝焉〉。
〔註 80〕見本集卷八十一〈千巖摘藁序〉。
〔註 81〕見本集卷七十八〈益齋藏書目序〉。

四、陸　游

陸游，字務觀，山陰人。高宗紹興中試禮部，主司置之前列，爲秦檜所黜。孝宗即位，賜進士出身。歷官隆興、夔州通判。范成大帥蜀，游爲制置使司參議官，以文字交，不拘禮法，人譏其頹放，因自號「放翁」。累遷江西常平提舉，知嚴州。奉祠多年，詔復出爲實錄院修撰，同修國史；尋兼秘書監。書成，升寶謨閣待制，致仕。寧宗嘉定二年（西元 1209 年）卒，壽八十五。放翁才氣超逸，忠愛出於天性，畢生以中原未復爲念。各體文皆工，尤長於詩。有《渭南文集》、《劍南詩稿》、《放翁詞》等。《宋史》卷三百九十五有傳。

誠齋與放翁同在朝列，常相偕登臨倡和。誠齋贈放翁之詩，達三十一首，另有書牘往還。嘗謂放翁詩之敷腴，爲其「所畏者」。放翁則曰：「文章有定價，議論有至公。我不如誠齋，此評天下同。」〔註82〕清人宋長白以爲放翁「鳴謙太甚」，〔註83〕然放翁嘗致書誠齋，推以「主盟文墨，爲之司命。」則放翁自謂不如誠齋，蓋發乎至誠也。誠齋寄放翁詩有「別去公懷我，詩來我夢公。」之語，〔註84〕可信二公契合之深。迨放翁晚年隳節，爲韓侂胄作〈南園記〉，得除從官，誠齋寄詩規之，〔註85〕而此後即無寄放翁之詩，豈鄙其人品耶！

五、范成大

范成大，字致能，姑蘇人，紹興二十四年（西元 1154 年）進士。知處州，有德於民。累遷起居郎假資政殿大學士。充金祈請國信使，欲變受書之禮，要以必從，竟得全節而歸，除中書舍人。張說除簽書

〔註82〕見《劍南詩稿》五十三〈謝王子林判院惠詩篇〉。

〔註83〕見《柳亭詩話》卷二十八。

〔註84〕見《詩集》卷三十三〈和陸務觀用張季長吏部韵寄季長兼簡老夫補外之行〉。

〔註85〕用羅大經說，見《鶴林玉露》卷十四。考《誠齋詩集》（卷三十七），此詩置於紹熙五年（西元 1194 年），早於放翁作〈南園記〉者三年；然大經與誠齋兩代世交，所記宜不致誤；且詩有「花落六回疎信息」之句，距誠齋紹熙元年底和放翁詩，恰間隔六秋；疑詩集編次有誤，故從羅說。

樞密院事，成大不草詔，且上疏阻之。知靜江府，除敷文閣待制、四川制置使，政聲赫然。召對，除權吏部尚書，拜參知政事。方兩月，御史以私憾細故參劾，奉祠。起知明州，尋帥金陵。紹熙四年（西元1193年）薨，享年六十八。其別墅曰「石湖」，孝宗嘗爲書兩大字以揭之，故號「石湖居士」云。成大素有文名，尤工於詩，有《石湖集》、《攬轡錄》、《桂海虞衡集》等行於世。《宋史》卷三百八十六有傳。

誠齋與成大爲同年兼詩友，常有詩篇酬唱。淳熙五年（西元1178年），成大拜參政，旋落職，誠齋寄以詩云：

> 夢中相見慰相思，玉立長身漆點髭。
> 不遣紫宸朝補袞，却教雪屋夜哦詩。（《詩集》卷十二）

成大自成都東返，嘗至荊溪訪誠齋；誠齋自荊溪西歸，亦至姑蘇謁成大。成大謝世，其子莘秉遺命丐序於誠齋，曰：

> 方先公之疾而未病也，日夜手編其詩文，數年成集，凡若干卷。逮將易簀，執莘手而授之，且曰：「吾集不可無序篇。有序篇，非序篇，寧無序篇也。今四海文字之交，惟江西楊誠齋與吾好，且我知；微斯人，疇可以囑斯事？小子識之。」（本集卷八十二〈石湖先生大資參政范公文集序〉）

成大才高位重，與游多公卿名士，而獨許誠齋一人爲知己，其相契爲何如耶！誠齋曰：

> 公訓詁具西漢之爾雅，賦篇有杜牧之刻深，騷詞得楚人之幽婉，序山水則柳子厚，傳任俠則太史遷。……今四海之內，詩人不過三四，而公皆過之無不及者。予於詩豈敢以千里畏人者，而於公獨歛衽焉。（同前）

其揄揚成大蓋如此。自昔文人或相輕，或相妬，予於誠齋謂不然。

六、蕭德藻

蕭德藻，字東夫，閩清人。紹興二十一年（西元1151年）進士。歷宦武岡判官，龍川丞，知烏程縣及峽州，終福建安撫使司參議。因所居屏山，千巖競秀，故自號「千巖老人」云。德藻工於詩，與范成大、陸游、尤袤、誠齋等齊名，著《千巖摘藁》七卷，又《外編》三

卷，已佚。有姪女嫁姜白石。

　　誠齋初識德藻於零陵，一見傾襟定交。淳熙十二年（西元 1185
年）薦於丞相云：

　　　　文學甚古，氣節甚高，其志常欲有爲，其進未嘗苟合。

　　　　老而不遇，士者屈之。（本集卷一百十三〈淳熙薦士錄〉）

其後廣西提刑闕員，誠齋又面薦德藻於丞相。並序德藻之詩集，稱其
「有蓋代之氣，經世之才，驚人之詩。」又曰德藻詩之「工致」，「余
之所畏」。〔註86〕

　　二公相交幾四十年，然隨牒四方，各不相聞，故倡和之篇殊少。
隆興元年（西元 1163 年），誠齋有寄德藻詩云：

　　　　客有來從天一隅，相逢喜問子何如？

　　　　橘州各自分馬首，湘水更曾烹鯉魚。

　　　　心近人邅長作惡，離多合少可無書？

　　　　得知安穩猶差慰，敢道韋郎跡也疎。（《詩集》卷一）

紹熙四年（西元 1193 年）復有詩云：

　　　　吾友蕭東夫，今日陳后山。道腴詩彌瘦，世忙渠自閑。

　　　　不見逾星終，每思即淒然。（《詩集》卷三十七〈答賦永豐宰黃巖老〉）

惓惓系念，情深意摯；一日定交，白首不渝，誠齋感情之深至如此，
古人篤於友朋之義又如此，求之今日，其可得哉！

七、周必大

　　周必大，字子充，號省齋居士。廬陵人。紹興二十一年（西元
1151 年）進士，又中二十七年博學宏詞科。累遷爲監察御史。孝宗
朝除起居郎，應詔上十事，皆切時弊。權給事中，繳駁不避權倖。帝
曰：「意卿止能文，不謂剛正如此。」曾覿、龍大淵得幸，並遷知閤
門事，必大不書黃；旬日申前命，必大格不行，遂請祠去。久之，除
秘書少監，進權禮部侍郎，兼中書舍人。張說除簽書樞密院，必大不
具草，稱疾請祠而歸。後召還爲翰林學士，在翰苑六年，制命溫雅，

〔註86〕見本集卷八十一〈千巖摘藁序〉。

用盡事情，爲一時詞臣之冠。遷禮部尚書，參知政事，樞密使，拜丞相，封「益國公」。光宗問當世急務，奏用人、求言二事。慶元初，以少傅致仕。晚號「平園老叟」。嘉泰四年（西元1204年）薨，享壽七十九。諡「文忠」。著書八十一種。《宋史》卷三百九十一有傳。

　　誠齋與必大爲鄉人，「鄉舉則同，征行又同，試春官又同。」〔註87〕自少迄老，過從未輟。迨二公致仕家居後，往還益密，詩篇倡和、書牘酬答、食物餽贈者不絕。誠齋致必大之函，收入本集者達四十六通之多，倡和詩計二十一首。必大及其婦棄世，誠齋均爲文祭之。《宋史》本傳曰：

> 萬里爲人剛而褊，孝宗始愛其才，以問周必大，必大無善語，由此不見用。

宋張端義曰：

> 德壽丁亥降聖，遇丙午慶八十，壽皇講行慶禮上尊號。周益公當國，差官撰冊文、讀冊、奉冊。擬楊誠齋、尤延之各撰一本，預先進呈。益公與誠齋鄉人，借此欲除誠齋侍從。冊文壽皇披閱至再，即宣諭益公：「楊之文太聱牙，不若用尤之文溫潤。」益公又思所以處誠齋，奏爲讀冊官。壽皇云：「楊江西人，聲音不清，不若移作奉冊。」壽皇過內，奏冊寶儀節，及行禮官讀至楊某，德壽作色曰：「楊某尚在這裏，爲何不去？」壽皇奏云：「不曉聖意。」德壽曰：「楊某殿策內比朕作晉元帝，甚道理？」楊即日除江東漕。誠齋由是薄憾益公。（《貴耳集》卷下）

《宋史》言必大於孝宗前醜詆誠齋，張端義則云誠齋薄憾益公。〔註88〕後世不以爲疑。至清人祁寯藻猶有詩云：「同鄉亦有平園叟，不薦詩人孟浩然。」〔註89〕然必大嘗曰：「友人楊廷秀，學問文章，獨步

〔註87〕見本集卷六十七〈與鄭惠叔知院催乞致仕書〉。

〔註88〕考高宗慶八十在淳熙十三年（西元1186年），而必大秉政在十四年，誠齋出漕江東在紹熙元年（西元1190年）。又誠齋在高宗末年尚爲零陵丞，無「殿策」之事。故《貴耳集》云云，俱非事實。

〔註89〕見《饅飰亭集》卷五。

斯世。至於立朝諤諤，知無不言，言無不盡，要當求之古人。眞所謂
浩然之氣，至剛至大，以直養而無害，塞於天地之間者。」〔註90〕是
必大於誠齋之學問德行，獎許至高，不當別有詆毀之語；而誠齋一生
直情徑行，尤非匿怨而友者。二公末路往還倡酬，情好至密，篇章具
在，可考而知。然則《宋史》之誣，《貴耳集》之謗，其可信乎？

八、丘 崈

丘崈，字宗卿，江陰人，隆興元年（西元 1163 年）進士。爲建
康府觀察推官，宰相虞允文奇其才，奏除國子博士。出知華亭縣、平
江府，皆有善政。累遷至浙東提刑。光宗召對，進戶部侍郎，除四川
安撫制置使，兼知成都府。崈以吳挺世掌兵爲慮，挺死，奏選他將代
之，遂革世將之害。後韓侂胄復以兵權付挺子曦，曦叛，識者服崈先
見。韓侂胄議北伐，崈力論勝負未可知，不可夸誕貪進。除刑部尙書，
江淮宣撫使；因忤韓侂胄落職。嘉定元年（西元 1208 年）七月拜同
知樞密院事，以疾致仕，旋卒，享年七十四。〔註 91〕諡「忠定」。有
詞一卷。《宋史》卷三百九十八有傳。

誠齋與崈在朝同官，相處甚得，別後仍常有詩倡和。乾道七年（西
元 1171 年）五月，崈出守秀州，誠齋送以詩曰：

> 老矣渠憐我，超然我愛渠。論詩春雨夜，解手藕花初。
> 夢只江湖去，情知伎倆疎。未應五馬貴，不寄一行書。

(《詩集》卷六)

迨崈帥建康，誠齋時年已七十八，仍致書曰：

> 是時成均奉常曁朝州並游者幾何人，今之存者幾何人？交
> 游之淺者姑置也，至其深者，如執事，如欽夫，如伯恭，
> 是可多得乎哉？是可不貴珍乎哉！……然薦紳先生之論，
> 咸曰以執事廣大精微之學，雄深雅健之詞，經綸康濟之才，
> 忠孝武文之望，上焉者置之鳳池雞樹，則必唐虞乎斯世；

〔註90〕見「周益國文忠公集」《省齋文稿》卷十九〈題楊廷秀浩齋記〉。文
作於紹熙二年（西元 1191 年），時誠齋尚居官。

〔註91〕見鄭師因百著《宋人生卒考示例》。

次焉者置之廣廈細旃，則必堯舜乎吾君；又次焉者置之鑾
坡玉署，則必灝灝乎斯文。詭以外庸，則爲斲大木而小之。
某曰不然。不久幽者不速晰，不小埋者不大決。……開壽
域，轉洪鈞，不在茲乎！道之將行也歟，小人猶有望
焉！……執事毋怠！執事毋怠！未見君子，萬萬愛之重
之，以爲吾道之鎮公子云。（本集卷六十八）

馳念之殷，期勉之切，充溢於字裏行間。

九、余端禮

余端禮，字處恭，龍游人，紹興二十七年（西元 1157 年）進士。
宰烏程縣，有惠於民，治績爲一州之最。孝宗時召爲監察御史，其所
擊排，不避權倖。光宗嗣位，除權刑部尚書，知建康府，拜吏部尚書；
論議挺挺，行事正大。寧宗立，除知樞密院事，進左丞相。彌縫密勿，
省幾燭微，潛消陰制、深計遠慮者，不可盡書。其孝友誠愨，公忠廉
介，出于天資。自少至老，無一語欺，蹈規履矩，日自儆戒，好惡無
偏，不阿權勢。在人主之前，骨鯁切直，危言勁論，有世所不能者。
爲相時，受制於韓侂胄，抑鬱不愜志。嘉泰元年（西元 1201 年）卒，
享年六十七，諡「忠肅」。《宋史》卷三百九十八有傳。

誠齋與端禮同爲朝官，志同道合，相交甚得。端禮爲相，首薦誠
齋。二公別後，常有通問，誠齋寄懷之詩見於本集者計十四首，道候之
函七通。端禮薨，誠齋一以詩悼，兩以文誄，又撰墓誌。其祭文有曰：

淳熙十二，逢公中都。公爲侍郎，我在郎署；同省異曹，

一見殊顧。中都金陵，一再爲僚；心則斷金，情則同袍。

有酒呼我，有詩和我；一別雲散，公升我墮。（本集卷一百二）

又輓詩有曰：「恩我邱山小，懷公骨肉親。白頭哭知己，東望獨傷神。」
（《詩集》卷四十一）詞悲意切，具見悼念之深。

十、謝　諤

謝諤，字昌國，新喻人，紹興二十七年（西元 1157 年）第進士。
每云人之立志，當以聖賢自期。知分宜縣，表孝悌，崇學校，政尚忠

厚。三遷至監察御史。上其所創義役法，詔行於諸路，民以爲便。除殿中侍御史。論士大夫「八習」，曰不恤、徇私、貪恣、刻薄、侈汰、輕率、詐僞、隱蔽，凡此八習，爲民八患，宜法湯之官刑以儆之。除右諫議大夫兼侍講。光宗登極，獻〈十箴〉。又論二節三近：所當節者，曰宴飲，曰妄費；所當近者，曰執政大臣，曰舊學名儒，曰經筵列職。遷御史中丞，權工部尙書。上章力請奉祠，天下士君子高其風。其經學受《易》於郭雍，以達於二程。其文大抵祖歐、曾。時伊洛之說盛行，各有門牆，諤則不言而躬行；教弟子數百，未嘗與世之講學者角同異。初居縣之南郭，名其燕坐曰「艮齋」，學者稱「艮齋先生」。晚以「桂山」名其堂，故又稱「桂山先生」。紹熙五年（西元 1194 年）卒，享壽七十四。有《艮齋集》等二百餘卷。《宋史》卷三百八十九有傳。

　　誠齋與諤相識甚早，其後又同在朝，既爲同僚，復爲詩友，故常有過從。諤之名號，本集中凡十餘見。惟倡酬詩僅六首。案誠齋自序《朝天集》曰：「明年二月，被旨爲銓試考官，與友人謝昌國倡和，忽混混乎其來也。」而稽之《朝天集》，當時與諤倡和之詩僅二首，且皆爲集句，似與「混混乎其來」之語意不符，豈今本詩集已有脫略耶！諤卒，其子上書誠齋曰：「念先公最故者加少，而深知者又加少，兼斯二者，微先生碣之而誰也？」誠齋因撰諤之〈神道碑〉（見本集卷一百二十一）。

十一、袁說友

　　袁說友，字起巖，建安人，隆興元年（西元 1163 年）進士。淳熙四年（西元 1177 年），官秘書丞，奏請行薦舉之法，以儲將才。累遷爲太府少卿。光宗久不朝重華宮，說友連上八疏力諫之。寧宗即位，兼侍講。韓侂胄用事，台諫給事章奏多格不行；說友上言養氣節以勵風俗，當自朝廷始。內批罷侍講朱熹，說友上疏乞留，請收回御筆，疏入不報。慶元二年（西元 1196 年），出爲四川制置使，兼知成都府。復入爲吏部尙書。嘉泰三年（西元 1203 年），拜參知政事。次年卒，享壽六十五。說友學問淹博，究悉物情；章疏敷陳，多切時病。

誠齋與說友同僚，頻相倡和。誠齋有〈和袁起巖郎中投贈〉詩曰：

> 故人一別兩相思，不但平生痛飲師。
> 胸次五三眞事業，筆端四六更歌詩。
> 閉門覓句今無己，刻意傷春古牧之。
> 臥雪高人家譜在，春風政著紫蘭枝。（《詩集》卷二十六）

誠齋致仕多年，說友猶贈縑惠藥，拳拳情深。誠齋稱其來書「語如對面，情如家書。雲泥之勢愈疏，而金石之誼愈親。」〔註92〕又謝以詩曰：

> 抛官歸隱七經年，睡殺山雲笑殺天。
> 剩雨殘雲黃帽底，顚詩中酒白鷗前。
> 少年行路今已矣，厚祿故人書寂然。
> 只有錦城袁閣學，寄詩贈藥意悁悁。（《詩集》卷四十）

十二、劉承弼

劉承弼，字彥純，安福人，紹興貢士。廷直猶子。受業於劉安世；安世既歿，承弼率同門制師服。孝友天至，文行粹美，事親以至孝聞。周急施惠，拊生收死。嘗荒年賑飢，活者無數。所學彌洽，爲文有古作者風。江之西湖之南士子輳集，執經問學，戶外屨滿。吉州知府賞其學行，謂爲「此邦第一人」。淳熙三年（西元 1176 年），州縣以其孝行節義，宜在旌錄，奏聞於朝，詔旌表門閭焉。有女適同邑彭氏，甫三年而夫喪，奉舅姑，撫子女，節行稱於鄰邑，人以爲得承弼之化云。

誠齋自言其少時貧且拙，故無友，年二十一，始得友承弼。乾道九年（西元 1173 年），誠齋爲〈水月亭記〉曰：

> 予既宦游四方二十年，自州縣入朝列，得與海內英俊並游，……然求如韓子所云「明白停粹」如吾友劉君承弼彥純者加少也。……彥純之爲人，非今之所謂爲人者也；其爲文，非今之所謂爲文者也。予初得此友，亦以爲得斯人於吾鄉則艱乎爾，求斯人於天下，則奚而艱也？今其然矣

〔註92〕見本集卷六十八〈答袁起巖樞密書〉。

乎？今其不然矣乎？（本集卷七十一）

承弼既歿，誠齋為撰旌表門閭記，序其和陶詩集，並銘其女。〔註93〕誠齋之篤於友誼，不以貴賤生死易意，此其一例耳。

第三目　晚輩與門生

一、張　鎡

張鎡，字功父（功甫），舊字時可；成紀人，居臨安。張俊諸孫。紹興二十三年（西元 1153 年）生。歷官婺州通判、司農少卿、直秘閣。開禧初，謀誅史彌遠，事洩，謫桐川，再謫象州。嘉定四年（西元 1211 年）以後卒，鎡性樂山水，工於詩詞，與並世詩人多交善，有《南湖集》。

誠齋因放翁之介，與鎡為忘年交（誠齋長二十六歲）。自相識之始迄於沮謝，詩章投送不絕，見於詩集者達五十九首，為數之富，甲於所與遊者。嘗與鎡書曰：「平生故人有厚於吾功父者乎？無也。」（本集卷一百六）鎡極傾倒誠齋詩，有「願得誠齋句，銘心祇舊嘗。一朝三昧手，五字百般香」〔註94〕之語；至尊之為師，而自號弟子。誠齋謝不受。誠齋嘗跋鎡之《約齋詩藁》曰：

> 句裏勤分似，燈前得細嘗。孤芳后山種，一瓣放翁香。
> 苦處霜爭澀，朧來鶴較強。不應窮活計，公子也忙忙。

（《詩集》卷二十三）

慶元六年（西元 1200 年），鎡以詩集送誠齋，誠齋謝詩有云：「近代風騷四詩將，非君摩壘更何人？」〔註95〕可見期許之高。而誠齋歿後數年，鎡竟為史彌遠所害；才人薄命，可為太息也。

二、王子俊

王子俊，字才臣，吉水人。長於詩，嘗從誠齋學，〔註96〕並與

〔註93〕分見本集卷七十三，卷八十，卷一百三十一。
〔註94〕見張鎡著《南湖集》卷四〈次韻楊廷秀左司見贈〉。
〔註95〕見《詩集》卷四十。自註：「四人，范石湖、尤梁溪、蕭千巖、陸放翁」。
〔註96〕見本集卷七十七〈送王才臣赴秋試序〉。又卷一百二十九〈王舜輔墓

放翁、周必大等游。安丙帥蜀，辟爲制置使屬官，鬱鬱不得志，遂歸。有《三松類稿》、《格齋四六》等，其文典雅流麗，足可駸駕汪藻、孫覿。生卒年不詳。

誠齋有和子俊詩曰：

　新詩不但不饒儂，便恐陰何立下風。

　每與勝談千古事，不知撥盡一爐紅。

　生見底巧翁何恨，得子消愁我未窮。

　剩欲苛留老三徑，念渠何罪亦山中。（《詩集》卷三）

子俊詩文俱工，然竟未能取科名。誠齋嘗慨然跋其文曰：

　此吾友王子俊才臣年十七時所作歷代史論十篇也。是時老氣橫九州，毫髮無遺恨，誰謂只今猶在餘子後耶！今尚書承旨周公每歎科舉之刀尺，精於擇士，而粗於擇有司；魚網之設，鰕則麗之。其意端爲王子發也，吾又奚言！（本集卷九十九〈跋王才臣史論〉）

《格齋四六》中有代誠齋撰作之文數篇。誠齋文中言及子俊者凡十處，而五稱「吾友」，呼「門人」者不一見，蓋誼在師友之間也。

三、羅　椿

羅椿，字永年，永豐人。乾道三年（西元 1167 年），受業於楊昌英及誠齋之門，稱高弟。清貧入骨，一介不取。作詩有少陵意態。累舉於禮部，竟不第。〔註97〕他不詳。

乾道三年歲杪，椿辭歸省親，誠齋贈以序曰：「……見其文辭清潤，日異而月不同，駸駸乎進而未止者也，予甚愛之。」（本集卷七十七）淳熙五年（西元 1178 年），椿就試南宮歸途，謁誠齋於常州，盤桓匝月。誠齋送以詩云：

　梅菡香邊踏雪來，杏花雨裏帶春回。

　明朝解纜還千里，今日看花更一杯。

　誰遣文章太驚俗，何緣塲屋不遺才。

誌銘〉曰：「子俊嘗從余游。」

〔註97〕見《鶴林玉露》卷十一。

南溪鷗鷺如相問，爲報春吟費麝煤。(《詩集》卷九)

誠齋自擢進士第迄於謝世，其間計五十二年，而家居之日過半，以其文名之隆，欲執經問學者必不在少，然稽之詩文，僅得門人二：一爲劉儼，〔註98〕一即羅椿。誠齋之不欲爲人師者如此，可謂不讓子厚矣。〔註99〕

第五節　著　述

誠齋雖以詩名世，而爲文辯博雄放，自其少日已盛行藝林；經術亦多創獲，成一家之言。同時如朱熹、張栻、陸游等，莫不推服。慶元四年（西元 1198 年）晉爵太中大夫告詞有曰：「籠絡百家，早共推於學術；度越諸子，晚特擅於詩名。」洵爲的論。其所遺論著，奄有各體，達百餘萬言。茲分述於次：

第一目　詩

（一）《江湖集》

爲誠齋第一冊詩集。起于紹興三十二年（西元 1162 年）七月，迄於淳熙四年（西元 1177 年）三月，凡十七年，存詩共七百三十八首。自序云：「余少作有詩千餘篇，至紹興壬午七月皆焚之，大概『江西體』也。今所存曰《江湖集》者，蓋學後山及半山及唐人者也。」《宋史藝文志》曰十四卷，今傳全集作七卷，詩集作八卷，蓋卷帙分合屢有更易矣。

（二）《荊溪集》

誠齋刺常州時所撰。自淳熙四年（西元 1177 年）四月至淳熙六年正月，存詩共五卷，四百九十二首，題曰「荊溪集」。《宋史藝文志》

〔註98〕本集卷七十四〈李氏重修遺經閣記〉及卷七十五〈五美堂記〉，兩見劉儼名，生平不詳。

〔註99〕柳宗元〈答韋中立論師道書〉曰：「雖常好言論，爲文章，甚不自是也。……僕自卜固無取；假令有取，亦不敢爲人師。」見《河東先生集》卷三十四。

曰十卷。

（三）《西歸集》

淳熙六年元月，誠齋除提舉廣東常平茶鹽，自常州還吉水，在道及待次凡一年，存詩二卷，共二百首，題曰「西歸集」。《宋史藝文志曰》八卷。

（四）《南海集》

自淳熙七年至九年，誠齋遊宦廣東，賦詩四百首，題曰「南海集」。據《朝天集・自序》，此集於淳熙十四年夏已梓行。《宋史藝文志》曰八卷，今傳全集作四卷，詩集作五卷。

（五）《朝天集》

〈自序〉曰：「丁未六月十三日，得故人劉伯順書送所刻《南海集》來，且索近詩，於是彙而次之，得詩四百首，名曰「朝天集」寄之云。」此集為淳熙十一年（西元 1184 年）十月至十五年三月，誠齋再度立朝之作。按自序當撰於得劉伯順書之後不久，其後續有新作，故實收詩計五百二十四首，析為六卷。《宋史藝文志》曰十一卷。

（六）《江西道院集》

誠齋知筠州時，賦詩二百五十首，分為二卷，命曰「江西道院集」。《宋史藝文志》曰三卷。

（七）《朝天續集》

淳熙十六年十月，誠齋三度為朝官，甫一年又出朝，有詩三百五十餘首，析為四卷，顏曰「朝天續集」。《宋史藝文志》曰八卷。

（八）《江東集》

自紹熙元年（西元 1190 年）十一月迄紹熙三年八月，誠齋在江東轉運副使任，得詩五百餘首，命曰「江東集」。《宋史藝文志》曰十卷，今傳全集作五卷，詩集作四卷。

（九）《退休集》

詩七百餘首，為誠齋退休十五年之作。案誠齋於開禧二年（西元

1206 年）五月八日晨即世，而詩止於端午，眞可謂畢生盡力於詩矣。《宋史藝文志》曰十四卷，今傳全集作七卷，詩集作六卷。

（十）《誠齋詩集》

誠齋所撰詩集九種，《宋史藝文志》均著錄。除《退休集》外，其餘八集在嘉泰元年（西元 1201 年）前俱經誠齋手訂，鏤板單行。〔註100〕其編次大抵以屬稿時間之先後爲序，故讀其詩者，并可作年譜觀也。宋端平二年（西元 1235 年），有詩文全集刊行。清乾隆六十年（西元 1795年），誠齋二十世孫振麟得族人資助，以詩集單刻，共四十二卷，而總題曰「誠齋詩集」。今易見之刻本爲中華書局四部備要本，乃據乾隆本校刊者。又清人吳江徐山民亦嘗刻《誠齋詩集》，且有詩曰：「范陸蘇楊世並傳，誠齋何獨佚遺編？宣揚定自廣長舌，淹久如傷遲暮年。……」〔註101〕知誠齋詩在清時已罕覯矣。

（十一）《誠齋詩話》

二卷。「四庫全書」據江蘇巡撫採進本著錄，《提要》曰：「此編題曰詩話，而論文之語乃多於詩，又頗及諧謔雜事，蓋宋人所著往往如斯，不獨萬里也。萬里本以詩名，故所論往往中理。……全書已編入《誠齋集》中，此乃別行之本。」案此書不見於《宋史藝文志》，清吳騫拜經樓藏有舊鈔本，其他書志俱未著錄，不詳其版行年月。《續歷代詩話》、「昌平叢書」、「螢雪軒叢書」俱收。

（十二）《誠齋樂府》

一卷。清朱祖謀「彊村叢書」收錄。誠齋長短句殊少，平生之作不足十闋，然皆可傳世。魏慶之《詩人玉屑》卷二十一錄其〈憶秦娥〉一闋，謂「此曲精絕，當爲拈出，以告世之未知者。」此編未單行，

〔註100〕本集卷一百五〈答普州李大著〉：「建本誠齋詩八集凡三千五百餘首，聊供擊轄拊缶之一芫。」又卷一百九〈答虞知府〉：「某犬馬之齒今七十有五矣，……建本詩集一部，木綿兩端，聊伴空函，匪報也。」案建本當爲福建建安刻本。

〔註101〕見于源《鐙窗瑣錄》卷六。

朱氏係自日本舊鈔《誠齋集》中錄出。

第二目　文

（一）《誠齋易傳》

二十卷。《宋史藝文志》著錄。初名《易外傳》，後改定今名。宋代書肆曾與程傳並刊以行，題曰《程楊易傳》。明嘉靖二十一年（西元 1542 年）開州太守尹耕爲之雕板單行。後二年，敏學書院續有刊本，題曰《楊寶學易傳》。清乾隆間，有「武英殿聚珍本」。是書大旨本程氏，而多引史傳以證之，由下筆至成書，爲時十有二年。〔註102〕其於天人之蘊，事物之理，顯微闡幽，坦然明白。後儒或謂經之本旨未必如是，然《四庫提要》曰：「舍人事而談天道，正後儒說易之病，未可以引史證經病萬里也。」全祖望更曰：「易至南宋，康節之學盛行，鮮有不眩其說，其卓然不惑者，則誠齋之《易傳》乎！清談娓娓，醇乎其醇，眞潦水盡而寒潭清之會也。……中多以史事證經學，尤爲洞達。余嘗謂明輔嗣之傳，當以伊川爲正脈，誠齋爲小宗；胡安定、蘇眉山諸家不如也。」〔註103〕祖望爲有清一代大儒，而於此書推重如此。今有「四庫全書」本及中華書局聚珍版影印本。

（二）《誠齋先生文膾》

前集十二卷，後集十二卷。前集分君心、君德等四十三類；後集

〔註102〕《誠齋易傳》，宋理宗嘉熙元年（西元 1237 年），嘗給札寫藏秘閣。其子長孺進狀，稱自草創至脫稿，閱十有七年。《四庫提要》引用其說。然據本集卷六十七〈答袁機仲寄示易解書〉曰：「注六十四卦，自戊申發功，至己未畢務。」又卷一百五〈答余丞相牋〉曰：「今幸止有未濟一卦，小涼當卒業。」考寄牋在戊午年（慶元四年，西元 1198 年），與「己未畢務」之說相合。又卷一百十〈答袁侍郎牋〉：「示教新作家人卦解，詞約理明，……若乘此破竹之鋒，不數日可了此八八卦矣，何必如某旁搜幽討，枉却十二年之燈火乎！」明言其注易費時十二年。而戊申至己未，亦適爲十二年之數。是《誠齋易傳》之作，爲時十二年無疑。長孺所謂十有七年者，蓋據誠齋自撰前後兩序之時距而言之也。

〔註103〕見氏撰《鮚埼亭集》外編卷二十七〈跋楊誠齋易傳〉。

分古帝王、聖賢等三十二類，類之下有若干小目，每目摘錄誠齋文一至數段，皆不注出處。初刊於宋理宗開慶元年（西元 1159 年）。方逢辰序曰：「建安李誠父取先生片言隻字之有助於舉子者，門分條析爲前後集，……名曰『文膾』。蓋鼎嘗一臠，皆足以炙人口而膏筆端也。千里外來徵余序，余謂先生之文，豈止於舉子之助而已乎？舉而措之，可以撐拓宇宙，彌綸國家，黼黻皇猷，袞鉞金石；知味者又當於此乎求之，毋但曰膾炙而已。」其後又有元刊巾箱本，明隆慶六年（西元 1572 年）杭州翁文溪刊本。「四庫全書」集部別集類「存目」有《分類誠齋文膾後集》十二卷，《提要》謂「相其版式，乃麻沙舊刻，蓋宋末書坊陋本也。」

（三）《誠齋策問》

二卷。《宋史藝文志》著錄。版行年月不詳，「豫章叢書」收。未見。

（四）《誠齋先生錦繡策》

四卷。收誠齋對策之文二十五篇，皆全集所未錄者。今傳者爲明刊本，疑即《誠齋策問》，而經明人易其書名及卷帙者。

（五）《誠齋尺牘》

一卷。明虞山毛氏汲古閣自宋端平元年刊《誠齋集》本景印而別行者。

（六）《千慮策》

二卷。凡君道、國勢、治原、人才、論相、論將、論兵、馭吏、選法、刑法、冗官、民政等十二題，每題二至三策，共三十策。刊本出江西省，年月不詳。「四庫全書」列入集部別集類「存目」，〈提要〉謂書前有「自序」，已載於《誠齋集》中。案諸今傳《誠齋集》刊本及鈔本，皆未之見。又曰：「本傳稱虞允文爲相，見此策薦爲國子博士，則當時已別行矣。」案允文在陳俊卿處獲覩是編，大爲獎異，誠齋遂另進一份，衡諸當時情形，必爲手鈔本，《提要》未加深考，即

稱當時已別行，殊嫌無據。〔註104〕

（七）《天問天對解》

一卷。乃取屈原〈天問〉及柳宗元〈天對〉，比附貫綴，各爲之解。版行年月不詳，「四庫全書」列入集部楚辭類存目。

（八）《庸言》

一卷，版行年月不詳。明「永樂大典」、清「續文獻通考」俱收。「四庫全書」列子部儒家類存目，《提要》曰：「是編乃其語錄，大致規模揚雄《法言》，頗極修飾之力；較其詩文，又自爲一體；而詞工意淺，亦略近於雄。」

（九）《誠齋文集》

四十三卷。誠齋二十世孫振麟，於清乾隆六十年（西元 1795 年）以家藏抄本鏤板。據《誠齋詩集》楊雲彩序曰：「抄本魯魚亥豕，所在多有。」又振麟後序曰：「其文集則散佚者姑闕之，校對未詳者姑置之。」知此本未爲盡善。

（十）《東宮勸讀錄》

一卷。日本慶應四年（西元 1868 年）梓行。中央圖書館臺灣分館及臺大圖書館均藏有此書。

第三目　全集及其他

（一）誠齋集

一百三十三卷，宋嘉定元年（西元 1208 年）其子長孺編，端平二年（西元 1235 年）六月梓行。《宋史藝文志》著錄。卷一至卷四十二

〔註104〕誠齋上書陳俊卿、虞允文并投以《千慮策》，參閱第四節。考誠齋擢進士第後即入仕，而自隆興元年（西元 1163 年）離零陵，迄乾道二年（西元 1166 年）冬上書陳、虞，則已閒居四年，其《千慮策》當係此時撰就。以誠齋其時之生活狀況，必無餘力自行鋟板；而以其當時之聲望言，亦絕無州縣以公帑鐫刻，或書商爲之付梓者；故可斷言《四庫提要》之說非是。又誠齋平生詩文，除上陳、虞書外，無一語更及於《千慮策》，可知在誠齋生前，《千慮策》未嘗板行。

為詩，卷四十三至卷一百三十二為各體文及詩話、樂府，惟不含《易傳》及《錦繡策》。卷一百三十三為歷官告詞、詔書及諡告。此集與《誠齋詩集》既行世，前此諸單行之本遂罕有流布矣。清「四庫全書」據麻沙刻本鈔，列別集類十三。民國間上海涵芬樓有影印本。今易覯者為上海商務印書館縮印日本鈔宋本，然脫略譌誤之處，乃不可勝數矣。

（二）《誠齋揮麈錄》

二卷。明弘治十四年（西元 1501 年）無錫華珵刊「百川學海」本，題朝奉大夫試秘書監兼侍讀楊萬里編。明萬曆刊「歷代小史」本作《揮麈錄》一卷，題宋楊萬里編。清道光刻「學海類編」本仍作《誠齋揮麈錄》二卷，題宋楊萬里撰。是書乃記錄軼事遺聞或典章制度，事類龐雜，亦不限本朝之事。卷上有曰：「徽宗梓宮南歸有日，丞相秦檜當國，請以「永固」為陵名，先人建言：『北齊叱奴皇后實名矣，不可犯；且叱奴、夷狄也，尤當避。』秦大怒，幾陷不測。後數年卒易曰『永祐』。近見邵博公濟所著小說，詆先君此議；然後知當時沮此議者，即此人也。」案誠齋之父未嘗立朝，可知此書出諸偽託。清「四庫全書」列子部雜家類存目。《提要》云：「今檢其文，實從王明清《揮麈錄話》內摘出數十條，別題此名；凡明清自稱其名者，俱改作萬里字；蓋坊刻贗本，自宋已然。」今人王國維則謂「此書殆明清初稿，而誤題誠齋之名，非從《揮麈前錄》四卷中摘出為之者。」〔註105〕王氏舉證確鑿，應無可疑。

（三）《四六膏馥》

七卷，舊本題楊萬里撰。明「永樂大典」收，清「四庫全書」列子部類書類存目，《提要》曰：「其書割裂諸家四六字句，分類編次，以備掇撦。其曰『膏馥』者，蓋取元稹作杜甫墓誌銘『殘膏剩馥，沾溉無窮』語也。然萬里一代詞宗，謬陋不應至此，此必坊賈托名耳。」其言良是。

〔註105〕見《王國維遺書・庚辛之間讀書記》。

（四）《錦繡論》

二卷，舊本題楊萬里撰。明「永樂大典」收。清「四庫全書」列別集類「存目」。《提要》謂「考宋貢舉條式，第二場「試論」一道限五百字以上，則此編蓋當時應試程式也。然體例拘陋，未必眞出於萬里，疑併書中『國子監批點』，皆坊賈托名耳。」然未見原書，不知其與《誠齋策問》或《誠齋先生錦繡策》爲同書異名否也？

（五）《史評》

六卷。見宋晁公武撰《郡齋讀書志》卷五上。公武記云：「右誠齋先生楊文節公萬里之說也。」但元馬端臨撰《文獻通考·經籍志》、明楊士奇撰《文淵閣書目》、及清《四庫全書》均未收此書，不知亡佚於何時也？

第三章　楊萬里之詩論（上）

第一節　淵　源

夫詩學理論之形成，固賴於詩人一己之特識，然亦必有所承傳。倘沿波討源，溯其所自，則步武之迹，可得而明，斯亦堪爲知人論事之助也。

誠齋詩論，亦有取資前人之見，而加以廓充、修正者。茲就其主要部分之淵源，考述於左。因篇幅所限，於前賢僅舉最先創發斯論而粗具條理者；其吉光片羽，或推衍成說者，俱從闕焉。

一、曹丕之文章不朽論

曹丕，曹操長子，嗣爲魏王，篡漢稱帝。性喜文學，雅好著述。吾國專論文學之作，始於曹氏所撰《典論·論文》。其論文學之價值曰：

> 蓋文章經國之大業，不朽之盛事。年壽有時而盡，榮樂止乎其身；二者必至之常期，未若文章之無窮。是以古之作者，寄身於翰墨，見意於篇籍；不假良史之辭，不托飛馳之勢，而聲名自傳於後。

又有〈與吳質書〉曰：

> 偉長獨懷文抱質，恬淡寡欲，有箕山之志，可謂彬彬君子

者矣。著《中論》二十餘篇，成一家之言，辭義典雅，足
傳於後，此子爲不朽矣。

曹氏以爲文章可垂諸後世，而人以文傳，則兩皆不朽。其言爲誠齋價
值說之所從出。

二、劉勰之自然說及積學說

劉勰，字彥和，南朝齊、梁間人。所撰《文心雕龍》一書，爲吾
國文學批評專著之祖；體大慮周，籠罩群言，後世文學理論，多發軔
於是。齊梁文翰，淫麗煩濫，劉氏矯之，力倡自然。其言有曰：

心生而言立，言立而文明，自然之道也。……雲霞雕色，
有踰畫工之妙；草木賁華，無待錦匠之奇；夫豈外飾，蓋
自然耳。（〈原道〉）

人稟七情，應物斯感；感物吟志，莫非自然。（〈明詩〉）

是以詩人感物，聯類不窮，……寫氣圖貌，既隨物以宛轉；
屬采附聲，亦與心而徘徊。（〈物色〉）

劉氏以爲文章感物言志，發乎自然，不待雕飾。其說當爲誠齋感物說
及自然說之嚆矢。劉氏又曰：

積學以儲寶，酌理以富才，研閱以窮照，馴致以繹辭；然
後使玄解之宰，尋聲律而定墨；獨照之匠，闚意象而運斤。
（〈神思〉）

夫經典沈深，載籍浩瀚，實群言之奧區，而才思之神皐
也。……是以將贍才力，務在博見；狐腋非一皮能溫，雞
蹠必數千而飽矣。（〈事類〉）

此又開誠齋修養論之先河。

三、王昌齡之「十七勢」說

王昌齡，字少伯，江寧人，唐開元十五年（西元 727 年）進士。
工於詩，時有「詩家夫子王江寧」之稱。著《詩格》二卷，已佚，今
可於日僧空海撰《文鏡祕府論》及宋人陳應行編《吟窗雜錄》中，見
其大略。

王氏謂詩有「十七勢」，其中「含思落句勢」曰：

> 含思落句勢者：每至落句，常須含思；不得令語盡意窮，
> 或深意堪愁，不可具說。

所謂「落句」即結尾之句，蓋謂詩之結語須蓄不盡之意。此或爲誠齋言「詩已盡而味方永」之所本。

四、皎然之文外有旨說

皎然，唐開元年間詩僧。俗姓謝，名晝公，宋康樂侯謝靈運之十世孫。著《詩式》五卷。今刊本不全，然《文鏡祕府論》及《吟窗雜錄》可補其缺佚。皎然曰：

> 詩有六至……至近而意遠。

> 兩重意以上，皆文外之旨。若遇高手如康樂公，覽而察之，
> 但見性情，不睹文字，蓋詩道之極也。

> 「池塘生春草」，情在言外；「明月照積雪」，旨冥句中。風
> 力雖齊，取興各別。

皎然以爲兩重意以上始有文外之旨，涵義愈豐，愈可玩味。則誠齋言句外有意，皎然實爲濫觴矣。

五、白居易之諷諭說

白居易，字樂天，唐貞元十六年（西元 800 年）進士。其詩以「六義」爲主，不尚艱難。主張「文章合爲時而著，詩歌合爲事而作。」又云：

> 洎周衰秦興，採詩官廢，上不以詩補察時政，下不以歌洩
> 導人情。乃至於謟成之風動，救失之道缺，於時六義始刓
> 矣。（〈與元九書〉）

> 非求宮律高，不務文字奇，
> 惟歌生民病，願得天子知。（〈寄唐生詩〉）

> 爲詩意如何？六義互鋪陳。
> 風雅比興外，未嘗著空文。（〈讀張籍古樂府〉）

> 古之爲文者，上以仰王教，繫國風；下以存炯戒，通諷諭。

> 故懲勸善惡之柄,執於文士襃貶之際焉;補察得失之端,
> 操於詩人美刺之間焉。(〈策林〉六十八)

誠齋以為詩為矯天下不善之具,樂天已啓其端緒。然誠齋說理之精,
又出樂天之上。

六、司空圖之味外味說

司空圖,字表聖,唐懿宗咸通十年(西元 869 年)進士。著有詩
文集,及《詩品》一卷。表聖有〈與李生論詩書〉曰:

> 文之難而詩之難尤難。古今之喻多矣。而愚以為辨於味,
> 而後可以言詩也。江嶺之南,凡足資於適口者,若醯非不
> 酸也,止於酸而已;若醝非不鹹也,止於鹹而已。中華之
> 人所以充饑而遽輟者,知其鹹酸之外,醇美者有所乏耳。
>
> 近而不浮,遠而不盡,然後可以言韻外之致耳。
>
> 蓋絕句之作本於詣極,此外千變萬狀,不知所以神而自神
> 也,豈容易哉!今足下之詩,時輩固有難色,儻復以全美
> 為工,即知味外之旨矣。

以味外之旨、韻外之致論詩,似自表聖始;而味在鹹酸之外一語,尤
深得詩人淳蓄淵雅之旨。誠齋倡詩味之說,謂詩須去詞去意而存味,
蓋亦紹表聖之遺緒也。

七、黃庭堅之「奪胎換骨」法

黃庭堅,字魯直,號涪翁,又號山谷道人,宋治平四年(西元
1067 年)進士。其詩好奇尚硬,別成一家,為「江西派」之開山,
作詩主張「奪胎換骨」之法:

> 詩意無窮,人才有限;以有限之才,追無窮之意,雖淵明、
> 少陵不能盡也。然不易其意,而造其語,謂之換骨法;規
> 摩其意而形容之,謂之奪胎法。(《冷齋夜話》引)
>
> 古之為文章者,真能陶冶萬物,雖取古人之陳言,入於翰
> 墨,如靈丹一粒,點鐵成金也。(〈答洪駒父書三首〉其二)

「奪胎換骨」、「點鐵成金」之法,譽之者歎為化朽腐為神奇,詆之者

謂爲剽竊之黠者。誠齋盛稱山谷詩，所論作詩技巧，亦以山谷爲宗。

八、「江西」詩人之參悟說

「江西」詩人論詩，多主張參悟。今但舉陳師道、韓駒、呂本中三人之說。陳師道，字無己，號後山居士。韓駒，字子蒼。呂本中，字居仁，學者稱東萊先生。

后山曰：

> 學詩如學仙，時至骨自換。（〈答秦少章詩〉）

子蒼云：

> 學詩當如初學禪，未悟且遍參諸方。
> 一朝悟罷正法眼，信手拈出皆文章。
>
> （《陵陽先生詩》卷二〈贈趙伯魚〉）

東萊云：

> 作文必要悟入處，悟入必自工夫中來，非僥倖可得也。（《童蒙訓》）
>
> 楚詞、杜、黃，固法度所在，然不若徧考精取，悉爲吾用，則姿態橫生，不窘一律矣。……要之此事須令有所悟入，則自然度越諸子。悟入之理，正在工夫勤惰間耳。如張長史見公孫大娘舞劍，頓悟筆法。（〈與曾吉甫論詩第一帖〉）

東萊所謂「徧考精取」，亦即子蒼所云「遍參」之意。而子蒼言「信手拈出皆文章」，東萊言「頓悟」，又皆后山所謂「時至骨自換」之意。「江西」詩人大抵主張竭人功以臻於天巧，由遍參以歸於自得。誠齋言參悟透脫，其相承之迹，不待推求矣。

九、韓駒論宋詩及反對賡韻之說

子蒼除參悟之說外，其論宋詩之弊及不主賡和，對誠齋亦有啓導之功。

誠齋謂詩必詩人爲之；以文爲詩，究非所宜。子蒼曰：

> 唐末人詩雖格致卑淺，然謂其非詩則不可。今人作詩雖句語軒昂，但可遠聽，其理略不可究。（《陵陽室中語》）

即此數語，於誠齋之說已微啓其緒。子蒼又曰：

> 詩不可廬也，作詩則可矣。是故蘇、黃賡韻之體，不可學
> 也。(〈答士友書〉。《誠齋集》卷七十九〈陳晞顏和簡齋詩集序〉引)

> 古人不和，況次韻乎？(《陵陽室中語》。《詩人玉屑》卷五引)

誠齋以爲和韻之詩爲不得已，且痛論賡和之病，蓋推闡子蒼之旨焉。

第二節　原理論

第一目　感物說

自〈詩序〉以降，古人多謂情志之動，發而爲詩；然「人心之動，物使之然也。」(《禮記・樂記》)故劉勰曰：「情以物遷，辭以情發。」(《文心雕龍・物色》)鍾嶸曰：「氣之動物，物之感人，故搖蕩性情，形諸舞詠。」(《詩品・序》)誠齋亦贊同此說，謂「詩皆感物而發，觸興而作。」(〈應齋雜著序〉)又云：

> 我初無意於作是詩，而是物是事，適然觸乎我，我之意亦
> 適然感乎是物是事：觸先焉，感隨焉，而是詩出焉。(本集
> 卷六十七〈答建康府大軍庫監門徐達書〉)

蓋詩人之耳目心靈，與自然界或人文界之萬事萬物相接，引發詩興詩思，走筆成詩。故詩源於觸物興感，礭然無疑；漢魏以降，曾無異辭。誠齋遂一脈相承，再申前人之意焉。

第二目　自然說

誠齋云：

> 古人之詩，天也。今人之詩，人焉而已矣。(《鶴林玉露》卷
> 九引)

誠齋以爲古詩之高妙，乃得之於天，亦即成於自然，非人力所強致；而今人之詩類皆苦吟力作，幽尋冥索而成，是得之於己而已。清人潘德輿極稱其說，謂「此二語包孕千古。」[註1]案劉勰嘗曰：「感

〔註 1〕見《養一齋詩話》卷一。

物吟志，莫非自然。」（《文心雕龍・明詩》）唐王昌齡亦云：「自古文章起於無作，興於自然，感激而成，都無飾鍊，發言以當，應物便是。」（《詩格》）其所謂「莫非自然」、「興於自然」，皆係泛指一切詩文之所從出；至誠齋所言「天也」，其義等同「自然」，則非僅謂詩之源起，尤重在詩之完成。誠齋嘗自述其賦詩經歷，以爲雕琢之功固不可少，然妙詞絕唱，往往不自意而出，原非雕琢而來，抑且非雕琢可得：

> 句妙元非琢。（《詩集》卷四〈明發弋陽縣〉）

> 鍊句爐搥豈可無？句成未必盡緣渠。

> 老夫不是尋詩句，詩句自來尋老夫。

> （《詩集》卷三十一〈晚寒題水仙花并湖山三首〉）

> 好詩排闥來尋我，一字何曾撚白鬚？

> （《詩集》卷三十八〈曉行東園〉）

誠齋又論詩文作法曰：

> 昔三老董公說高帝曰：「仁不以勇，義不以力。」惟文亦然。

> （本集卷六十六〈答徐廣書〉）

此亦與「句妙元非琢」義近。白居易《金針詩格》云：

> 詩有三般句：一曰自然句，二曰容易句，三曰苦求句。命題屬意，如有神助，歸於自然也。命題率意，遂成一章，歸於容易也。命題用意，求之不得，歸於苦求也。〔註2〕

誠齋言妙句不假雕鐫，即白居易所謂「自然句」，命題屬意，得之於天。試觀老杜常有隨興漫成之作，未費推敲，而瓊絕千古，自云若有神助；〔註3〕蘇東坡亦自謂其文「如萬斛泉淵，不擇地而出，……常行於所當行，止於不可不止。」（〈文說〉）足證誠齋之說爲不虛。誠齋以爲古人

〔註2〕前人疑《金針詩格》非白氏所撰。然白氏貶謫江州期間，常遊廬山，與僧人爲方外之交，則教以賦詩法度，而經諸僧紀錄珍藏，因得流傳後世，非無可能。說見王師夢鷗撰〈試論白樂天金針詩格〉，《中外文學》九卷七期。

〔註3〕杜甫有詩：「篇什若有神」，「詩成覺有神」。分見〈八哀詩・贈太子太師汝陽郡王璡〉及〈獨酌成詩〉。

之詩，妙句天成，筆端自然瀉出；然如何能到達此境，誠齋則未言及。
竊以為成於自然者，既不能坐待其至，亦非人人可得而幾；必平日餐經
饋史，感事觸物，理致潛之胸臆，嘗有欲吐之言，難遏之意，及其拈題
濡筆，霍然有懷，自然感應，妙句忽來。得之似自天外，實則積之胸中
不知幾許日矣。故成於自然之詩文，作者其才其學，俱須上乘；而學又
可濟其才。太白飄逸之詩，蓋得力於匡山之苦讀；〔註4〕老杜神來之筆，
蓋植基於「讀書破萬卷」〔註5〕也。蘇洵曰：

> 取論語、孟子、韓子，及其他聖人賢人之文，而兀然端坐，
> 終日以讀之者，七八年矣，……時既久，胸中之言日益多，
> 不能自制，試出而書之。已而再三讀之，渾渾乎覺其來之
> 易矣。（〈上歐陽內翰書〉）

「渾渾乎覺其來之易」，乃緣於七八年「終日以讀之」。其理易曉，
其事不易為。姜夔贈誠齋詩曰：「箭在的中非汝力，風行水上自成
文。」〔註6〕劉克莊曰：「湯季庸評陸、楊二公詩，謂誠齋得於天者，
不可及。」〔註7〕而誠齋云：「好詩排闥來尋我」，似亦謂來自天授。
然周必大曰：「今時士子見誠齋大篇鉅章，七步而成，一字不改，
皆掃千軍、倒三峽、穿天心、透月窟之語；至於狀物姿態，寫人情
意，則鋪敘纖悉，曲盡其妙；遂謂天生辯才，得大自在。是固然矣。
抑未知公由志學至從心，上規虞載之歌，刻意風雅頌之什；下逮左
氏、莊、騷、秦、漢、魏、晉、南北朝、隋、唐以及本朝，凡名人
傑作，無不推求其詞源，擇用其句法。五十年之間，歲鍛月鍊，朝
思夕維，然後大悟大徹，筆端有口，句中有眼，夫豈一日之功哉！」
〔註8〕方回曰：「誠齋時出奇峭，放翁善為悲壯，然無一語不天

〔註4〕沈德潛著《歸愚文鈔》卷十三〈許雙渠抱山吟序〉：「李太白曠世逸
　　　才，而其始讀書匡山，至十有九年。」
〔註5〕見杜詩〈奉贈韋左丞丈〉。
〔註6〕見《白石道人詩集》卷下〈送朝天續集歸誠齋時在金陵〉。
〔註7〕見《後村先生大全集》卷九十七〈茶山誠齋詩選序〉。
〔註8〕見《周文忠公集平園續藁》卷九〈跋楊廷秀名人峯長篇〉。

成，……蓋皆胸中貯萬卷書，今古流動，是惟無出，出則自然。」
〔註9〕然則古人之詩，其爲天成妙品者，豈眞天爲之哉！

第三目　功能說

詩之功能，孔子以爲在倫理政教，「《詩》，可以興，可以觀，可以群，可以怨；邇之事父，遠之事君。」（《論語・陽貨》）然《毛詩・序》曰：「詩有六義焉：一曰風，……上以風化下，下以風刺上，主文而譎諫，言之者無罪，聞之者足以戒，故曰風。」鄭玄《六藝論》云：「詩者，弦歌諷諭之聲也。」俱謂詩之功能在美刺諷諭。司馬遷曰：「《詩》三百篇，大抵賢聖發憤之所爲作也，此人皆意有所鬱結，不得通其道也。」（《史記・自序》）則以爲詩之功能在發憤抒情。以上皆專就三百篇而言，及至中唐白居易、元稹之諷諭詩論，則泛指一般古典歌詩。誠齋曰：

> 天下之善不善，聖人視之甚徐而甚迫。甚徐而甚迫者：導其善者以之於道，矯其不善者以復於道也。……迫者，矯之也。是故有《詩》焉。《詩》也者，矯天下之具也。……而或者曰：「聖人之道，禮嚴而詩寬。」嗟乎！孰知禮之嚴爲嚴之寬，《詩》之寬爲寬之嚴也歟？……蓋天下之至情，矯生於媿，媿生於衆（疑脫字，當作媿生於議，議生於衆）。媿非議則安，議非衆則私。……聖人於是舉衆以議之，舉議以媿之。則天下之不善者，不得不媿。媿斯矯，矯思復，復思善矣。此《詩之教》也。《詩》果寬乎？聳乎其必議，而斷乎其必不恕也！《詩》果不嚴乎？……夫人之爲不善，非不自知也，而自赦也，自赦而後自肆。自赦而天下不赦也，則其肆必收。……故《詩》也者，收天下之肆者也。今夫人之一身，暄則倦，凜則力；十日之暄，可無一日之凜耶？《易》、《禮》、《樂》與《書》，暄也；《詩》，凜也。人之情，不喜暄而悲凜者，誰也？不知夫天之作其倦，強其力而壽之也。（本集卷八十四〈詩論〉）

〔註9〕見《桐江集》卷三〈跋遂初尤先生尚書詩〉。

此文爲誠齋論詩之專篇，雖爲《詩經》而發，然觀其屢稱晚唐詩最工，有〈國風〉、〈小雅〉之遺音（參閱本章第四節第一目），則此篇所云，應可視爲對一切歌詩之泛論。按諸上文，誠齋之意以爲：

一、詩之主要功能，在矯正天下之不善，使放肆者知所收斂。

二、詩爲公意之代言，對不善者必嚴加譏議，絕不寬假。禮禁於未然，似嚴而實寬；詩議於已然，似寬而實嚴。

三、詩之譏議，猶如偶爾寒冽之氣候，予人刺激，可令人精神振作，增益其健康與壽命。

詩之功能在矯正不善者以歸於善，漢儒及白、元雖略啓端緒，而誠齋抉其幽微，言之透切；卓識眞知，已度越前賢矣。誠齋又曰：

玉堂着句轉春風，諸老從前亦寓忠。

誰爲君王供帖子，丁寧綺語不須工。

（《詩集》卷一〈立春日有懷二首之二〉）

案宋人周煇云：「翰林書待詔請春詞，以立春日翦帖於禁中門帳。……春端帖子不特詠景物爲觀美，歐陽文忠公嘗寓規諷其間，蘇東坡亦然。司馬溫公自著日錄，特書此四詩，蓋爲玉堂之楷式。自政、宣以後，第形容太平盛事，語言工麗以相夸，殆若唐人宮詞耳。」

〔註10〕誠齋對政和、宣和以後玉堂帖子之但夸工麗，深覺不然，以爲當寓規諷之意，而不必刻意於辭藻之間也。誠齋之詩，頗多譏議感慨者，如〈題曹仲本出示譙國公迎請太后圖〉一詩，歷敘畫中景象，頌揚接伴使曹勛之豐功，而結之曰：

功蓋天下只戲劇，笑隨赤松蠟雙屐，飄然南山之南北山北。君不見：岳飛功成不抽身，却道秦家丞相嗔！（《詩集》卷二十一）

蓋金人以殺岳飛爲釋還韋后之先決條件，有岳飛之屈死，乃有韋后之生還。此詩末二句發露眞相，無限深意，誠所謂「聳乎其必譏，而斷乎其必不恕」矣。惜詩家多好爲歌功頌德、吟風弄月之辭；而譏議之

〔註10〕見《清波雜志》卷十。

詩，詞婉旨幽，世人亦常有不明其義者，〔註11〕故誠齋曰：

> 道是詩壇萬丈高，端能辦却一生勞。
>
> 阿誰不識珠將玉，若箇關渠風更騷？
>
> （《詩集》卷二十六〈和段季承左藏惠四絕句之三〉）

詩人所作與世之所重者，皆綺詞麗語；譏議之詞乃不易見，是可慨已。

第四目　價值說

曹丕《典論・論文》倡言文學之價值，謂文章「乃經國之大業，不朽之盛事。」誠齋亦以爲詩之佳者，將流傳百世，故可致詩人於不朽。

> 李杜飢寒纏幾日，却教富貴不論年。
>
> （《詩集》卷三十八〈留蕭伯和仲和小飲二首〉）
>
> 少陵生在窮如蝨，千載詩人拜寒驢。
>
> （《詩集》卷二十二〈跋陸務觀劍南詩稿二首〉）

李、杜生前飢寒，然人以詩傳，雖百世不可磨滅，等同百世之富貴也。因之，誠齋以爲享及身之富貴，不如留不朽之詩名：

> 但登詩壇將騷雅，底用蟻穴封王侯？（《詩集》卷二十〈正月十二游東坡白鶴峯故居其北思無邪齋真蹟猶存〉）
>
> 子不見唐人孟郊、賈島乎？郊、島之窮，才之所致，固也；然同時之士，如王涯、賈餗，豈不富且貴哉？當郊、島以飢死、寒死，涯、餗未必不憐之也；及甘露之禍，涯、餗雖欲如郊、島之飢死、寒死，不可得也。使郊、島見涯、餗之禍，涯、餗憐郊、島乎？郊、島憐涯、餗乎？未可知也。子不見本朝黃、秦乎？魯直貶死宜州，少游貶死藤州，而蔡京、王黼相繼爲宰相，貴震天下。當黃、秦之死，王、蔡必幸其死；及王、蔡之誅，黃、秦不見其誅，使黃、秦見其誅，亦必不幸之也。然黃、秦不幸王、蔡之誅，而天下萬世幸之；王、蔡幸黃、秦之死，而天下萬世惜之；然

〔註11〕上引誠齋〈題迎請太后圖〉詩末二句，清人光聰諧不明其旨，即詆爲「袒秦抑岳」。見所著《有不爲齋隨筆》庚卷。

> 則黃、秦之貧賤，王、蔡之富貴，其究何如也？且彼四子
> 之富貴，其得者幾何？而今視之，不啻如糞土。而此四子
> 之貧賤，所得者如此，今與日月爭光可也。然則孰可願，
> 孰不可願乎？亦未可知也！（本集卷八十一〈雪巢小集後序〉）

上引〈雪巢小集後序〉所云，爲記友人林景思之語，而誠齋激賞之。
此意韓愈蓋已發之於先：

> 然子厚斥不久，窮不極，雖有出於人，其文學辭章，必不
> 能自力以致必傳於後，如今，無疑也。雖使子厚得所願，
> 爲將相於一時，以彼易此，孰得孰失，必有能辨之者。（〈柳
> 子厚墓誌銘〉）

詩文乃不朽之盛事，故詩人朝斯夕斯，以飢以寒，雖富貴不肯易也。
李賀騎驢覓詩，且出暮歸，「要嘔出心肝乃已」（《唐書》本傳），則爲
求可傳之詩，生死亦未嘗置意矣。誠齋又曰：

> 可笑詩人死愛名，吻間長作候蟲聲。
> 煉成九轉丹砂着，贏得千莖白雪生。
> 政使古今傳不朽，不知身世竟何成？
> 老夫老去眞休去，一聽梅山主夏盟。
>
> （《詩集》卷二十五〈和姜邦傑春坊再贈七字〉）

詩人爲傳不朽之名，苦吟不輟，誠齋以爲「可笑」，其辭若有憾焉，
其實深嘉之。誠齋亦嘗自言：

> 只要瑚詩不要名，老來也復減詩情。
> 虛名滿世眞何用？更把虛名賺後生！（《詩集》卷十五〈詩情〉）

此言不務一時浮名，但求詩之可傳。並譏世之好名求名者：榮名勢位
若雲烟，轉瞬即逝；縱有一世虛名，然名與身俱滅，究有何用？若以
其虛名欺世眩人，則尤不可恕矣。柳子厚曰：「賢者不得志於今，必
取貴於後，古之著書者皆是也；宗元近欲務此。」（〈寄許孟容書〉）
子厚因功烈不克顯於當世，始銳意於詩文，以冀身後之名；而誠齋則
「只要瑚詩不要名」，是誠齋又賢於子厚矣。然不求名而名自至；詩
之價值如此，誠齋固深知之，詳言之矣。

第三節　修養論

第一目　自樂其樂

詩人之才力、性情、身世、學養、經歷、境遇等，對其作品之內容、風格、及成就，均有不同程度之影響。誠齋言詩能窮人，故詩人須忘懷窮、達，而自樂其樂。

古謂「文窮而後工」，司馬遷蓋首倡其義：「昔西伯拘羑里，演周易；孔子戹陳、蔡，作春秋；屈原放逐，著離騷；左丘失明，厥有國語；孫子臏腳，而論兵法。」（《史記·自序》）其後桓譚曰：「賈誼不左遷失志，則文彩不發；……揚雄不貧，則不能作玄、言。」（《新論·求輔篇》）鍾嶸曰：「使（李）陵不遭辛苦，其文亦何能至此！」（《詩品》）韓愈曰：「然子厚斥不久，窮不極，……其文學辭章，必不能自力以致必傳於後。」（〈柳子厚墓誌銘〉）文窮而後工之旨益彰。歐陽修曰：「世所傳詩者，多出於古窮人之辭也。……蓋愈窮則愈工。然則非詩之能窮人，殆窮者而後工也。」（〈梅聖俞詩集序〉）則明揭「詩窮而後工」之說。蘇東坡曰：「勞心以耗神，盛氣以忤物，未老而衰病，無惡而得罪，鮮不以文者。」（〈邵茂誠詩集序〉）反謂詩能窮人。陳師道以王平甫為例，又以為詩能達人。〔註12〕自歐陽公發凡後，兩宋之世，呼應者指不勝屈；或同調、或異詞，紛紜不已。誠齋亦常有論及：

> 士飽乎學而不療腹之飢，肥乎德而不捄妻子之瘠，茲謂貧；列禦寇、黔婁是也。才經天下而一士之不達，名垂百世而當時之不逢，茲謂窮；仲舒、馮衍是也。（本集卷八十一〈千巖摘藁序〉）

古人所謂「窮而後工」之「窮」，通常奄有上述二義，即貧窮之窮與窮達之窮。誠齋以為人窮未必詩工：

> 句妙元非琢，人窮未必工。（《詩集》卷四〈明發弋陽縣〉）

〔註12〕見《後山集》卷十一〈王平甫文集後序〉。其所謂達，非謂仕宦顯達，乃指詩名顯赫於世。

然又曰：

> 其為詩，蓋自觝斥時宰，誕寘嶺海，愁狄酸骨，飢蛟血牙，
> 風呻雨喟，濤謔波詭，有非人間世之所堪耐者，宜芥於心，
> 而反昌其詩；視李、杜夜郎、夔子之音，益加恢奇云。(本
> 集卷八十二〈澹菴先生文集序〉)

則又以為詩窮而後工。然綜觀其詩文，大抵贊同詩能窮人之論：

> 書莫讀，詩莫吟，……口吻長作秋蟲聲，只令君瘦令君老。
>
> (《詩集》卷十三〈書莫讀〉)
>
> 如何也鑄一大錯？自古詩人多命薄。
>
> (《詩集》卷十八〈送彭元忠縣丞北歸〉)
>
> 詩人自古例遷謫，蘇李夜郎并惠州。人言造物困嘲弄，故
> 遣各捉一處囚。(《詩集》卷二十〈正月十二游東坡白鶴峯故居，
> 其北思無邪齋真蹟猶存〉)
>
> 青鞋布襪軟紅塵，千詩只博一字貧。
>
> (《詩集》卷二十四〈送姜夔堯章謁石湖先生〉)
>
> 豈有詩名世，而無鬼作窮。(《詩集》卷三十三〈和陸務觀用張季
> 長吏部韻寄季長，兼簡老夫補外之行〉)
>
> 詩人只言黠，犯之取飢寒。端能不懼者，放君據詩壇。
>
> (《詩集》卷三十七〈答賦永豐宰黃巖老投贈五言古〉)
>
> 誰羨千鍾況萬錢，要入詩家須有骨。(《詩集》卷三十八〈留蕭
> 伯和仲和小飲二首〉)
>
> 古來官職妒詩篇，二物雙違不肯全。
>
> (《詩集》卷四十一〈和張寺丞功父八絕句〉)
>
> 可憐公等俱癡絕，不見詞人到老窮。
>
> (《詩集》卷四十二〈寄張功父姜堯章進退格〉)
>
> 讀雙桂一編之詩，吾甚愛之。然子長方窮而未有知之者，
> 庸非詩為之祟耶？(本集卷七十八〈雙桂老人詩集後序〉)
>
> 世有傳矣，不見媚於明，必見媚於幽。故庭草隨意之詩，
> 空梁燕泥之詩，飛燕昭陽之詩，不才多病之詩，言非直也，

詩工而已耳；詩工而非直，猶且小者逐，大者死，況先生
之詩工而言直耶？（本集卷八十〈盧溪先生文集序〉）

若夫面有推敲之容，而吻作秋蟲之聲，與陰、何、郊、島
先登優入於飢凍窮愁之域，此我輩寒士事也。（本集卷八十〈約
齋南湖集序〉）

以上所舉，皆謂詩能窮人，可知誠齋以此說爲然。誠齋又有論窮達之
見，頗有發前人之未發者：

詩家者流嘗曰：「詩能窮人」。或曰：「詩亦能達人。」或曰：
「窮達不足計，顧吾樂於此則爲之爾。」且夫疲於窮者其
詩折，悁於達者其詩衒；折則不充，衒則不幽，是固非詩
矣。至俟夫樂而後有詩，則不樂之後，未樂之初，遂無詩
耶？（本集卷七十八〈陳晞顏詩集序〉）

誠齋以爲倘窮者以飢寒爲憂，其詩氣必不充；達者因富貴而喜，其詩
境必不幽，則皆非好詩。故人窮未必詩工；而工於詩者，窮而達之後，
其詩亦未必仍工。必不問窮達，專志傾力於詩，乃可望有佳作。是以
誠齋又曰：

人自窮通詩自詩，管渠人事與天時！

（《詩集》卷二十五〈和張功甫病中遺懷〉）

詩之工不工，與詩人之通塞無關，端視其能否劌心怵肝以爲之耳。至
有曰：「窮達不足計，顧吾樂於此則爲之爾。」誠齋視其「樂」爲一
時之快意，則似堪商榷。竊以爲詩人以吟咏爲樂事，似無所謂「不樂
之後」或「未樂之初」；樂於詩而爲詩，耽湎其中，窮達自無所動於
心。此與誠齋之見解本相契合；誠齋又曰：

子長方窮而未有知之者，……子長所宜怨也。而子長方且
爲之未已，不惟不怨，而又樂之，曰：「速營詩壇，吾將老
焉。」（本集卷七十八〈雙桂老人詩集後序〉）

古語曰：「爭名者必於朝，爭利者必於市。」是二人者，
使之以此易彼，二人者其肯乎哉？非不肯也，不願也；非
不願也，亦各樂其樂也。詩人文士，挾其所樂，足以敵王

公大人之所樂不啻也，猶將愈之。故王公大人無以傲夫
士，而士亦無所折於王公大人。(本集卷八十二〈石湖先生大
資參政范公文集序〉)

詩人之為詩，乃樂其所樂，雖王侯之樂不易也。旨哉斯言！孔子曰：
「知之者，不如好之者；好之者，不如樂之者。」(《論語‧雍也》)
樂此不疲，苦吟熟誦，終必有成功之日也。

第二目　充乎其中

詩人雖天縱之才，如空疏不學，亦必難有傳世之篇；而學必博覽，
乃能本固木茂，源遠流長。故誠齋勉人多讀書，嘗云：

惟中之充者，其表自燁。(本集卷五十九〈回吉州趙司戶得憲臺
舉縣令小啓〉)

有充於中，必光於外。(本集卷九十七〈學箴〉)

其辭質而達，其意坦而遠，其氣暢而幽，……蓋道學之充
乎其中，而溢乎其外，形乎其躬，而聲乎其言者歟！(本集
卷七十九〈默堂先生文集序〉)

有充於中，即腹有詩書之意。蓋讀書多則識見高，材積富；發而為詩為
文，自卓爾不凡。若讀書太少，蘊蓄過淺，譬猶一勺之水，斷無轉相灌
注，潤澤豐美之象。此意古人屢有言之。劉勰曰：「積學以儲寶，酌理
以富才。」(《文心雕龍‧神思》)韓愈曰：「善其根而竢其實，加其膏而
希其光。根之茂者其實遂，膏之沃者其光曄。」(〈答李翊書〉)歐陽修
曰：「學者當師經，……中充實則發為文者輝光。」(〈答祖擇之書〉)「作
詩須多誦古今人詩，不獨詩爾，其他文字皆然。」(〈試筆〉)蘇東坡曰：
「當且博觀而約取，如富人之築大第，儲其材用既足，而後成之，然後
為得也。」(〈答張嘉文書〉)凡此皆發誠齋之先聲。至誠齋所云「道學」，
乃泛指往聖先賢之學，固不必以「理學」目之也。誠齋又曰：

點鐵成金未是靈，若教無鐵也難成。

(《詩集》卷三十七〈荷池小立〉)

懇懃來相府，邂逅得詩人。不是胸中別，何緣句子新？

（《詩集》卷四〈蜀士甘彥和寓張魏公門館，用余見張欽夫詩韻作二詩
見贈，和以謝之〉）

案「點鐵成金」出黃庭堅〈答洪駒父書〉，意謂取古人陳言而陶融之。
誠齋則謂點鐵成金，先須有鐵。倘腹中乏古人詩文，則雖刓精竭慮，
不能益其胸之所本無，猶探珠於淵而淵無珠，探玉於山而山無玉，遑
論琢磨之耶！又散文以達意為主，不學之人，或猶能以一二清新之意
騁才；而詩則以片言明百意，以坐馳役萬象，作者倘未貯若干書笥，
勢難有清詞麗句也。宋羅大經亦曰：「凡作文章，須要胸中有萬卷書
為之根柢，自然雄渾有筋骨，精明有氣魄，深醇有意味，可以追古作
者。若作詩只就詩中探擷，作四六只就四六中鬭湊，作古文只就史、
漢、韓、柳中取其奇字硬語模擬而為之，如此豈能如霓裳一曲，高掩
前古哉！」（《鶴林玉露》卷六）其說可申誠齋未盡之意。人皆知黃庭
堅為一代詩宗，然鮮知其胸羅萬卷，有非他人所能及者。誠齋嘗聞張
仲良之言曰：

> 學者每求作字，山谷必問曰：「欲六經何篇？左氏傳、太史
> 公、班孟堅書何篇？」他詩文亦然。即隨所欲，一筆立就。
> 命取架上書閱而校之，不錯一字。（本集卷一百〈跋山谷踐阼篇
> 法帖〉）

誠齋亦自少迄老，勤讀不輟，故淹貫百家，博通今古（參見上節第二
目）。嘗曰：

> 余生百無所好，而顧獨尤好文詞，如好好色也。至於好詩，
> 又好文詞中之尤者也。……予於天下士大夫家及入三館，
> 傳唐詩數百家，多至百千篇，寡至一二篇，自謂三百年間
> 奇瑰詭寶，略無遺矣。（本集卷八十一〈唐李推官披沙集序〉）
> 此心冷於波水，淡於秋雲也，獨於文士詩人一簡半札，……
> 不幸覯焉，攝焉，讀焉，則推倒牆下之几，掉脫頭上之冠，
> 饋我我不食，問我我不應也；已而自悟自笑，求其所以使
> 我至此者而不可得也。（本集卷六十七〈答萬安趙宰〉）
> 某一昨謝病自免，歸臥空山，遂與世絕：獨愛賢好文之心，

若瘰癖沈痼，結於膏之上，肓之下，而無湯熨鍼砭可達
者，……每以此自苦，亦以此自樂。(本集卷六十七〈答建康
府大軍庫監門徐達書〉)

可知誠齋真行如其言，而能「充乎其中，溢乎其外」者。後之學者，束
書不觀，遊談無根，乃欲刻燭畢韻，舉步成章，彷彿古人；豈不難哉！

第三目　參悟透脫

晚唐司空圖發以禪喻詩之義，同時之徐寅明揭「詩者儒中禪也」
之說，〔註13〕迨至兩宋，以禪論詩者，乃更僕難數。案禪者求道，其
目的在「開悟」以「明心見性」，其方法在「參禪」、「參訪」。「明心
見性」之後，則無縛無礙，諸情俱泯，與佛祖無殊矣；此為禪者夢寐
以求之境界，捨「參禪」無以得之。誠齋亦以「參禪」之法論詩：

要知詩客參江西，正如禪客參曹溪；

不到南華與修水，如何傳法更傳衣？

　(《詩集》卷三十九〈送分寧主簿羅宲材秩滿入京〉)

禪宗六祖慧能大師為禪宗中之旭日皓月，光輝一世，其禪學震動天
下，餘波及於扶桑朝鮮。誠齋以「江西詩派」比曹溪六祖，以為學詩
之人欲參究「江西」詩學，一如禪者之參究曹溪禪學，必一意窮修苦
煉，開悟正法，始可望得詩祖之付法傳衣。

誠齋又以為詩法多端，非任何人可得而私有，倘潛研深造，即能
獲致獨創與妙契，雖上天不能吝而不予也。故云：

句法天難祕，工夫子但加。參時且柏樹，悟罷豈桃花？

　(《詩集》卷四〈和李天麟二首之二〉)

此詩三、四句均用事。宋釋普濟《五燈會元》卷四載：有僧向趙州從
諗禪師問道，問：「如何是西來意？」(案：西來意為達摩祖師西來意
之省語) 師曰：「庭前柏樹子！」蓋禪家之道在於自悟，不可言傳，
學者必經勘驗鍛鍊而後有得。趙州從諗以祖師西來意無法解說，故信
口舉所見院中柏樹為言，答非所問，以破弟子之「意障」。又靈雲志

─────────────

〔註13〕詳王師夢鷗撰〈試論白樂天金針詩格〉，《中外文學》九卷七期。

勤禪師參訪於潙山，因見桃花而悟道，作開悟詩曰：「三十年來尋劍客，幾回落葉又抽枝。自從一見桃花後，直至如今更不疑。」此詩以「尋劍客」喻求道者，歷見花謝花開，知「空界」即爲「妙有」，三十年之參究，遂一朝開悟。上引誠齋詩並非談禪，亦非以詩爲禪，乃藉參禪之歷程以喻學詩之工夫，謂潛心參究，工夫所至，自能創獲詩法，窺天之祕也。誠齋更進而言曰：

> 學詩須透脫，信手自孤高。衣鉢無千古，丘山只一毛。
> 句中池有草，字外目俱蒿。可口端何似？霜螯略帶糟。
>
> 《《詩集》卷四〈和李天麟二首之一〉》

透者，通徹之意；脫者，超脫也。清人徐增曰：「余三十年論詩，只識得一『法』字，近來方識得一『脫』字。詩蓋有法，離他不得，卻又即他不得。離則傷體，即則傷氣；故作詩者先從法入，後從法出，能以無法爲有法，斯之謂『脫』也。」〔註14〕誠齋合透、脫爲一詞，故不僅謂作詩須不爲成法所縛，且指詩人之識度應通達超豁，不執著，不黏滯，所見所想，恒超脫於世俗之上。孤者，一空依傍，自有樹立之意；高者，高妙之謂。誠齋以爲學詩由漸修而至頓悟，詩人既通達超脫矣，則能不拘成法，信筆所之，皆爲別具風格、迥殊流俗之作。詩家之道，無千古相傳之衣鉢，人人皆可自我開山。門戶、宗派之說，在浩瀚之詩學中，其輕重之比，殆一毛之於丘山耳。謝靈運「池塘生春草」之句，清新自然，享譽千古，後世詩人固宜效之；然詩貴有言外之意，辭約而義豐，方屬佳構；莊子曰：「蒿目而憂世之患」，〔註15〕半壁河山，淪於夷虜，則詩人自應有憂世愛民之思，寓諸「字外」也。如此具獨特風味之詩，必如霜螯帶糟之「可口」矣。案霜螯即秋蟹，本集卷四十四有〈糟蟹賦〉，序曰：「江西趙漕子直餉糟蟹，風味勝絕，作此賦以謝之。」故以糟蟹喻詩，以見「透脫」後所爲詩，味自不凡也。

　　誠齋嘗於《荊溪集・自序》中，自述其詩學「江西」諸君子、後

〔註14〕見《而菴詩話》，「清詩話」收。
〔註15〕見《莊子・駢拇》。

山、半山、唐人,「學之愈力,作之愈寡」,終而頓悟詩法,自創一體:

> ……戊戌三朝時節,賜告少公事;是日即作詩,忽若有悟,
> 於是辭謝唐人及王、陳、「江西」諸君子,皆不敢學,而後欣
> 如也。試令兒輩操筆,予口占數首,則瀏瀏焉,無復前日之
> 軋軋矣。……渙然未覺作詩之難也。(本集卷八十〈荊溪集序〉)

誠齋於詩誠轉益多師,然學之愈力,作之愈寡,足見其用心至苦,故
能覃思獨悟,蟬蛻而出也。又云:

> 傳派傳宗我替羞,作家各自一風流;
> 黃陳籬下休安腳,陶謝行前更出頭。
>
> (《詩集》卷二十八〈跋徐恭仲省幹近詩三首之三〉)

此詩與前詩可為呼應。蓋由參悟而透脫,由透脫而孤高,自能卓然成
家,不復為古人門下之客矣。葛天民贈誠齋詩曰:「知公別具頂門竅,
參得徹兮吟得到。趙州禪在口皮邊,淵明詩寫胸中妙。」〔註16〕對誠
齋知之頗深。誠齋亦自喜「老來下筆筆如神」,〔註17〕可知上引誠齋
數詩,蓋彼以其學詩之經歷,舉以示人也。

第四節　方法論

第一目　學詩蹊徑

世人皆推尊李、杜,誠齋亦深喜之,然其所篤嗜者乃在晚唐;於
宋代前輩之詩,誠齋所推奉者為王安石與陳師道;故在未自創新格
前,嘗學步王、陳及晚唐之詩。〔註18〕並亦以此教人:

> 受業初參且半山,終須投換晚唐間;
> 國風此去無多子,關捩挑來祇等閒。
>
> (《詩集》卷三十六〈答徐子材談絕句〉)

學詩者每崇盛唐,誠齋以為李、杜詩不便初學,「天下幾人學杜甫,

〔註16〕見《葛無懷小集・寄楊誠齋》。
〔註17〕見《詩集》卷三十八〈新晴東園晚步二首〉。
〔註18〕見本集卷八十〈荊溪集序〉。

千江隔兮萬山阻。……誰登李杜壇，浩如海波翻。」〔註19〕晚唐之詩，人或薄其綺靡乏風骨，或病其雕鏤過甚，誠齋則獨賞其言簡意賅，深婉有致，以為猶有國風、小雅之遺音：

> 晚識李兼孟達於金陵，出唐人詩一編，乃其八世祖推官公披沙集也。……讀之使人發融冶之驩於荒寒無聊之中，動慘戚之感於笑談方懌之初；國風之遺音，江左之異曲，其果弦絕而不可煎膠歟？然則謂唐人自李、杜之後有不能詩之士者，是曹丕火浣之論也！謂詩至晚唐有不工之作者，是桓靈寶哀梨之論也！（本集卷八十一〈唐李推官披沙集序〉）

> 晚唐諸子，雖乏二子（案：指李、杜）之雄渾，然好色而不淫，怨誹而不亂，猶有國風、小雅之遺。（本集卷八十三〈周子益訓蒙省題詩序〉）

對於並世詩人之卑視晚唐，誠齋深不謂然：

> 箇箇詩家各築壇，一家橫割一江山。
>
> 祇知輕薄唐將晚，更解攀翻晉以還！
>
> 　　（《詩集》卷二十六〈和段季承左藏惠四絕句〉之一）

> 笠澤詩名千載香，一回一讀斷人腸。
>
> 晚唐異味誰同賞？近日詩人輕晚唐。
>
> 　　（《詩集》卷二十九〈讀笠澤叢書三絕〉之三）

王安石富詩才，所作多未經人道語，晚年博觀約取，詩尤精絕。葉夢得曰：「王荊公晚年，詩律尤精嚴，造語用字，間不容髮。然意與言會，言隨意遣，渾然天成，殆不見有牽率排比處。」（石林詩話卷上）其七絕尤精深簡淡，有一唱三歎之妙，蘇軾、黃庭堅等皆為歎服。誠齋且以為半山之詩得三百篇之遺味，〔註20〕愛不忍釋：

> 船中活計只詩編，讀了唐詩讀半山。
>
> 不是老夫朝不食，半山絕句當朝餐。
>
> 　　（《詩集》卷三十三〈讀詩〉）

〔註19〕見《詩集》卷二十一〈予因集杜句跋杜詩呈監試謝昌國察院謝丈復集杜句見贈予以百家衣報之〉。

〔註20〕見本集卷八十三〈頤菴詩藁序〉。

《誠齋詩話》更云：

> 五七字絕句，最少而最難工，雖作者亦難得四句全好者：
> 晚唐人與介甫最工於此。

故誠齋教人作絕句先參半山，再進於晚唐；倘作詩得晚唐風味，則可以上窺三百篇。蓋勘破其間機軸，殆易易耳。誠齋又有詩曰：

> 不分唐人與半山，無端橫欲割詩壇。
> 半山便遣能參透，猶有唐人是一關。

（《詩集》卷九〈讀唐人及半山詩〉）

此則教人學詩，不宜拘於家數，「近世此道之盛者，莫盛於『江西』；然知有『江西』者，不知有唐人；或者左唐人以右『江西』，是不惟不知唐人，亦不可謂知『江西』者。」〔註21〕誠齋對于詩壇獨尊「江西」目無唐人之風，不勝浩歎；而王安石詩風較近唐音，故誠齋屢屢教人先參半山。然半山參透之後，應進而窺唐。所謂「一關」殆言一膜之隔、未盡透徹者，必須勘破唐人一關，乃能透脫；其詩始有一家之味，始有眞我存乎其間。清人翁方綱不明誠齋之旨，遂曰：「然誠齋之參半山，殊似隔壁聽耳，又不知所謂唐人一關在何處也？」〔註22〕不知誠齋本不欲奉半山或唐人爲宗主，半山及唐人不過爲其自我成就之階梯而已，其終極目標乃在自創一體，自成一格；而其形其貌，不欲與半山似，亦不欲與唐人似。則方綱之譏彈誠齋，未免失之輕率矣。誠齋又有詩曰：

> 學詩初學陳后山，霜皮脫盡山骨寒。
> 近來別具一隻眼，要踏唐人最上關。

（《詩集》卷十八〈送彭元忠縣丞北歸〉）

誠齋對后山之詩，本極稱賞；然對彭元忠於「江西派」宰制詩壇之際，始學后山，終能擺脫，而直叩唐人，則許爲別具隻眼。至言其爲「關」，則不以學唐爲已足，又可知矣。

綜觀上舉諸詩，可知誠齋以爲學詩之路，在由半山、后山入手，

〔註21〕見本集卷七十八〈雙桂老人詩集後序〉。
〔註22〕見《石洲詩話》卷三。

進而學唐人，尤重在晚唐。終而擺脫古人，自成一家，斯為上矣。誠齋恥附人後，「當其效人之詩體以求合於人，自以為巧矣，而其巧適所以為拙。」〔註23〕學詩不可不擇善而師，然終身為古人所役而不自見，則誠齋之所弗許也。

第二目　寫物言情

詩者，感物吟志也。三百篇以下，皆以言情寫景為主；即敘事說理，亦寓於情景之中，而出以唱歎含蓄。至杜詩常敘事論理，韓愈常以文為詩，則皆天縱之才，百世不一出焉。誠齋曰：

> 唐人未有不能詩者；能之矣，亦未有不工者。……自春草碧色之題，一變而為四夷來王，再變而為政以德，於是始無詩矣；非無詩也，無題也。（本集卷八十三〈周子益訓蒙省題詩序〉）

其言信然。蓋文與詩之體裁互異，文顯而詩隱，文直而詩婉，文質言而詩多比興，文敷暢而詩貴醞藉。詩之所擅在「春草碧色」，歌功頌德之章，經世濟民之論，則文章家之能事，非詩人之所長也。今棄其所優為，而強其所難能，於是有詩若無詩矣。故誠齋以為詩之題材，應以人情物態為主，不當載道論政也。至誠齋嘗主張詩為矯不善之具，則二者並無扞格，因以微婉之詞，發諷議之意，固未脫抒懷言志之本色也。誠齋又有詩曰：

> 哦詩只道更無題，物物秋來總是詩。（《詩集》卷十五〈戲筆二首〉）

此言秋日之景物，俱為詩題。詩作於仲秋，意者「秋來」二字為應時應景而設，初無獨賞秋景之意。宋玉曰：「悲哉！秋之為氣也。蕭瑟兮草木搖落而變衰。憭慄兮若在遠行，登山臨水兮送將歸！」（〈九辯〉）歐陽修曰：「蓋夫秋之為狀也：其色慘淡，煙霏雲歛；其容清明，天高日晶；其氣慄冽，砭人肌骨；其意蕭條，山川寂寥。」（〈秋聲賦〉）觸物生情，辭以情發；詩人詠秋，遂多有感傷之詞。然誠齋一生知足常樂，果賞秋景，則所賞者當為萬物成熟豐盈之象也。誠齋又曰：

> 銀色三千界，瑤林一萬重。

〔註23〕見本集卷六十四〈見蘇仁仲提舉書〉。

何須師鮑謝？詩在玉盧中。(《詩集》卷十二〈雪晴〉)

詩家不愁吟不徹，只愁天地無風月。

(《詩集》卷二十一〈雲龍歌贈陸務觀〉)

詩人長怨沒詩材，天遣斜風細雨來。

領了詩材還又怨，問天風雨幾時開？

(《詩集》卷三十一〈瓦店雨作四首〉)

自此每過午，吏散庭空，即攜一便面步後園，登古城；採
擷杞菊，攀翻花竹，萬象畢來，獻予詩材。蓋庵之不去，
前者未應，而後者已迫，渙然未覺作詩之難也。(本集卷八十
〈荊溪集序〉)

此則謂自然界萬物萬象，皆為詩之素材。如「滿河圭璧無人要，吹入
詩翁凍筆端。」〔註24〕是河水成冰亦可入詩，固不限秋日風光也。誠
齋又曰：

詩在山林，而人在城市，是二者常巧於相違，而喜於不相
值。(本集卷八十〈西歸詩集序〉)

紅塵不解送詩來，身在煙波句自佳。

(《詩集》卷十四〈再登垂虹亭三首〉)

城裏哦詩枉斷髭，山中物物是詩題。

欲將數句了天竺，天竺前頭更有詩。

(《詩集》卷二十二〈寒食雨中同舍人約遊天竺得十六絕句呈陸務觀〉)

此謂身處紅塵喧囂之地，無法得詩；若登山泛水，則佳句自來，且取
之不竭。「天竺前頭更有詩」，語甚妙。唐人鄭綮為相，或問相國近有
新詩否，鄭曰：「詩思在灞橋風雪中驢子上，此處那得有之？」〔註25〕
與誠齋之意正同。

劉勰曰：「若乃山林皋壤，實文思之奧府，……然屈平所以能洞
監風騷之情者，抑亦江山之助乎！」(《文心雕龍·物色》)蘇轍曰：「太
史公行天下，周覽四海名山大川，與燕趙間豪俊交遊，故其文疏蕩，

──────────

〔註24〕見《詩集》卷二十九〈銜命郊勞使客船過崇德縣〉。

〔註25〕見孫光憲《北夢瑣言》卷七。

頗有奇氣。」（〈上樞密韓太尉書〉）誠齋亦曰：

> 東坡太白兩詩翁，詩到廬山筆更鋒。
>
> （《詩集》卷三十六〈又跋東坡、太白瀑布詩，元開先師、序禪師〉）

匡廬山水，秀絕天下，太白徜徉十九年，東坡亦流連久之，詩思增進，於理宜然。誠齋又曰：

> 今代詩人後陸雲，天將詩本借詩人。……
>
> 鬼嘯狨啼巴峽雨，花紅玉白劍南春。
>
> （《詩集》卷二十二〈跋陸務觀劍南詩薰二首〉）

此謂蜀中風物爲詩之來源。蓋西蜀爲天下奧區，入蜀之士，抉摘奇險，憑弔前賢，發爲歌詩，自多俊品也。

　　江山既有助於詩文，則旅遊自爲興發詩思、探覽詩材之捷徑。誠齋嘗一再言之：

> 此行詩句何須覓？滿路春光總是題。
>
> （《詩集》卷五〈送文輔叔主簿之官松溪〉）
>
> 江山豈無意？邀我覓新詩。（《詩集》卷六〈豐山小憩〉）
>
> 山思江情不負伊，雨姿晴態總成奇。
>
> 閉門覓句非詩法，只是征行自有詩。
>
> （《詩集》卷二十八〈下橫山灘頭望金華山四首〉）
>
> 中原萬象聽驅使，總隨詩句歸行李。
>
> （《詩集》卷三十二〈跋丘宗卿侍郎見贈使北詩五七言一軸〉）

意謂名山勝水，九州風光，皆爲絕佳之詩材，而可於征行中得之。誠齋游宦四方，嘗登九疑，探禹穴，航南海，渡鰐溪，觀江濤，歷淮楚；凡太史公、韓退之、柳子厚、蘇東坡之車轍馬跡，皆略至其地；故能一官一集，而江湖嶺海之山川風物多在焉。「只是征行自有詩」，蓋經驗有得之言也。

第三目　鍾鍊成章

　　古人作詩多尚鍛鍊，杜甫云：「爲人性僻耽佳句，語不驚人死不休。」（〈江上值水如海勢聊短述〉）賈島云：「兩句三年得，一吟雙淚

流。」(〈題詩後〉) 盧延讓云:「吟安一箇字,撚斷數莖鬚。」(〈苦吟〉)
杜荀鶴云:「生應無輟日,死是不吟時。」(〈苦吟〉) 至陳師道之閉門
覓句,亦詩家共知。可知苦吟成篇,名家且不免。然誠齋嘗曰:「句
妙元非琢」又云:「一字何曾撚白鬚?」後人或以此謂誠齋於詩不主
錘鍊,其實不然。

誠齋亦有言曰:「鍊句爐槌豈可無?」〔註26〕明言不廢錘鍊。又曰:

吟詩箇字嘔出心。(《詩集》卷十三〈書莫讀〉)

詩好却難成。(《詩集》卷二〈初夏日出且雨〉)

此謂詩須苦吟,非錘鍊不能成好詩。又曰:

詩至唐而盛,至晚唐而工。蓋當時以此設科而取士,士皆
爭竭其心思而爲之,故其工後無及焉。(本集卷七十九〈黃御
史集序〉)

此以晚唐詩之工,歸因於詩人之殫精竭慮。又曰:

文者文也,在易爲賁,在禮爲繢。譬之爲器,工師得不(疑
當作木),必解之以爲樸,削之以爲質,丹膜之以爲章,
三物者具,斯曰器矣。有賤工焉,利其器之速就也,不削、
不丹、不膜,解焉而已矣,號於市曰:「器莫吾之速也。」
速則速矣,於用奚施焉?(本集卷六十六〈答徐廣書〉)

此謂文章須注重辭藻之修飾,不必求其速成。雖言「文」,然詩與
文固是一理;且「文」本即包含詩。誠齋自爲詩文,往往不憚竄易:

今月十五日夜拜領行狀,明日撰成;又明日刊落其甚謬者,
又明日脫稿,又明日送似益公求是正,併爲求題。蓋臂痛
不能多寫,凡四日乃書丹畢。不知喪事之日,此文到否?
蓋行狀逼期乃至,非敢作魯人之皐也。如莆田陳丞相、葉
丞相,皆前期一年送行狀來,庶得小從容,文字較仔細耳。
(本集卷一百六〈答程監簿〉)

某才鈍思遲,少紓其期,僅能屬稿;若責以七步三步而成,
刻燭擊鉢而就,雖臨之以七酒之軍法,迫之以泣釜之死刑,

〔註26〕見《詩集》卷三十一〈晚寒題水仙花并湖山三首〉。

亦終不能也。（本集卷六十八〈答戶部王少愚侍郎書〉）

可知雖墓誌之類應酬文字，誠齋亦精思結撰，往復推敲，不肯輕率。
至賦詩則尤甚：

不辭鬢撚斷，只苦句難安。（《詩集》卷一〈仲良見和，再和謝焉〉）

閉戶獨琢春寒句，只有輕風細雨知。

（《詩集》卷十〈清明雨寒八首之四〉）

先生苦吟日色晚，老鈴來催喫朝飯。（《詩集》卷十一〈苦吟〉）

絕恨誰人浪許癡，四更無睡只哦詩。

（《詩集》卷二十二〈鎖宿省中，通宵不寐，得兩絕句〉）

琱碎肝脾只坐詩，鬢髯成雪鬢成絲。

（《詩集》卷二十九〈湖天暮景五首之四〉）

荒耽詩句枉勞心，懺悔鶯花罷苦吟。

也不欠渠陶謝債，夜來夢裏又相尋。

（《詩集》卷四十二〈淋疾復作二首之二〉）

是則誠齋之詩，絕非信筆而成也。清人潘定桂曰：「七步吟成腸幾迴，
滴殘心血亦堪哀。每於人巧俱窮處，直把天工掇拾來。」〔註27〕可謂
知誠齋者。

誠齋又嘗論人之詩云：

惟詩似未甚進；蓋體未宏放，句未鍛鍊，字未汰擇。借使
一兩聯可觀，要之未可摘誦，令人洞心駭目也。（本集卷六十
六〈答盧誼伯書〉）

誠齋以為欲詩之洞心駭目，非鍊字鍛句不為功。然則誠齋何嘗不主錘
鍊耶！

第四目　隨興而作

誠齋以為詩宜隨興會之來而作，發乎真情實感，不必為作詩而作
詩，尤勿作和韻之詩：

大抵詩之作也：興，上也；賦，次也；賡和，不得已也。

〔註27〕見《楚庭耆舊遺集後集》卷十九〈讀楊誠齋詩集九首〉。

> 我初無意於作是詩，而是物是事，適然觸乎我，我之意亦
> 適然感乎是物是事，觸先焉，感隨焉，而是詩出焉。我何
> 與哉？天也！斯之謂興。或屬意一花，或分題一草，指某
> 物，課一詠；立某題，徵一篇；是已非天矣，然猶專乎我
> 也。斯之謂賦。至於賡和，則孰觸之，孰感之，孰題之哉？
> 人而已矣。出乎天，猶懼戔（疑爲戕）乎天；專乎我，猶
> 懼弦（疑爲眩）乎我；今牽乎人而已矣，尚冀其有一銖之
> 天、一黍之我乎？蓋我未嘗覿是物，而逆追彼之覿；我不
> 欲用是韻，而抑從彼之用；雖李、杜能之乎？而李、杜不
> 爲也。是故李、杜之集，無牽率之句，而元、白有和韻之
> 作。詩至和韻，而詩始大壞矣，故韓子蒼以和韻爲詩之大
> 戒也。（本集卷六十七〈答建康府大軍庫監門徐達書〉）

誠齋分作詩之動機爲興、賦、賡和三者。案《毛詩・大序》謂詩有六
義，其二曰賦，其四曰興；然興、賦之義云何，〈詩序〉未加詮釋。
鍾嶸《詩品・序》曰：「文已盡而意有餘，興也；……直書其事，寓
言寫物，賦也。」鄭玄注《周禮》曰：「賦之言鋪，直陳今之政教善
惡。……興見今之美，嫌於媚諛，取善事以喻勸之。」鄭樵《六經奧
論》云：「凡興者，所見在此，所得在彼，不可以事類推，不可以義
理求也。」在誠齋之前，興、賦之義如此，而三家所釋「興」義各異。
至朱子《詩集傳》，則誠齋或未及見。誠齋採興、賦之舊名，賦予新
義，而謂興者，得之於天；賦者，出之於己；賡和者，聽之於人。觸
緒成詠，不自知其來，而往往妙品；故詩之作也，興爲上。命題爲詩，
雖精思力作，未必大佳；故詩之作也，賦爲次。至賡詠之作，受制於
人，雖勞心焦思，難有佳作，故詩人應以和韻爲戒。又於《陳晞顏和
簡齋詩集・序》一文中，復暢厥旨：

> 古之詩倡必有賡，意焉而已矣，韻焉而已矣；非古也，自唐
> 人元、白始也。……昔韓子蒼答士友書謂：「詩不可賡也，
> 作詩則可矣。故蘇、黃賡韻之體不可學也。」豈不以作焉者
> 安，賡焉者勉故歟？不惟勉也，而又困焉。意流而韻止，韻
> 所有、意所無也，夫焉得而不困？……大抵夷則遜，險則競，

此文人之奇也，亦文人之病也，而詩人此病爲尤焉。惟其病
之尤，故其奇之尤。蓋疾行於大逵，窮高於千仞之山、九縈
之蹊，二者孰奇孰不奇也？然奇則奇矣，而詩人至於犯風
雪，忘飢餓，竭一生之心思，以與古人爭險以出奇，則亦可
憐矣。然則險愈競，詩愈奇，病愈痼矣！（本集卷七十九）

誠齋以爲步韻賡和非古人之制。若困而和之，則意流而韻止，韻有而
意無；和詩大抵如是。而詩人之病，乃好與他人爭險以出奇，其詩愈
奇，其病愈痼焉。晛顔以和詩索序於誠齋，而誠齋之言如此，可見其
對賡和之舉極爲反感。至於感興之作，乃出於一己之眞情，因情而生
文，誠齋則特加稱賞：

其詩皆感物而發，觸興而作，使古今百家，景物萬象，皆
不能役我，而役於我。（本集卷八十三〈應齋雜著序〉）

元人倪瓚曰：「詩貴眼前句」，〔註28〕與誠齋之意差近。明人楊愼述李
仲蒙之言曰：「敘物以言情，謂之賦，情物盡也。……觸物以起情，
謂之興，物動情也。」〔註29〕所言興、賦之義，似暗襲誠齋之說。明
人都穆曰：「予謂今人之詩，惟務應酬，眞無爲而強作者，無怪其語
之不工。」〔註30〕亦附和誠齋步韻詩不可作之意。然步韻詩非無傑作，
「盤根錯節，乃見利器」，步韻詩限用韻腳，反能激發作者之思維力；
如蘇、黃之步韻詩，多有較原詩爲佳者，可資佐證。誠齋有詩曰：

先生不妨且覓詩，挽之不來推不去。

　　（《詩集》卷十三〈壕上感春〉）

蓋自謂其詩之作，多出乎「興」。然觀其詩集，賡和詩亦不在少。誠
人勿爲而己爲之，豈非酬應之作，勢難免耶！

〔註28〕見倪瓚撰《清閟閣全集》卷十〈樵海詩集小引〉。
〔註29〕見《升菴詩話》卷十二。
〔註30〕見《南濠詩話》。

第四章　楊萬里之詩論（下）

第一節　技巧論

誠齋所言作詩技巧，多見於其《詩話》中。案誠齋生前，其詩已以「活法」聞名，張鎡曰：「目前言句知多少，罕有先生活法詩。」〔註1〕劉克莊曰：「後來誠齋出，真得所謂『活法』，所謂流轉圓美如彈丸者，恨紫微公不及見耳。」〔註2〕後世譽之者，亦無不讚其『活法』。然檢其詩文，竟無隻字及之；是則誠齋雖以「活法」作詩，然未嘗立文字以語後學也。茲就其所言作詩技巧，區分三目，析述於次：

第一目　化故為新

一、奪胎換骨

「奪胎換骨」之法出於黃山谷（參閱上章第一節）。「江西派」詩家視為獨得之祕，宋人論詩之著多有述及者。誠齋曰：

> 庾信〈月〉詩云：「渡河光不濕。」杜云：「入河蟾不沒。」
> 唐人云：「因過竹院逢僧話，又得浮生半日閒。」坡云：「殷
> 勤昨夜三更雨，又得浮生盡日涼。」杜〈夢李白〉云：「落
> 月滿屋梁，猶疑照顏色。」山谷〈篸〉詩云：「落日映江波，

〔註1〕見《南湖集》卷七〈攜楊祕監詩一編登舟因成二絕〉。
〔註2〕見《江西詩派小序‧總序》，《續歷代詩話》收。

依稀比顏色。」退之云：「如何連曉語，祇是說家鄉。」呂
居仁云：「如何今夜雨，只是滴芭蕉。」此皆用古人句律，
而不用其句意。以故爲新，奪胎換骨。（《誠齋詩話》）

依山谷之說，「不易其意，而造其語」，即意同辭異，謂之「換骨」；「規
摹其意而形容之」，即換意不換格，謂之「奪胎」。故奪胎與換骨非屬
一事，然後人多合而言之，誠齋亦然。實則所舉用古人句律而不襲其
句意之例，俱爲奪胎法。案山谷之前，皎然《詩式》中已有偷勢、偷
意、偷語之說，謂「偷語最爲鈍賊，偷意情不可原，偷勢從其漏網」。
則「奪胎」相當於「偷勢」，「換骨」相當於「偷意」。「江西」之詩，
慣用此法；誠齋亦以此爲學詩入門之一途，故筆之於書。其所爲詩亦
有奪胎換骨者，如〈送彭元忠縣丞北歸〉詩：「廣東之遊樂復樂，勸
君不如早還家。」〔註3〕即沿襲李白〈蜀道難〉：「錦城雖云樂，不如
早還家。」又宋羅大經曰：「呂子約謫廬陵，量移高安，楊誠齋送行
詩云：『不愁不上青霄去，上了青霄莫愛身。』蓋祖杜少陵〈送嚴鄭
公〉云：『公若居臺輔，臨危莫愛身。』然以之送遷謫向用之士，其
意味則尤深長也。」〔註4〕其言誠是。

奪胎換骨之法，其名雖始於山谷，其實古人早已用之。誠齋云：
今觀必簡之詩：若「牽風紫蔓長」，即「水荇牽風翠帶長」
之句也；若「鶴子曳童衣」，即「儒衣山鳥怪」之句也；若
「雲陰送晚雷」，即「雷聲忽送千峯雨」之句也；若「風光
新柳報，宴賞落花催。」即「星霜玄鳥變，身世白駒催」之
句也。予不知祖孫之相似，其有意乎？抑亦偶然乎？〔註5〕

少陵猶如此，他人更勿論矣。明人楊慎曰：「唐人詩句，不厭雷同，
絕句尤多。」下舉例十餘則。〔註6〕而名家如盧照鄰、劉禹錫、李太
白、皮日休、溫庭筠等均有與人詞意相類之詩，特未拈出「奪胎換骨」

〔註3〕見《詩集》卷十八。
〔註4〕見《鶴林玉露》卷八。
〔註5〕見本集卷八十二〈杜必簡詩集序〉。
〔註6〕見《升菴詩話》卷八。

之名耳。詩人鎔鑄群言，化朽腐爲神奇，良非易易；而王若虛乃斥山
谷爲「剽竊之黠者」，〔註7〕毋乃太過乎！誠齋又云：

> 句有偶似古人者，亦有述之者。……南朝蘇子卿梅詩云：「祇
> 言花是雪，不悟有香來。」介甫云：「遙知不是雪，爲有暗
> 香來。」述者不及作者。陸龜蒙云：「殷勤與解丁香結，從
> 放繁枝散誕香。」介甫云：「慇懃爲解丁香結，放出枝頭自
> 在香。」作者不及述者。山谷集中有絕句云：「草色青青柳
> 色黃，桃花零亂杏花香。春風不解吹愁去，春日偏能惹恨
> 長。」此唐人賈至詩也，特改五字耳。（賈云：『桃花歷亂
> 李花香，又不吹愁惹夢長。』）（《誠齋詩話》）

夫理有不易，見有畧同；果爲「偶似」者，則如古人言「閉門造車，
出門合轍。」自可不論。而倘爲「述之」者，則勦襲前人，意同辭似，
不得謂之「奪胎換骨」；匪特爲皎然所鄙視，抑亦誠齋所弗許也。

二、學好語

誠齋曰：

> 初學詩者，須學古人好語，或兩字，或三字。如山谷〈猩
> 猩毛筆〉：「平生幾兩屐，身後五車香」。平生二字，出《論
> 語》；身後二字，晉張翰云：「使我有身後名」；幾兩屐，阮
> 孚語；五車書，莊子言惠施；此兩句乃四處合來。又「春
> 風春雨花經眼，江北江南水拍天。」春風春雨、江北江南，
> 詩家常用；杜云：「且看欲盡花經眼」；退之云：「海氣昏昏
> 水拍天」；此以四字合三字，入口便成詩句，不至生硬。要
> 誦詩之多，擇字之精；始乎摘用，久而自出肺腑，縱橫出
> 沒，用亦可，不用亦可。（《誠齋詩話》）

學古人好語兩三字，融入己句，使渾然天成，自出新意，自不得謂爲
蹈襲。東坡詩「江上愁心千疊山」，「江上愁心」四字，出張說〈江上
愁心賦〉。山谷詩「桃李春風一杯酒，江湖夜雨十年燈。」析而觀之，

〔註7〕王若虛曰：「魯直論詩，有『奪胎換骨』、『點鐵成金』之喻，世以爲
　　　　名言；以予觀之，特剽竊之黠者耳。」見《滹南詩話》卷三。

桃李、春風、江湖、夜雨、一杯酒、十年燈，皆前人詩中語也，然合為兩句，首句見朋輩歡聚之樂，次句見離別索寞之苦，則意境清新，雋永有味，至張耒稱為「奇語」。〔註8〕王昌齡曰：「凡作詩之人，皆自抄古人詩語精妙之處，名為隨身卷子，以防苦思。」（《詩格》）曾國藩云：「欲求詞藻富麗，不可不分類鈔撮體面話頭。近世文人如袁簡齋、趙甌北、吳穀人，皆有手鈔詞藻小本，此眾人所共知者。阮文達公為學政時，搜出生童夾帶，必自加細閱，如係親手所鈔，略有條理者，即予進學。如係請人所鈔，概錄陳文者，照例罪斥。阮公一代閎儒，則知文人不可無手鈔夾帶小本矣。」（〈家訓〉）可知昔人往往視鈔誦古人好語為讀書之一法。蓋古人好語，譬之已提鍊之鐵，自較生鐵為精；而誦之既熟，則賦詩為文時不自意而出，如撒鹽入水，了無痕跡，而滋味已別。故誠齋舉此法以教初學者。

三、翻案法

翻者，翻新也。所謂翻案，即前人所言所行，我反其意而道之。亦即今人所謂之「反向思考」，自對立面認識事物，思考問題。誠齋曰：

> 孔子老子相見傾蓋，鄒陽云：「傾蓋如故。」孫侔與東坡不相識，乃以詩寄坡，坡和云：「與君蓋亦不須傾。」劉寬責吏，以蒲為鞭，寬厚至矣；東坡詩云：「有鞭不使安用蒲。」老杜有詩云：「忽憶往時秋井塌，古人白骨生蒼苔。如何不飲令心哀？」東坡則云：「何須更待秋井塌，見人白骨方銜盃？」此皆翻案法也。予友人安福劉浚，字景明，重陽詩云：「不用茱萸仔細看，管取明年各強健。」得此法矣。（《誠齋詩話》）

> 如老杜九日詩云：……「羞將短髮還吹帽，笑倩旁人為正冠。」將一事翻騰作一聯。又孟嘉以落帽為風流，少陵以不落為風流，翻盡古人公案，最為妙法。（《誠齋詩話》）

「公案」本為官府之案牘，用以剖斷曲直，制止紛爭者。佛教禪祖師之開示着語，供門徒抉別迷悟，故亦謂之「公案」。禪學公案中，

〔註8〕見宋魏慶之撰《詩人玉屑》卷十八引《王直方詩話》。

翻案之例甚多，如神秀偈云：「身是菩提樹，心如明鏡臺。時時勤拂拭，勿使著塵埃。」慧能則云：「菩提本無樹，明鏡亦非臺。本來無一物，何處惹塵埃？」此爲世所習知者。按宋人以「翻案」、「翻古人公案」等詞論詩，似首倡於吳沆。〔註9〕至明揭「翻案法」之名謂爲賦詩之法者，似自誠齋始。宋嚴有翼亦云：「文人用故事，有直用其事者，有反其意而用之者。李義山詩：『可憐夜半虛前席，不問蒼生問鬼神。』雖說賈誼，然反其意而用之矣。林和靖詩：『茂陵他日求遺藁，猶喜曾無封禪書。』雖說相如，亦反其意而用之矣。直用其事，人皆能之；反其意而用之者，非識學素高，超越尋常拘攣之見，不規規然蹈襲前人陳迹者，何以臻此！」〔註10〕其言甚是。所謂「反其意而用之」，即「翻案」也。又清顧嗣立曰：「韓昌黎詩，句句有來歷，而能『務去陳言』者，全在於反用。如〈醉贈張祕書〉詩，本用嵇紹『鶴立雞群』語，偏云：『張籍學古淡，軒鶴避雞群。』〈縣齋有懷〉詩，本用向平婚嫁畢事，偏云：『如今便可爾，何用畢婚嫁？』〈送文暢〉詩，本用老杜『每愁夜中自足蠍』句，偏云：『照壁喜見蠍。』〈薦士〉詩本用漢書『強弩之末，力不能入魯縞。』語，偏云：『強箭射魯縞。』〈嶽廟〉詩本用謝靈運『猿鳴誠知曙』句，偏云：『猿鳴鐘動不知曙。』此等不可枚舉。學詩者解得此祕，則臭腐化爲神奇矣。」〔註11〕可知唐、宋大詩家皆翻案能手。唐劉長卿有詩曰：「細雨濕衣看不見，閑花到地聽無聲。」〔註12〕而誠齋反用，〈和蕭伯和聞蛙〉詩曰：「剪剪輕風未是輕，猶吹花片作紅聲。」（《詩集》卷二）詞新意巧，是又勝於前人矣。

四、活用故實

詩之宜否用典，昔時論者已多，仁智互見；訾議者謂古今勝語，

〔註9〕見吳沆撰《環溪詩話》卷下。（台北市廣文書局「古今詩話叢編」本）
〔註10〕見註8書卷七引《藝苑雌黃》。
〔註11〕見氏撰《寒廳詩話》。
〔註12〕見《全唐詩》卷一百五十一。

多非補假，皆由直尋。〔註13〕然詩受字句之限，須以尺幅達千里，則取況古人，假借史事，以攝難盡之意，殆不可免。故病不在用典，顧用之善不善耳。用典之法，大致有明用、暗用、活用、反用數種。誠齋以為活用典故，──用典而不用其意，為詩家妙法：

> 詩家借用古人語，而不用其意，最為妙法。如山谷〈猩猩毛筆〉是也。猩猩喜著屐，故用阮孚事。其毛作筆，用之鈔書，故用惠施事。二事皆借人事以詠物，初非猩猩毛筆事也。《左傳》云：「深山大澤，實生龍蛇。」而山谷〈中秋月〉詩云：「寒藤老木被光景，深山大澤皆龍蛇。」《周禮·考工記》云：「車人蓋圜以象天，軫方以象地。」而山谷云：「大夫要宏毅，天地為蓋軫。」《孟子》云：「武成取二三策。」而山谷稱東坡云：「平生五車書，未吐二三策。」（《誠齋詩話》）

山谷〈和答錢穆父詠猩猩毛筆〉詩，有「平生幾兩屐？身後五車書」之語，二語皆使事，而不用其意。〔註14〕〈中秋月〉詩，龍蛇狀寒藤老木之斑駁，亦非原意。此法前人已用之，如李義山詩：「賈氏窺簾韓掾少，宓妃留枕魏王才。」（〈無題〉），一用《世說新語》載韓壽賈女事，一用〈洛神賦〉宓妃魏王事；然義山之意，在以「掾」喻己之常為幕官，以「才」喻幸以才華，尚未相絕（見馮浩箋），初與本事無涉。後人誤為艷體，是不知義山之活用典實矣。明王世懋曰：「善使事者，勿為事所使。如禪家云：『轉法華，勿為法華轉。』使事之妙，在有而若無，實而若虛。可意悟，不可言傳；可力學得，不可倉卒得也。」（《藝圃擷餘》）言用典須有而若無，又賴力學而致，俱深得誠齋之旨云。

第二目　變正為奇

一、用倒語

所謂倒語，俗云倒裝句。即用字之組合，一變常法，特意顛倒，

〔註13〕見鍾嶸《詩品·序》。
〔註14〕二語使事，分見《晉書》卷四十九〈阮孚傳〉及《莊子·天下》。

以求增強語勢，或協和音律。沈括曰：「古人多用此格，蓋欲相錯成文，則語勢矯健耳。」（《夢溪筆談》）誠齋云：

> 東坡煎茶詩云：……「雪乳已翻煎處腳，松風仍作瀉時聲。」此倒語也，尤爲詩家妙法。即少陵「紅稻啄餘鸚鵡粒，碧梧棲老鳳凰枝」也。（《誠齋詩話》）

東坡詩若平直敘之，當云：「煎處已翻雪乳腳，瀉時仍作松風聲。」今錯綜成文，益見勁健。其倒裝形式，與老杜「紅稻」「碧梧」同。倒裝句式，自古有之。如《詩經·谷風》：「不我遐棄」，鄭箋云：「不遠棄我而死亡。」孔穎達《正義》曰：「不我遐棄，猶云不遐棄我。古人之語多倒，詩之此類眾矣。」老杜固擅於此，其他唐人詩亦不乏顛倒之例。如魏徵〈述懷〉詩：「古木鳴寒鳥，空山啼夜猿。」順序言之，當爲「古木寒鳥鳴，空山夜猿啼。」王維〈春日上方即事〉：「柳色春山映，梨花夕鳥藏。」當作「春山映柳色，夕鳥藏梨花。」劉長卿曰：「書劍身同廢，煙霞吏共閑。」（〈偶然作〉）當作「書劍同身廢，煙霞共吏閑。」又杜牧云：「家書到隔年。」（〈旅宿〉）若正言之，當作「家書隔年到。」李商隱曰：「徒勞恨費聲。」（〈蟬〉）當爲「費聲恨徒勞。」而一經倒裝，不獨平仄協暢，且覺駿爽有力矣。宋陳善《捫蝨新話》記王荊公嘗讀杜荀鶴詩「江湖不見飛禽影，巖谷惟聞折竹聲。」謂宜作「禽飛影」、「竹折聲」。又讀王仲至〈試館職〉詩云：「日斜奏罷長揚賦，閒拂塵埃看畫墻。」公爲改云「奏賦長楊罷」，並曰：「如此語乃健。」可知荊公已視用倒語爲作詩技巧之一矣。誠齋更謂用倒語爲「詩家妙法」，故其詩中亦常用倒語，如〈秋涼晚步〉詩：「綠池落盡紅蕖却。」（《詩集》卷九）當作「綠池盡落却紅蕖」。又〈雲龍歌贈陸務觀〉：「都將硯水供瀑布。」（《詩集》卷二十一）乃「都將瀑布供硯水」之倒裝。

二、以實爲虛

詩中用詞宜有虛有實，始能開闔呼應，悠揚委曲。然亦有疊用實字，以求雄奇；或以實爲虛，以求雅健者。誠齋曰：

詩有實字，而善用之者，以實爲虛。杜云：「弟子貧原憲，諸生老伏虔。」老字蓋用「趙充國請行，上老之。」(《誠齋詩話》)

舊說以名詞爲「實字」，其他皆爲「虛字」。〔註15〕而以實爲虛，古人多有之。如「春風風人，夏雨雨人。」「解衣衣我，推食食我。」眾所共知。又如杜審言〈和晉陵陸丞早春遊望〉：「雲霞出海曙，梅柳渡江春。」曙、春，皆作形容詞用。杜甫〈自瀼西移居東屯〉：「子能渠細石，吾亦沼清泉。」渠、沼，皆作動詞用。李嘉祐〈同皇甫冉登重玄閣〉：「孤雲獨鳥川光暮，萬井千山海色秋。」暮、秋，皆作形容詞用。誠齋亦善用此法，如〈寒食日晨炊姜家林〉：「耄柳已僧何再髮，孺槐纔爪可遲蔬。」(《詩集》卷三十五)僧、爪皆作形容詞用。又其〈送丘宗卿帥蜀〉詩：「二月海棠傾國色，五更杜宇說鄉情。」(《詩集》卷三十六)清人賀裳以爲「『傾國』二字素聯，此却作虛字用，李延年後再見也。」(《載酒園詩話》)宋周伯弜《唐人家法·四虛序》云：「不以虛爲虛，而以實爲虛，化景物爲情思，從首至尾，自然如行雲流水，此其難也。」〔註16〕可知以實爲虛，誠爲鍊字之一法。

三、以俗為雅

宋人倡以俗爲雅之說。如梅聖俞〈答閩士書〉曰：「子詩誠工，但未能以故爲新，以俗爲雅爾。」〔註17〕蘇東坡云：「詩須要有爲而後作。當以故爲新，以俗爲雅。」〔註18〕黃山谷云：「蓋以俗爲雅，以故爲新。百戰百勝，如孫吳之兵；棘端可以破鏃，如甘蠅飛衞之射；此詩人之奇

〔註15〕清馬建忠撰《馬氏文通·正名》謂凡字有事理可解者，曰實字；無解而惟以助實字之情態者，曰虛字。實字之類五，曰名字、代字、動字、靜字、狀字；虛字之類四，曰介字、連字、助字、嘆字。民國以後，有關國文法之專著，或仍沿用「實字」、「虛字」之名，其下分類又與馬説有異。

〔註16〕見范晞文撰《對牀夜語》卷二。

〔註17〕見陳師道撰《後山詩話》。

〔註18〕見《東坡詩話補遺》。台北市弘道文化公司「詩話叢刊」本。

也。」〔註19〕釋惠洪曰：「句法欲老健，有英氣，當間用方俗言爲妙。」
〔註20〕誠齋更舉詩例以明之，並誡後學不可濫用：

> 有用法家吏文語爲詩句者，所謂以俗爲雅。坡云：「避謗詩
> 尋醫，畏病酒入務。」如前卷僧顯萬「探支」、「闌入」，亦
> 此類也。（《誠齋詩話》）（案：僧顯萬有詠梅詩云：「探支春色牆頭
> 朵，闌入風光竹外梢。」並見《誠齋詩話》。）
>
> 詩固有以俗爲雅，然亦須經前輩取鎔，乃可因承爾。如李
> 之「耐可」，杜之「遮莫」，唐人之「裏許」、「若箇」之類
> 是也。昔唐人寒食詩有不敢用「餳」字，重九詩有不敢用
> 「糕」字，半山老人不敢作鄭花詩。以俗爲雅，彼固未肯
> 引里母田婦而坐之於平王之子、衛侯之妻之列也。何也？
> 彼固有所甚靳而不輕也。（本集卷六十六〈答盧誼伯書〉）

所謂「法家吏文語」，即政府行政、司法機關之公文書習用語；以之
入詩，必能得當世讀者之會心，堪稱「以俗爲雅。」至於方言俗語入
詩，雖梅、蘇等首倡，其實老杜用之已多。宋黃徹曰：「數物以『箇』，
謂食爲『喫』，甚近鄙俗，獨杜屢用。云『峽口驚猿聞一箇』，『兩箇
黃鸝鳴翠柳』，『却遶井桐添箇箇』；『臨岐意頗切，對酒不能喫』，『樓
頭喫酒樓下臥』，『但使殘年飽喫飯』，『梅熟許同朱老喫』。蓋篇中大
概奇特，可以映帶之也。」〔註21〕然若漫無準的，則街談巷議、里嫗
田婦之語皆以之入詩，亦可謂以俗爲雅乎？故誠齋爲初學者立一限
界，即已見於前輩詩文者，乃可因承，不得濫用。意者誠齋必有感於
時人詩好用俗語，日趨鄙下，故發此論，以爲學詩者戒，其用心亦云
苦矣。至其自爲詩，雖間用俗語，然皆鎔鍊而出，化俗爲雅，形成「誠
齋體」特色之一；俟於下章詳述之。

四、以文爲詩

誠齋曰：

〔註19〕見《黃山谷詩集注》卷十二〈再次楊明叔韻〉序。
〔註20〕見《冷齋夜話》卷四。
〔註21〕見《蛩溪詩話》卷七。又見魏慶之撰《詩人玉屑》卷六，未註出處。

> 詩句固難用經語，然善用者不勝其韻。李師中云：「夜如何
> 其斗欲落，歲云暮矣天無情。」又「山如仁者壽，風似聖
> 之清。」又「詩成白也知無敵，花落虞兮可奈何？」（《誠齋
> 詩話》）

> 有用文語為詩句者，尤工。杜云：「侍臣雙宋玉，戰策兩穰
> 苴。」蓋用如「六五帝，四三王。」（《誠齋詩話》）

以莊、易等語入詩，始於謝康樂。老杜至有以經中全句為詩者，如〈病
橘〉云：「雖多亦奚為？」〈遣悶〉云：「致遠思恐泥。」〈丹青引〉云：
「丹青不知老將至，富貴於我如浮雲。」大抵名家之詩，皆偶有用經、
史、子語者，而韓昌黎則一意為之，偏勝獨至，雄視百代。然究非詩
之本色，用之不善，易流於腐，故不可輕學。誠齋亦有以文入詩者，
如〈送子上弟赴郴州〉詩：「郴山奇變水清瀉。」（《詩集》卷四十）
遂用韓愈〈祭河南張員外文〉「郴山奇變，其水清寫」之句。然有友
人以所作詩之利病相問，誠齋答曰：

> 務官二句，乃散文語，前輩固有偶出此體者，如木之就規
> 矩；然吾曹不可學也。（本集卷一百五〈答棗陽虞軍使〉）

可知誠齋對於學詩者，皆教以詩之正道。至以俗為雅，以文為詩，以經、
史、子語入詩；則奇正之變，非大作手不能，誠齋固未嘗輕許之也。

第三目　去詞存味

一、去詞去意

司空圖倡言「味外之旨」，誠齋亦主張詩應去詞、去意、以存味：

> 夫詩何為者也？尚其詞而已矣。曰：善詩者去詞。然則尚
> 其意而已矣！曰：善詩者去意。然則去詞，去意，則詩安
> 在乎？曰：去詞，去意，而詩有在矣。然則詩果焉在？曰：
> 嘗食夫飴與荼乎？人孰不飴之嗜也？初而甘，卒而酸。至
> 於荼也，人病其苦也，然苦未既而不勝其甘。詩亦如是而
> 已矣。昔者暴公譖蘇公，而蘇公刺之；今求其詩，無刺之
> 之詞，亦不見刺之之意也；乃曰：「二人從行，誰為此禍？」
> 使暴公聞之，未嘗指我也；然非我其誰哉？外不敢怒，而

其中媿死矣。《三百篇》之後，此味絕矣，惟晚唐諸子差近之。〈寄邊衣〉曰：「寄到玉關應萬里，戍人猶在玉關西。」〈弔戰場〉曰：「可憐無定河邊骨，猶是春閨夢裏人。」〈折楊柳〉曰：「羌笛何須怨楊柳，春風不度玉門關。」《三百篇》之遺味，黯然猶存也。（本集卷八十三〈頤菴詩藳序〉）

誠齋以爲善詩者應去詞、去意。所謂「去詞」，非廢詞；所謂「去意」，非無義。倘廢詞或無義，則不成其爲詩矣。蓋詞指率易浮淺之詞，意指直致無隱之意。故作意太重之詞必去之，使寥寥數十字，而足供讀者諷誦咀嚼，有涵詠不盡之味。此種詩乃如食茶，初苦而卒甘。〔註22〕歐陽修稱梅堯臣詩「近詩尤古淡，咀嚼苦難嗋。初如食橄欖，眞味久愈在。」〔註23〕誠齋以茶味喻詩，與歐公以橄欖喻詩，同一機杼。然誠齋謂「《三百篇》之後，此味絕矣。」則其所謂味，似特指《三百篇》含蓄微諷之味矣。《誠齋詩話》又云：

太史公曰：「國風好色而不淫，小雅怨誹而不亂。」《左氏傳》曰：「春秋之稱，微而顯，忠而晦，婉而成章，盡而不汙。」此《詩》與《春秋》紀事之妙也。近世詞人閑情之靡，如伯有所賦，趙武所不得聞者，有過之無不及焉，是得爲好色而不淫乎？惟晏叔原云：「落花人獨立，微雨燕雙飛。」可謂好色而不淫矣。唐人〈長門怨〉云：「珊瑚枕上千行淚，不是思君是恨君。」是得爲怨誹而不亂乎？惟劉長卿云：「月來深殿早，春到後宮遲。」可謂怨誹而不亂矣。近世陳克詠李伯時畫「寧王進史圖」云：「汗簡不知天上事，至尊新納壽王妃。」是得爲微、爲晦、爲婉、爲不汙穢乎？惟李義山云：「侍宴歸來宮漏永，薛王沈醉壽王醒。」可謂微婉顯晦，盡而不汙矣。〔註24〕

〔註22〕「二人從行，誰爲此禍？」語出《詩經・小雅・何人斯》。「寄到玉關應萬里」，語出宋賀鑄撰〈搗練子、杵聲齊〉。「可憐無定河邊骨」，語出唐陳陶撰〈隴西行〉。「羌笛何須怨楊柳」，語出王之渙撰〈出塞〉。

〔註23〕見《歐陽文忠公全集》卷一〈水谷夜行寄子美聖俞〉。

〔註24〕「珊瑚枕上千行淚」爲唐人齊澣詩，見《全唐詩》卷九十四。

可知誠齋所主張之詩味，應如《三百篇》之「好色而不淫，怨誹而不亂」；及《春秋》之「微婉顯晦，盡而不汙」。亦即有其〈詩論〉一文中所云含「譏議」之意（參閱上章第二節第三目），而出以隱約之辭。而欲有此種詩味，自須在運意與修辭上著力，去其淺者、露者、冗者、贅者，使深緒幽旨，藏鋒不露，以俟吟者細味焉。

　　鍾嶸以為詩應「文已盡而意有餘。」（《詩品·序》）蓋詩貴委婉含蓄，必意在言外，語近情遙，方為佳作。誠齋亦特賞句外有意之詩：

> 詩有句中無其辭，而句外有其意者。〈巷伯〉之詩，蘇公刺暴公之譖己，而曰：「二人同行，誰為此禍？」杜云：「遣人向市賒香秔，喚婦出房親自饌。」上言其力貧，故曰「賒」；下言其無使令，故曰「親」。又「東歸貧路自覺難，欲別上馬身無力。」上有相干之意而不言，下有戀別之意而不忍。又「朋酒日歡會，老夫今始知。」嘲其獨遺己而不招也。又夏日不赴，而云：「野雪興難乘」，此不言熱而反言之也。（《誠齋詩話》）

誠齋所舉詩例，〔註25〕或詞直旨曲，或出以側筆，皆深得含蓄之致，而有餘意存於句外者。案司空圖論「含蓄」曰：「不著一字，盡得風流。」（《詩品》）東坡云：「言有盡而意無窮者，天下之至言也。」〔註26〕皆謂詩須辭約而旨博，弦外之音，作者得於心，覽者會以意可也。倘暢發己意，令句中無餘字，篇中無長語，則了無風趣，索然寡味矣。如溫庭筠之「雞聲茅店月，人迹板橋霜。」賈島之「怪禽啼曠野，落日恐行人。」梅堯臣評曰：「則道路辛苦，羈旅愁思，豈不見於言外乎！」〔註27〕又王安石少以意氣自許，故詩語皆直道胸中事，宋曾慥云：「荊公〈題金陵此君亭〉詩云：『人憐直節生來瘦，自許高才老更剛。』賓客每對公稱頌此句，公輒顰蹙不樂。晚年與平甫坐亭上，視詩牌曰：『少

〔註25〕「二人同行，誰為此禍？」見《詩經·小雅·何人斯》。誠齋云出〈巷伯〉篇，想為筆誤。所引杜詩分見〈病後過王倚飲贈歌〉、〈閬鄉姜七少府設鱠戲贈長歌〉、〈和江陵宋大少府暮春雨後同諸公及舍弟宴書齋〉、〈多病執熱奉懷李尚書〉。

〔註26〕宋姜夔撰《白石道人詩說》引。

〔註27〕見歐陽修撰《六一詩話》。

時作此題榜，一傳不可追改；大抵少年題詩，可以爲戒。』平甫曰：『此揚子雲所以悔其少作也。』」〔註28〕荆公此詩對仗工穩，辭致清勁，本屬佳作，惜筋骨畢露，語無餘蘊，固不得謂爲上品，致晚年猶有「不可追改」之憾焉。

案誠齋既主張詩須去詞、去意、以存味，又賞句外有意之詩，而皆擧《詩經》同一詩篇爲例，是以其所謂句外有意之「意」，似與去詞、去意、以存味之「味」，旨義無殊矣。

誠齋不獨謂作詩應去詞去意而存味，且謂讀詩亦須知味外之味：

> 讀書必知味外之味。不知味外之味，而曰我能讀書者，否也。〈國風〉之詩曰：「誰謂荼苦，其甘如薺。」吾取以爲讀書之法焉。夫食天下之至苦，而得天下之至甘，其食者同乎人，其得者不同乎人矣。同乎人者，味也；不同乎人者，非味也。（本集卷七十七〈習齋論語講義序〉）

所謂讀書，自包涵讀詩。所謂「非味」，即「味外之味」，亦即「意外之味」。讀詩不可但知其字面之意，而當捪擵其言外之旨，聆賞其弦外之音，斯爲善讀詩者。

又由誠齋不滿漢儒說經之法，可知解詩亦應抉發意外之味：

> 或問：「漢儒句讀之學何爲？」楊子曰：非不善也，——說字無字外之句，說句無句外之意，說意無意外之味。故說經彌親，去經彌疏。（本集卷九十三〈庸言〉十四）

誠齋對漢儒說經偏重文字訓詁，忽略精神義理，深爲不滿，至謂「說經彌親，去經彌疏。」準此類推，則謂誠齋以爲解詩亦應抉發意外之味，當不爲虛也。

二、結有餘味

詩之結句，最貴餘味雋永。誠齋曰：

> 「金針法」云：「八句律詩，落句要如高山轉石，一去無回。」予以爲不然。詩已盡而味方永，乃善之善也。子美〈重陽〉

〔註28〕見宋阮一閱編《百家詩話總龜》後集卷五引《高齋詩話》。

> 詩云：「明年此會知誰健？醉把茱萸子細看。」〈夏日李尚
> 書期不赴〉云：「不是尚書期不顧，山陰野雪興難乘。」唐
> 人詩：「萵溪浸淬干將劍，却是猿聲斷客腸。」又〈釣臺〉：
> 「如今亦有垂綸者，自是江魚賣得錢。」唐人〈長門怨〉：
> 「錯把黃金買詞賦，相如自是薄情人。」崔道融云：「如今
> 却羨相如富，猶有人間四壁居。」(《誠齋詩話》)〔註29〕

此專言律詩之結句，以爲當辭盡而味永。蓋詩家鍊字鍛句，多於聯上
著工夫，遂常有發端無力，結語寡味者。詩篇結局爲難，元人楊載、
清人沈德潛俱慨言之，不知此中三昧，誠齋業已揭諸於前矣。其後元
曲名家喬吉論散曲作法，嘗有「鳳頭、豬肚、豹尾」之說；元人亦有
論文語曰：「入作須如虎首，中如豕腹，末同蠆尾。」〔註30〕所謂「豹
尾」、「蠆尾」，即謂收束處須有筆力。作文、作曲如此，作詩亦然。
如李義山〈錦瑟〉詩：「此情可待成追憶，只是當時已惘然。」前六
句遣詞緟麗，而一結空靈，餘情盪漾，有迴環不絕之妙。陸放翁〈感
憤〉詩：「京洛雪消春又動，永昌陵上草芊芊。」收意不迫不露，餘
味無窮。是皆可謂善結局者也。

三、一句數意

誠齋曰：

> 詩有一句七言而三意者，杜云：「對食暫餐還不能。」退之
> 云：「欲去未到先思回。」有一句五言而兩意者，陳后山云：
> 「更病可無醉，猶寒已自知。」(《誠齋詩話》)

一句數意，意象繁複，文句靈動，非功力深至者不能出。且大抵觸緒
偶成，恐未可強而致也。杜公〈登高〉詩：「萬里悲秋常作客，百年
多病獨登台。」亦屬此類。然此一句法前人未嘗語及，獨誠齋慧眼特

〔註29〕「萵溪浸淬干將劍」，語出張祜撰〈題弋陽館〉；《全唐詩》卷五百十
　　　一收，「萵」作「吳」，「浸」作「漫」。「錯把黃金買詞賦」，語出崔
　　　道融〈長門怨〉。

〔註30〕分見元陶宗儀《南村輟耕錄》卷八〈作今樂府法〉，及元王渾《秋潤
　　　集》卷八十二〈中堂事記〉下、卷九十三〈玉堂嘉話〉。又見清王士
　　　禎《池北偶談》卷十三引。

具，表而出之，足見其於古人詩篇涵泳之深。觀其〈湖天暮景〉詩：
「已落還飛久未棲」，亦一句多意，又可知其力追古人之志矣。

第二節　鑑賞論

誠齋一生好詩，然對古今詩人，甚少月旦之詞；有之，亦僅數字
至數句而已。然若略而不述，則無以見其詩觀之全，故本節析其鑑賞
之態度與標準，並述其對歷代詩人鑑賞之語。所以顏曰「鑑賞」者，
蓋迹其用心，原非批評；考之內容，亦不宜謂為批評也。

第一目　鑑賞之態度

一、崇古而不卑今

世人常重所聞而輕所見，故對文學之鑑賞，恒有崇古抑今之心。
王充曰：「夫俗好珍古而不貴今，謂今之文不如古書。」（《論衡・案
書》）曹丕曰：「常人貴遠賤近，向聲背實。」（《典論・論文》）劉勰
曰：「夫古來知音，多賤同而思古，所謂日進前而不御，遙聞聲而相
思也。」（《文心雕龍・知音》）是以有「知音其難哉」之歎。及至唐
代，文壇上榮古陋今之習，尤有甚焉，故白居易太息曰：「近歲韋蘇
州之歌行，才麗之外，頗近興諷。其五言詩，又高雅閑淡，自成一家
之體，今之秉筆者誰能及之？然當蘇州在時，人亦不甚愛重。必待身
後，人始貴之。」（〈與元九書〉）誠齋於詩推尊晉、唐，嘗曰：

> 予生百無所好，而顧獨好文詞，如好好色也。……至於好
> 晉、唐人之詩，又好詩之尤者也。（本集卷八十一〈唐李推官披
> 沙集序〉）

> 唐人未有不能詩者。能之矣，亦未有不工者。至李、杜極矣，
> 後有作者，蔑以加矣。（本集卷八十三〈周子益訓蒙省題詩序〉）

其推尊晉、唐如此。然於當代詩文，益稱揚備至：

> 古今文章至我宋集大成矣。蓋自奎宿宣精，列聖制作，於
> 是煥乎之文，日月光華，雲漢昭回；天經地緯，衣被萬物；
> 河嶽炳靈，鴻碩挺出。在仁宗時，則有若六一先生，主斯

> 文之夏盟；在神宗時，則有若東坡先生，傳六一之大宗；
> 在哲宗時，則有若山谷先生，續國風、雅、頌之絕弦；視
> 漢之遷、固、卿、雲，唐之李、杜、韓、柳，蓋奄有而包
> 舉之矣。（本集卷八十三〈杉溪集後序〉）

此文以爲歐、蘇、山谷之詩文，超邁漢、唐，集諸家之大成，似譽之太過，然可知其寶重當代詩文爲何如也！與世俗之崇古薄今相較，則誠齋識見之通達，心胸之開闊，又不待言矣。

二、揚善而不揭短

曹丕云：「夫文人相輕，自古而然。傅毅之於班固，伯仲之間耳，而固小之。與弟超書曰：『武仲以能屬文爲蘭臺令史，下筆不能自休。』」（《典論·論文》）劉勰繼而言曰：「至於班固、傅毅，文在伯仲，而固嗤毅云：『下筆不能自休』。及陳思論才，亦深排孔璋；敬禮請潤色，歎以爲美談。季緒好詆訶，方之於田巴，意亦見矣。故魏文稱『文人相輕』，非虛談也。……才實鴻懿，而崇己抑人者，班、曹是也。」（《文心雕龍·知音》）蓋人情每明於知人，而闇於察己；顧盼自得，遂爾雌黃。又或競名爭勝，則妄肆詆諆；或情之所憎，見之有偏，故本無疵纇而抨擊之。凡此皆無時無地而不有，可謂詩壇之通病也。然誠齋對前代及並世詩人，凡所言及，莫非褒語，而無一字之貶。其略存菲薄之意者，亦僅二詩：

> 讀遍元詩與白詩，一生少傅重微之。
> 再三不曉渠何意，半是交情半是詩。
>
> （《詩集》卷十一〈讀元白長慶二集詩〉）

蓋以爲元詩在白詩之下，少傅不當重之。雖厚白而薄元，然無評詆之詞。

> 政坐滿城風雨句，平生不喜老潘詩。
>
> （《詩集》卷十五〈重九日雨仍菊花未開，用轆轤體〉）

誠齋以重九天雨，意興索然，而潘大臨有「滿城風雨近重陽」之句，故併他詩而憎之。意者此爲一時之感慨或戲語，非眞不喜也。況僅云不喜，未指其瑕，亦無損於潘詩。文人每好妄譏古人，彈射時輩，如誠齋之仁厚者，何可多見哉！

第二目　鑑賞之標準

誠齋以爲作詩當去詞去意而存味（詳上節第三目），故對詩之鑑賞亦重在詩味。嘗曰：

> 詩至唐而盛，至晚唐而工。……詩非文比也，必詩人爲之。如攻玉者必得玉工焉，使攻金之工代之琢，則齾矣。而或者挾其深博之學，雄雋之文，於是鱗括其偉辭以爲詩，五七其句讀，而平上其音節，夫豈非詩哉？至於晚唐之詩，則譽而誹之，曰：「鍛鍊之工，不如流出之自然也。」誰敢違之乎！（本集卷七十九‧黃御史集序）

誠齋極推晚唐之詩，前已析述；茲僅一言此文之主旨。此文在否定學者之詩，以爲詩文有別，詩必詩人爲之。學者爲詩，猶如攻金之工而琢玉，必將僨事。誠齋殆目覩宋人好以文字爲詩，以才學爲詩，詩道日非，故辭而闢之。學者之詩，就形式言，「夫豈非詩哉」？然而非詩，以其歉於詩味也。宋人沈括曰：「退之詩，押韵之文耳；雖健美富贍，然終不是詩。」〔註31〕蓋詩必有詩之韵味，無詩味之詩，終非好詩。誠齋此文雖未明言，然知詩者當能會心也。

誠齋〈答徐廙書〉，嘗設五喻以明文章利病，其中西子與惡人之喻，可爲其注重詩味進一解：

> 西子之與惡人，耳目容貌均也，而西子與惡人異者，夫固有以異也。顧凱之曰：「傳神寫照，正在阿堵中。」又曰：「頰上加三毛，殊勝。」得凱之論畫之意者，可與論文矣。今則不然：遠而望之，巍然九尺之幹；迫而視之，神氣索如也；惡人而已乎！（本集卷六十六）

西子與惡人異，在西子有其特具之氣質、神采、風韻，爲惡人所弗及。故惡人雖五官相若，仍不能媲美西子。誠齋此喻雖言文章作法，而詩、文之道相通，文人之詩，雖格律不乖，然乏詩之情韻、風味，究不能與詩人之詩並論也。嚴羽所謂詩有別材、別趣之說，當爲誠齋此論所誘發。然觀鍾嶸《詩品‧序》曰：「大明、泰始中，文章殆同書抄。近任昉、

〔註31〕見釋惠洪《冷齋夜話》引。

王元長等，詞不貴奇，競須新事；爾來作者，寖以成俗。遂乃句無虛語，語無虛字，拘攣補衲，蠹文已甚；……雖謝天才，且表學問。」又袁枚〈論詩絕句〉，亦嘲抄書作詩者；則知以學爲詩，代不乏人，良可哂也。

茲再舉誠齋之言，以確證其鑑賞之標準在於詩味：

一、論蘇似李、黃似杜

> 唐云李、杜，宋言蘇、黃。……四家者流，一其形，二其味；二其味，一其法者也。……蘇似李，黃似杜；蘇、李之詩，子列子之御風也；杜、黃之詩，靈均之乘桂舟、駕玉車也。(本集卷七十九〈江西宗派詩序〉)

前言學者之詩非詩，以其了無詩味也。此言大家之詩，風味各異；而宋之蘇東坡，其詩似李白之風味；黃山谷之詩，則類老杜之風味。蓋太白、東坡皆以才力勝，太白詩如高雲之行空，東坡詩如流水之行地，而皆發想超曠，落筆天縱；章法承接，變化無端，如列子御風而行，有非尋常胸臆所能測度者。陳師道曰：「（蘇詩）晚學太白，至其得意則似之矣，然失於粗，以其得之易也。」(〈後山詩話〉)則東坡本嘗學李。黃山谷自言學杜，其詩律脈嚴峭處大類老杜，古人多言之。清人方東樹更謂「山谷之學杜，絕去形摹，全在作用；意匠經營，善學得體，古今一人而已。」「欲知黃詩，須先知杜；眞能知杜，則知黃矣。」(《昭昧詹言》)幾以山谷得杜詩法之全，則褒美亦過矣。然由是益證誠齋之說爲不虛也。

二、論江西派詩味

誠齋以爲「江西派」之詩，與世俗之作，其風味迥異。

> 「江西宗派」詩者，詩「江西」也，人非皆江西也。人非皆江西，而詩曰「江西」者何？繫之也。繫之者何？以味不以形也。東坡云：「江瑤柱似荔子。」又云：「杜詩似太史公書。」不惟當時聞者嘸然，陽應曰「諾」而已，今猶嘸然也。非嘸然者之罪也，舍風味而論形似，故應嘸然也。形焉而已矣：高子勉不似二謝，二謝不似三洪，三洪不似徐師川，師川不似陳后山，而況似山谷乎？味焉而已矣：

酸鹹異和，山海異珍，而調胹之妙，出乎一手也。似與不
似，求之，可也；遺之，亦可也。大抵公侯之家有闒閎，
豈惟公侯哉？詩家亦然。竆人子崛起委巷，一旦紆以銀黃，
纓以端委；視之：言，公侯也；貌，公侯也；公侯則公侯
乎爾；遇王、謝子弟，公侯乎？「江西」之詩，世俗之作，
知味者當能別之矣。（本集卷七十九〈江西宗派詩序〉）

「江西派」之創始者爲黃山谷，劉克莊稱其「會萃百家句律之長，究
極歷代體製之變；蒐獵奇書，穿穴異聞，作爲古律，自成一家，雖隻
字半句不輕出。」（〈江西詩派小序〉）其親友後學，凡列名「江西詩派」
者，作詩莫不鏤心刻骨，求新求奇；故「江西派」詩自有其高華之處，
世俗之作雖求貌似，然無其風致情韻，知味者自能別之。劉克莊致疑
於「江西宗派圖」，以爲派中有非江西人，又有贛人而不入派，則其
去取之意云何？不知誠齋早已言之：非江西人，而列名「江西詩派」
者，以其詩味相類也。由此可知誠齋對詩之鑑賞，始終重味而不泥形，
尚風致而不尙體貌。

第三目　對歷代詩人之鑑賞

誠齋賦性謹厚，嘗自謂有三守：「一曰貌，二曰口，三曰筆。」
〔註32〕故對前賢及並世詩人，罕有正式評論。今細籀其詩文，凡鑑賞
之語，雖一鱗半爪，或詞屬間接，俱臚列於後。至詩名不著者，或單
篇之賞析，概不與也。

一、陶　潛

淵明之詩：春之蘭，秋之菊，松上之風，澗下之水也。

（本集卷八十〈西溪先生和陶詩序〉）

琱空那有痕，滅跡不須掃。腹腴八珍初，天巧萬象表。

向來心獨苦，膚見欲幽討。寄謝潁濱翁，何謂淡且槁？

（《詩集》卷二十四〈讀淵明詩〉）

誠齋於淵明其人其詩，讚頌備至。「春蘭」、「秋菊」，謂其詩格高，可心

〔註32〕見本集卷六十四〈再答李天麟秀才〉。

儀而不可力學。「松聲」、「澗水」，謂其詩出於自然，平和沖澹，盡寫胸中之妙。「腹腴八珍初，天巧萬象表。」則謂其學富才高，下筆有神，曲盡人情物理。然「潁濱遺老」爲蘇子由晚年自號，子由嘗云：「永愧陶彭澤，佳句如珠圓。」〔註33〕而東坡〈與轍書〉更謂：「吾於詩人，無所甚好，獨好淵明之詩。淵明作詩不多，然其詩質而實綺，癯而實腴，自曹、劉、鮑、謝、李、杜諸人，皆莫及也。」〔註34〕則子由宜不致輕詆陶詩。誠齋〈讀淵明詩〉結聯云云，或記憶之誤歟？

二、陶、柳

五言古詩，句雅淡而味深長者，陶淵明、柳子厚也。

（《誠齋詩話》）

三、謝靈運、鮑照

清新嫵麗（奄有鮑、謝）。（本集卷八十二〈石湖先生大資參政范公文集序〉）

四、孟浩然、賈島

清峻簡遠（有二子之風）。（本集卷八十三〈三近齋餘錄序〉）

五、李　白

奔逸儁偉（窮追太白）。（同前）

六、杜　甫

君不見唐人杜子美，萬草千花句句綺。

（《詩集》卷三十二〈跋丘宗卿侍郎見贈使北詩五七言一軸〉）

七言長韻古詩，如杜少陵〈丹青引〉、〈曹將軍畫馬〉、〈奉先縣劉少府山水障歌〉等篇，皆雄偉宏放，不可捕捉。（《誠齋詩話》）

七、李、杜、蘇、黃

行地以輿，行波以舟，古也。而子列子獨御風而行，十有

〔註33〕見《欒城後集》卷二〈子瞻和陶公讀山海經詩欲同作而未成夢中得數句覺而補之〉一首。
〔註34〕見《東坡續集》卷三。

五日而後返。彼其於舟車，且烏乎待哉？然則舟車可廢乎？
靈均則不然……乘吾桂舟，駕吾玉車，去器云乎哉？然朝
閬風，夕不周，出入乎宇宙之間，忽然耳。蓋有待乎舟車，
而未始有待乎舟車者也。今夫四家者流：蘇似李、黃似杜。
蘇、李之詩，子列子之御風也：杜、黃之詩，靈均之乘桂
舟、駕玉車也。無待者，神於詩者歟？有待而未嘗有待者，
聖於詩者歟？（本集卷七十九·〈江西宗派詩序〉）

待者，依恃、倚仗也。列子事，見《莊子·逍遙遊》。莊子謂列子能乘
風輕舉，免步履之勞，然非風則不得行，故「猶有所待」。誠齋則就其
不假舟車言，而以其爲「無待」。靈均「朝閬風，夕不周」事，見《離
騷》。誠齋以靈均旦夕之間，涉水陟山，升天入地，雖曰乘舟駕車，然
實非舟車之功，故謂其「有待而未嘗有待」。太白、東坡之詩，不拘詩
法，不事雕琢，而觸手生春，自然高妙，一若列子之「無待」，故曰「神
於詩」。老杜、山谷之詩，則注重法度，精究句法、聲律，但鍛鍊而歸
於自然，無斧鑿之跡，是有法而不爲法所囿也，一若靈均之「有待而
未嘗有待」，故曰「聖於詩」。李、杜享「詩仙」、「詩聖」之名，世稱
東坡爲「坡仙」，似皆首倡於此。或謂嚴羽始稱太白爲「詩仙」，不知
《滄浪詩話》云「太白天仙之詞」，蓋本諸誠齋此說也。

誠齋又曰：

「問余何事栖碧山，笑而不答心自閑：桃花流水宛然去，別
有天地非人間。」又：「相隨遙遙訪赤城，三十六曲水回縈。
一溪初入千花明，萬壑度盡松風聲。」此李太白詩體也。

「麒麟圖畫鴻雁行，紫極出入黃金印。」又：「白摧朽骨龍
虎死，黑入太陰雷雨垂。」又：「指揮能事回天地，訓練強
兵動鬼神。」又：「路經灔澦雙蓬鬢，天入滄浪一釣舟。」
此杜子美詩體也。

「明月易低人易散，歸來呼酒更重看。」又：「當其下手風
雨快，筆所未到氣已吞。」又：「醉中不覺度千山，夜聞梅
香失醉眠。」又〈李白畫像〉：「西望太白橫峨岷，眼高四

海空無人。大兒汾陽中令君，小兒天臺坐忘身。平生不識高將軍，手涴吾足乃敢嗔。」此東坡詩體也。

「風光錯綜天經緯，草木文章帝杼機。」又：「澗松無心古鬚鬣，天球不琢中粹溫。」又：「兒呼不蘇驢失腳，猶恐醒來有新作。」此山谷詩體也。(《誠齋詩話》)

此所謂「詩體」，即詩之風格。誠齋未明言李、杜、蘇、黃之詩風如何，而各舉二、三例以爲代表，令讀者意會之。觀所舉例，太白詩瀟脫飄逸，老杜詩雄渾奇警，東坡詩豪放恣肆，山谷詩深曲崛峭；皆獨具一格，各有氣象。誠齋舉此四人，蓋視爲唐、宋兩代詩壇之代表也。

八、元稹、白居易

每讀樂天詩，一讀一回好。(《詩集》卷四十〈讀白氏長慶集〉)

遍讀元詩與白詩，一生少傅重微之。
再三不曉渠何意？半是交情半是詩。

(《詩集》卷十一〈讀元白長慶二集詩〉)

元稹與白居易，並轡中唐，二人才力相若，詩亦同工異曲，皆尚平易，時號「元白」；嚴羽《滄浪詩話》稱其詩爲「元和體」或「元白體」。二人唱酬之作甚多，白居易對元稹多所稱揚，而誠齋則不謂然，以爲樂天之語發諸私情，非公允之論。

九、杜　牧

不是樊川珠玉句，日長淡殺箇衰翁。

(《詩集》卷二十二〈新晴讀樊川詩〉)

十、陸龜蒙

笠澤詩名千載香，一回一讀斷人腸。
晚唐異味誰同賞？近日詩人輕晚唐。

(《詩集》卷二十九〈讀笠澤叢書三絕〉)

案：誠齋極賞晚唐詩人，詳見上章第四節第一目。

十一、王安石

五、七字絕句，最少而最難工，雖作者亦難得四句全好者，

晚唐人及介甫最工於此。(《誠齋詩話》)

（苦未既而不勝其甘）三百篇之後，此味絕矣，……近世惟半山老人得之。(本集卷八十三〈頤菴詩藁序〉)

「此味」即餘味不盡之「味」，誠齋以爲介甫之詩，最得言簡意深，言已盡而味有餘之旨。

十二、蘇　軾

東坡以烹龍庖鳳之手，而飲木蘭之墜露，餐秋菊落英者也。

(本集卷八十〈西溪先生和陶詩序〉)

精忠塞得乾坤破，日月伴渠文字新。

(《詩集》卷三十八〈寄題儋耳東坡故居尊賢堂太守譚景先所作二首〉)

案〈離騷〉云：「朝飲木蘭之墜露兮，夕餐秋菊之落英。」屈原蓋以此自喻德行之高潔。誠齋乃用其意，以喻東坡詩品之高華。

十三、張　耒

晚愛肥仙詩自然，何曾繡繪更琱鎪？
春花秋月冬冰雪，不聽陳言只聽天。

(《詩集》卷四十一〈讀張文潛詩二首〉)

「天」即「自然」之意。誠齋以爲張耒之詩不襲陳詞，不蹈故轍，不因文設情，不苦吟力作，天機自發，一任清眞，所以可貴。

十四、黃庭堅

少陵無人張顛死，此翁奄有二子者。

(《詩集》卷二〈跋馬公弼省幹出示山谷草聖浣花醉圖歌〉)

天下無雙雙井黃，遺編猶作舊時香。

(《詩集》卷八〈燈下讀山谷詩〉)

蔚乎若玉井之蓮，敷月露之下也；沛乎若雪山之水，寫灩澦而東也；瓌乎若岐山之鳳，鳴梧竹之風也。(望山谷之宮庭，蓋排闥而入，歷階而升者歟！)

(本集卷八十三〈江西續派二曾居士詩集序〉)

山谷之詩，規模少陵，而自出新意，開啓「江西」一派。其書法取徑張旭、懷素，終而兼擅各體，自成一家，與蘇軾、米芾、蔡襄並稱「宋

四大家」。誠齋譽其奄有少陵、張旭二子之長，不知是否爲當時士林之共識，然亦足見對山谷景仰之深矣。

十五、黃庭堅、陳師道

爲詩平淡簡古（深得陳、黃句法）。(本集卷一百三十〈端溪主簿曾東老墓誌銘〉)

恨無詩句敵黃陳。(《詩集》卷二十六〈和張功父梅詩十絕句〉)

十六、陳師道

后山清屬刻深之句，……盈耳目而醒肝胆。(本集卷六十八〈答張功父寺丞書〉)

詩味黯然而長（殊有后山風致）。(本集卷一百九〈答胡撫幹仲方〉)

十七、陳與義

詩宗已上少陵壇。(《詩集》卷二十六〈跋陳簡齋奏草〉)

十八、范成大

至於大篇決流，短章斂芒，繆而不釀，縮而不僒；清新嫵麗，奄有鮑、謝；奔逸儁偉，窮追太白；求其隻字之陳陳，一倡之鳴鳴，而不可得也。今四海之內，詩人不過三、四，而公皆過之無不及者。(本集卷八十二〈石湖先生大資參政范公文集序〉)

范石湖以詩聞名，與誠齋及尤袤、陸游並稱「南宋四大家」。其詩與誠齋詩相較，或猶遜一籌；而誠齋以海內冠冕許之，其謙抑之懷，有如是者。

十九、尤　袤

先生誦詩舌起雷，一字不似人間來。

(《詩集》卷十一〈謝尤延之提舉郎中自山間惠訪長句〉)

二十、陸　游

今代詩人後陸雲，……盡拾靈均怨句新。

(《詩集》卷二十二〈跋陸務觀劍南詩薰二首〉)

君詩如精金，入手知價重。鑄作鼎及鬲，所向一一中。

(《詩集》卷二十九：〈和陸務觀見賀歸館之韻〉)

廿一、蕭德藻

吾友蕭東夫，今日陳后山。

（《詩集》卷三十七〈答賦永豐宰黃巖老投贈五言古〉）

廿二、范、尤、陸、蕭

余嘗論近世之詩人，若范石湖之清新，尤梁溪之平淡，陸放翁之敷腴，蕭千巖之工致，皆余之所畏者云。（本集卷八十一〈千巖摘薰序〉）

廿三、張　鎡

蓋詩之臞又甚於其貌之臞也，大抵祖黃、陳，自徐、蘇而下不論也。（本集卷八十〈約齋南湖集序〉）

詩老而逸，夷而工。（本集卷六十八〈答張功父寺丞書〉）

孤芳后山種，一瓣放翁香。苦處霜爭澀，臞來鶴較強。

（《詩集》卷二十三〈跋張功父通判直閣所惠約齋詩乙藁〉）

愛君七字晉唐風。

（《詩集》卷二十三〈走筆和張功父玉照堂十絕句〉）

寄我詩篇字字新。（《詩集》卷四十一〈和張寺丞功父八絕句〉）

上列尤、蕭、范、陸，皆與誠齋並享盛名。唐代及北宋諸名家，則皆誠齋所效之者。李、杜之先，誠齋推賞者惟陶、謝、鮑照，蓋清新、雅淡，爲其所力追之詩風也。

第三節　影　響

誠齋一生竭心力於詩，深悉箇中三昧，故其詩論多能中理；所沾溉於後人者，自不爲淺。綜觀南宋至清季，持論之暗襲誠齋者，不可勝數；茲僅就受影響較著、又名重一時之詩家，略述數人於次，以見一斑：

一、張　鎡

張鎡生平及與誠齋交遊始末，具見第二章第四節。鎡極賞誠齋詩，至以師呼之，故其論詩亦與誠齋相類。

詩本無心作，君看蝕木蟲：旁人無鼻孔，我輩豈神通！

風雅難齊駕，心胸未發蒙。吾雖知此理，恐墮見聞中。

（《南湖集》卷五〈詩本〉）

此詩之作，當係有聞於誠齋之自然說及上追風雅之論。又云：

覓句先須莫苦心，從來瓦注勝如金。

見成若不拈來使，箭已離弦作麼尋！（《南湖集》卷九〈覓句〉）

此論亦本於誠齋自然說及隨興作詩之義。又云：

作者無如八老詩，古今模軌更求誰！

淵明次及寒山子，太白還同杜拾遺。

白傳東坡俱可法，涪翁無已總堪師。

胸中活底仍須悟，若泥陳言卻是癡。

（《南湖集》卷五〈題尚友軒〉）

其意初以淵明等為矩範，終須曉悟「活法」，歸於自得之境，不可以模擬為足。而誠齋「參悟」「透脫」之說，言之已詳；鎰則其步趨，彰彰明甚。

二、姜　夔

姜夔，字堯章，工於詩詞。晚誠齋三十齡。嘗因蕭德藻之介，袖詩謁誠齋，甚得獎重。其論詩之說，頗有沿襲誠齋者。

一家之語，自有一家之風味。如樂之二十四調，各有韻聲，乃是歸宿處。模仿者，語雖似之，韻亦無矣。

（《白石道人詩說》）

此語殆出於誠齋論李、杜、蘇、黃各有一體，及「江西詩派」風味不同流俗者。又曰：

句中無餘字，篇中無長語，非善之善者也。句中有餘味，篇中有餘意，善之善者也。（同前）

一篇全在尾句，如截奔馬。……所謂詞意俱盡者，急流中截後語，非謂詞窮理盡者也。所謂意盡詞不盡者，意盡於未當盡處，則詞可以不盡矣，非以長語益之者也。至如詞盡意不盡者，非遺意也，辭中已彷彿可見矣。詞意俱不盡者，不盡之中，固已深盡之矣。（同前）

此與誠齋云「句外有其意」及「詩已盡而味方永，乃善之善也。」等語，如出一揆。又曰：

> 近過梁谿，見尤延之先生，問余師自誰氏？余對以異時泛閱眾作，已而病其駁如也，三薰三沐，師黃太史氏。居數年，一語噤不敢吐，始大悟，學即病，顧不若無所學之爲得，雖黃詩亦偃然高閣矣。（《白石道人詩集·自敘》）

所云初學古人及「江西」詩，終大悟病之所在；與誠齋《荊溪集·自序》之言，亦若合符節。其爲承誠齋之聲欬，蓋皦然無疑也。

三、嚴　羽

嚴羽，字儀卿，號滄浪逋客。所著《滄浪詩話》，爲宋代詩話之巨擘。

滄浪論詩，多有暗襲誠齋之處。如以禪喻詩，雖宋人所常言，然滄浪謂「禪道惟在妙悟，詩道亦在妙悟。」及倡「熟參」之說，則得於誠齋之啓發實多。滄浪有言：

> 夫詩有別材，非關書也；詩有別趣，非關理也。然非多讀書、多窮理，則不能極其至。……近代諸公乃作奇特解會，遂以文字爲詩，以才學爲詩，以議論爲詩，夫豈不工，終非古人之詩也。蓋於一唱三歎之音，有所歉焉。（《滄浪詩話》）

案誠齋嘗訾議學者之詩；又謂「有充於中，必光於外」，是已先發滄浪之旨矣。又誠齋論李、杜、蘇、黃句法，亦開滄浪「辨體」說之先聲。滄浪曰：「發端忌作舉止，收拾貴在出場。」意謂結束處語須超遠，則誠齋已有結句須「詩已盡而味方永」之說。又滄浪曰：

> 學詩有三節：其初不識好惡，連篇累牘，肆筆而成；既識羞愧，始生畏縮，成之極難；及其透徹，則七縱八橫，信手拈來，頭頭是道矣。（《滄浪詩話》）

誠齋嘗言少作有詩千餘篇（見〈江湖集序〉）；其後則作之甚寡；已而忽若有悟，則瀏瀏焉，渙然不覺作詩之難也（見〈荊溪集序〉）。三節之說，若契針芥，則滄浪之挹取於誠齋也甚明。滄浪又曰：

> 五言絕句：眾唐人是一樣，少陵是一樣，韓退之是一樣，

　　　王荊公是一樣，本朝諸公是一樣。(《滄浪詩話》)

案誠齋有〈讀唐人及半山詩〉一絕（見上章第四節第一目引），清翁
方綱云：「此與嚴滄浪論半山之語相合，豈滄浪用此耶？」(《石洲詩
話》卷四)其言甚是。惟誠齋重在「透脫」，故於唐人詩僅視作最後
一關，而非奉爲宗主；滄浪則以唐詩爲第一義，故二者旨趣不盡相同。
又若與〈答徐子材談絕句〉一詩（見上章第四節第一目引）合觀，則
誠齋所賞者乃在晚唐，而非盛唐；然此意恐不爲滄浪所曉也。

　　誠齋以爲詩至唐而盛，至晚唐而工，蓋當時以此設科取士之故（參
閱上章第四節第三目）。而滄浪曰：「唐以詩取士，故多專門之學，我
朝之詩所以不及也。」亦與誠齋遙相應和。滄浪又曰：

　　　大曆以前，分明別是一副言語；晚唐，分明別是一副言語；
　　　本朝諸公，分明別是一副言語。(《滄浪詩話》)

　　　唐人與本朝人詩，未論工拙，直是氣象不同。(《滄浪詩話》)

誠齋於詩之鑒賞，重味而不泥形（見第二目），蓋已導滄浪之先路。

　　誠齋嘗論和韻詩之病，誡人勿爲；而滄浪曰：

　　　和韻最害人詩。古人酬唱不次韻，此風始盛于元、白、皮、
　　　陸。而本朝諸賢，乃以此而鬥工，遂至往復有八、九和者。
　　　(《滄浪詩話》)

其言實亦上承誠齋之緒餘也。

四、劉克莊

　　克莊字潛夫，號後村。負詩名，爲晚宋「江湖派」之魁。其對誠
齋詩極爲傾服，故詩論亦頗有相從者。

　　誠齋貶誚學者之詩，克莊更闡其義：

　　　以情性禮義爲本，以鳥獸草木爲料，風人之詩也。以書爲
　　　本，以事爲料，文人之詩也。(本集卷一百六〈跋何謙詩〉)

　　　唐文人皆能詩，柳尤高，韓尚非本色。迨本朝則文人多，詩
　　　人少。三百年間，雖人各有集，集各有詩，詩各自爲體：或
　　　尚理致，或負材力，或逞辨博；少者千篇，多至萬首；要皆

經義策論之有韻者爾，非詩也。（本集卷九十四〈竹溪詩序〉）

其逕斥文人之詩非詩，誠齋地下有知，當爲擊節。誠齋於詩，唐宋並尊，不厚古菲今。克莊亦然：

謂詩至唐猶存則可，謂詩至唐而止則不可。本朝詩自有高手。（本集卷九十九〈跋李賈縣尉詩卷〉）

或曰：「本朝理學古文高出前代，惟詩視唐似有愧色。」余曰：「此謂不能言者也。其能言者，豈惟不愧於唐，蓋過之矣。」（本集卷九十四〈本朝五七言絕句序〉）

六言如王宋介、沈存中、黃魯直之作，流麗似唐人，而妙巧過之。（本集卷九十七〈本朝絕句續選〉）

誠齋以爲李、杜、蘇、黃各具一體。克莊亦曰：

劉是一格，歐、蘇是一格，黃、陳是一格。（同前）

誠齋謂詩所以至唐而盛，在當時以此設科取士。克莊亦曰：

唐世以賦詩設科，然去取予奪，一決於詩，故唐人詩工而賦拙。（本集卷九十九〈跋李耘子詩卷〉）

蓋詩至唐尤盛。人主以此拔士，得戴叔倫、韓翃之流焉；主司以此取士，得錢起、徐凝之流焉；藩鎮以此取士，得李商隱、羊士諤之流焉。（本集卷九十六〈送謝昉序〉）

克莊與誠齋聲氣遙通，繼其步武之處，實不爲尠。

五、袁宏道

袁宏道，字中郎，號石公，明公安（今屬湖北省）人，萬曆二十年（西元 1592 年）進士。與兄宗道（字伯修）、弟中道（字小修）俱享名文壇，世稱「三袁」，爲「公安派」之盟主；而宏道成就最高。

誠齋以爲山水興發詩思，提供詩材；又主張詩應發乎眞情，隨興而作；又謂作詩須不爲成法所拘，「學詩須透脫，信手自孤高。」（〈和李天麟二首〉）。中郎亦云：

（小修）……窮覽燕、趙、齊、魯、吳、越之地，足跡所至，幾半天下，而詩文亦因之以日進。大都獨抒性靈，不拘格套，非從自己胸臆流出，不肯下筆。有時情與境合，

頃刻千言，如水東注，令人奪魄。其間有佳處，亦有疵處。
佳處自不必言，即疵處亦多本色獨造語。……唯夫代有升
降，而法不相沿，各極其變，各窮其趣，所以可貴。

（《袁中郎全集・序小修詩》）

大抵物真則貴。真則我面不能同君面，而況古人之面貌乎！

（〈與丘長孺〉）

此言與誠齋同一機杼。其本於誠齋之論，顯而易見。

六、袁　枚

袁枚字子才，號簡齋，清乾隆初進士，世稱隨園先生。論詩倡「性
靈說」，一時風靡。

誠齋主「參悟」、「透脫」，自出心裁，實開隨園「性靈說」之先
聲。故隨園甚推誠齋，其《詩話》卷一第二條即引誠齋論風趣之說：

楊誠齋曰：「從來天分低拙之人，好談格調而不解風趣。何
也？格調是空架子，有腔口易描；風趣專寫性靈，非天才
莫辦。」余深愛其言。須知有性情便有格律，格律不在性
情外。

隨園獨標「性靈」二字，或即得自誠齋此語。則其論詩之見有同於誠
齋者，理固宜然矣。誠齋主張自然，而不廢錘鍊。隨園亦以為詩有先
天，有後天：

詩如射也，一題到手，如射之有鵠，能者一箭中，不能者
千萬箭不能中。……其中不中，不離天分學力四字。孟子
曰：「其至爾力，其中非爾力。」至是學力，中是天分。

（《隨園詩話補遺》卷六）

詩有從天籟來者，有從人巧得者，不可執一以求。

（《隨園詩話》卷四）

人功不竭，天巧不傳。（《續詩品・勇改》）

隨園欲以學問濟性情，以人力濟天巧，適足申誠齋未盡之意。誠齋遍
參唐宋人詩，而又盡謝絕之，由「參悟」而「透脫」，自成一家風骨。
隨園亦曰：

不學古人，法無一可；竟似古人，何處著我？（《續詩品・著
我》）

後之人未有不學古人而能爲詩者也。然而善學者得魚亡
荃；不善學者，刻舟求箭。（《隨園詩話》卷二）

人閒居時，不可一刻無古人。落筆時，不可一刻有古人。（《隨
園詩話》卷十）

誠齋以爲詩以言情寫景爲主，山川風月皆爲詩材。隨園亦曰：

自古文章所以流傳至今者，皆即情即景，如化工肖物，著
手成春，故能取不盡而用不竭。（《隨園詩話》卷一）

誠齋倡「以俗爲雅」，認可以文爲詩，以經語入詩；隨園更舉前人詩
例，證成其說。〔註35〕誠齋主張詩當意在言外，隨園亦曰：「詩無言
外之意，便同嚼蠟。」（《隨園詩話》卷二）誠齋主張詩須有味，隨園
亦發此論，並攻蘇、黃詩之短，在於少味。

詩如言也：口齒不清，拉雜萬語，愈多愈厭。口齒清矣，
又須言之有味，聽之可愛，方妙。（《隨園詩話》卷三）

余嘗比山谷詩，如果中之百合，蔬中之刀豆也，畢竟味少。
（《隨園詩話》卷一）

東坡近體詩，少蘊釀烹煉之功，故言盡而意亦止，絕無弦
外之音，味外之味。（《隨園詩話》卷三）

誠齋言賡和之詩無一黍之我，作者爲不得已。隨園亦曰：

余作詩，雅不喜疊韻、和韻、及用古人韻，以爲詩寫性情，
惟吾所適。一韻中有千百字，憑吾所選，尚有用定後不愜
意而別改者，何得以一二韻約束爲之？既約束，則不得不
湊拍；既湊拍，安得有性情哉？（《隨園詩話》卷一）

好疊韻次韻，刺刺不休者，謂之村婆絮談。（《隨園詩話》卷
五）

文以情生，未有無情而有文者。韻因詩押，未有無詩而先
有韻者。（《隨園詩話補遺》卷七）

〔註35〕分見《隨園詩話》卷四、卷十三，及《隨園詩話補遺》卷一。

誠齋謂「翻案」爲詩家妙法，隨園亦云：

> 詩貴翻案。神仙、美稱也，而昔人曰：「丈夫生命薄，不幸作神仙。」楊花、飄蕩物也，而昔人云：「我比楊花更飄蕩，楊花只有一春忙。」長沙、遠地也，而昔人云：「昨夜與君思賈誼，長沙猶在洞庭南。」龍門、高境也，而昔人云：「好去長江千萬里，莫教辛苦上龍門。」白雲、閒物也，而昔人云：「白雲朝出天際去，若比老僧猶未閒。」修到梅花、指人也，而方子雲見贈云：「梅花也有修來福，著個神仙作主人。」皆所謂更進一層也。(《隨園詩話》卷二)

> 題古蹟能翻陳出新，最妙。(《隨園詩話》卷四)

> 唐人詩曰：「欲折垂楊葉，回頭見鬢絲。」又曰：「久不開明鏡，多應爲白頭。」皆傷老之詩也。不如香山作壯語曰：「莫道桑榆晚，餘霞尚滿天。」又宋人云：「勸君莫惱鬢毛斑，鬢到斑時也自難；多少朱門年少子，被風吹上北邙山。」
> (《隨園詩話》卷十)

綜上諸端，其持論皆遠紹誠齋者。又誠齋激賞晚唐之詩，而隨園有言曰：

> 體嫌發淺英華盡，唐代詩原中晚佳。
> (《小倉山房詩集》卷二十七〈倣元遺山論詩〉)

> 七律始於盛唐，如國家締造之初，宮室粗備，故不過樹立架子，創建規模；而其中之洞房曲室，網戶罘罳，尚未齊備。至中、晚而始備。(《隨園詩話》卷六)

> 古風須學李、杜、韓、蘇四大家，近體須學中、晚、宋、元諸名家。(《隨園詩話》卷七)

> 阮亭詩話，道晚唐人之「布穀啼春雨，杏花紅半村。」不如盛唐人之「興闌啼鳥緩，坐久落花多。」余以爲眞耳食之論。阮亭胸中先有晚、盛之分，故不知兩詩之各有妙境。若以渾成而言，轉覺晚唐爲勝。(《隨園詩話》卷七)

蓋亦承誠齋之遺蘊也。

第五章　楊萬里之詩

第一節　淵　源

　　誠齋始學詩時,「江西派」氣勢猶熾,故亦自「江西」入手。其後博觀約取,融鑄百家,變通而神明之;終自出杼軸,而成就一己之體格。其詩淵源,可於詩集之自序中略覘之:

> 予少作有詩千餘篇,至紹興壬午七月皆焚之,大概「江西」體也。今所存曰《江湖集》者,蓋學後山及半山及唐人者也。(《江湖集‧序》)

> 予之詩,始學「江西」諸君子,既又學後山五字律,既又學半山老人七字絕句,晚乃學絕句於唐人。(《荊溪集‧序》)

則誠齋於擺落「江西體」之藩籬後,轉而法陳師道、王安石、及唐人之所長。惟誠齋深嗜晚唐,又謂絕句唯晚唐人及半山最工(詳第三章第四節),故知此文所謂「唐人」,乃指晚唐而言。

　　誠齋雖特嗜晚唐,然亦矜賞李、杜之詩:

> 平生愛誦謫仙詩,百誦不熟良獨癡。
>
> 舟中一日誦一首,誦得徧時應得歸。
>
> (《詩集》卷三十四〈舟中排悶〉)

狂歌謫仙詩，三杯通大道。（《詩集》卷四十〈讀白氏長慶集〉）

劉克莊及袁枚俱稱誠齋天才類太白，〔註1〕清人徐曉亭且謂「其才其學，並皆不讓李、杜。」（《塵談筆存》）誠齋嘗撰〈重九後二日月下傳觴〉詩（見《詩集》卷三十七），羅大經謂其十餘歲時，親聞誠齋誦此詩，且云：「老夫此作，自謂彷彿李太白。」〔註2〕可知誠齋之詩，似有意學太白者。又有詩云：

飄蓬敢恨一年遲，客裏春光也自宜。

白玉青絲那得記，一杯嚥下少陵詩。

（《詩集》卷一〈立春日有懷二首〉之一）

病身兀兀腦岑岑，偶到兒曹文字林。

一卷杜詩揉欲爛，兩人齊讀味初深。

（《詩集》卷四十二〈與長孺共讀杜詩〉）

上二詩，前者作於三十六歲時，後者作於七十八歲之高年；證以《誠齋詩話》中，多舉杜詩為例，可知其對杜詩浸淫之深。宋人姜特立謂誠齋「向來授鉞少陵壇」，〔註3〕王邁亦云：「古來作酒稱杜康，作詩只說杜草堂。舉世無人傳得方，奄有二杜惟一楊。」〔註4〕皆謂誠齋瓣香少陵，其言誠是。然誠齋胸次沖澹，性喜田園山水，故亦效淵明、康樂。嘗有詩曰：

荒耽詩句枉勞心，懺悔鶯花罷苦吟。

也不欠渠陶謝債，夜來夢裏又相尋。

（《詩集》卷四十二〈淋疾復作二首〉）

此謂對陶、謝詩諷誦之，涵詠之，以至夢中不忘，可見景慕、嗜愛之深矣。而其所賦詩，遂多有雅淡自然、略近淵明者，故宋人葛天民即譽其「淵明詩寫胸中妙」。〔註5〕

〔註1〕《後村詩話前集》卷二曰：「誠齋天分也似李白。」《隨園詩話》卷八曰：「其天才清妙，絕類太白。」

〔註2〕見《鶴林玉露》卷十。

〔註3〕見《梅山續稿》卷八〈謝楊誠齋惠詩〉。

〔註4〕見《臞軒集》卷十三〈讀誠齋新酒歌仍效其體〉。

〔註5〕見《葛無懷小集·寄楊誠齋》。

誠齋既學杜，則於杜所承傳之陰、何，及所讚許之庾信，〔註6〕
遂亦加鑽研。有詩曰：

> 晚因子厚識淵明，早學蘇州得右丞。
>
> 忽夢少陵談句法，勸參庾信謁陰鏗。
>
> （《詩集》卷七〈書王右丞詩後〉）
>
> 羽客來從閬皂山，殷勤告訴病詩癲。
>
> 古今此病尤無藥，癲到陰何便是仙。
>
> （《詩集》卷三十八〈贈閬皂山懶雲道士詩客張惟深二首〉）

案王右丞亦少陵所推許者；〔註7〕柳子厚詩清逸閒淡，頗類淵明。此
言因學王、韋、柳，進而上溯淵明。因學少陵，進而上溯陰、何、庾。
或曰太白之超世，少陵之入世，右丞之出世，是為唐詩三大宗；則誠
齋兼修之矣。誠齋又云：

> 風卷寒江浪濕天，斜吹亂雪忽平船。
>
> 碧琉璃上瓊花裏，獨載詩人孟浩然。
>
> （《詩集》卷十五〈十二月二十七日大雪中過吉水小盤渡西歸〉）

此詩以孟浩然自況，或有懷才不遇之慨；然對其詩風，當亦有相賞之
意。而孟亦少陵所獎重也。〔註8〕

白居易之詩，則誠齋自少至老，經常覽誦者，晚年愛好尤深：

> 每讀樂天詩，一讀一回好。少時不知愛，知愛今已老。
>
> （《詩集》卷四十〈讀白氏長慶集〉）
>
> 偶然一讀香山集，不但無愁病亦無。
>
> （《詩集》卷四十二〈端午病中止酒〉）

〔註6〕 杜甫有詩云：「頗學陰何苦用心。」（〈解悶〉）可知其近體詩上承陰、
　　　何。誠齋僅言陰鏗，想以韻腳所限，故未併舉。杜又云：「庾信文章
　　　老更成，凌雲健筆意縱橫。」（〈戲為六絕句〉）「庾信平生最蕭瑟，
　　　暮年詞賦動江關。」（〈詠懷古跡〉）「清新庾開府。」（〈春日懷李白〉）
　　　對庾信讚許有加。

〔註7〕 杜甫〈解悶〉詩云：「不見高人王右丞，藍田丘壑漫寒藤。最傳秀句
　　　寰區滿，未絕風流相國能。」

〔註8〕 杜詩云：「復憶襄陽孟浩然，清詩句句盡堪傳。」（〈解悶〉）「吾憐孟浩
　　　然，短褐即長夜。賦詩何必多，往往凌鮑謝。」（〈遣悶〉）皆極見推重。

可知其對樂天詩私淑之甚。宋人張鎡題《誠齋詩集》有句云：「後山格律非窮苦，白傅風流造坦夷。」〔註9〕葛天民亦曰：「樂天再世尤得奇」，〔註10〕俱稱誠齋詩有香山之風。明人胡應麟、清人姚壎亦皆謂其詩類「元和體」。〔註11〕則誠齋之嗣響香山，已屬公論矣。晚唐詩人多薄香山，而誠齋兩兼之，此誠齋詩之所以自成一格歟！

　　劉禹錫「竹枝詞」，黃山谷譽爲「詞意高妙，元和間誠可以獨步。」〔註12〕而陸放翁稱誠齋詩云：「飛卿數閱嶠南曲，不許劉郎誇竹枝。四百年來無復繼，如今始有此翁詩。」〔註13〕誠齋亦曰：

　　　　自庚子至壬寅，有詩四百首，如竹枝歌等篇，每舉似友人
　　　　尤延之，延之必擊節，以爲有劉夢得之味，予未敢信也。（本
　　集卷八十〈南海詩集序〉）

揆其語意，頗自喜於尤袤之言。是則誠齋亦有取於夢得矣。

　　宋人袁說友許誠齋詩爲歐公之嫡嗣，劉克莊亦稱之爲「歐陽公屋畔人」。〔註14〕案誠齋少時問業於王廷珪及劉才邵，二師皆教以歐、蘇、黃之詩文（見第一章第四節）；且歐公爲誠齋之鄉前輩，誠齋詩文中語及歐公者凡十數處，尊崇備至；故誠齋雖未自述學歐，然其詩嘗受歐公之影響，殆可斷言也。至東坡「天生健筆一支，爽如哀梨，快如并剪。」，〔註15〕則誠齋以之擬太白（見第四章第二節）。《誠齋詩話》中，舉東坡詩例頗多，又有詩云：

　　　　偶與兒童繙故紙，共看詩句煮春蔬。
　　　　問來卻是東坡集，久別相逢味勝初。

〔註9〕見《南湖集》卷六〈誠齋以南海、朝天兩集詩見惠因書卷末〉。
〔註10〕同註5。
〔註11〕見胡撰《詩藪》外編卷五，姚撰《宋詩畧・自序》。
〔註12〕見《豫章黃先生文集》卷二十六〈跋劉夢得竹枝歌〉。
〔註13〕見《劍南詩稿》卷十九〈楊廷秀寄南海集〉自注：「溫飛卿〈南鄉子〉九首，其工不減夢得〈竹枝〉。」
〔註14〕袁說友撰《東塘集》卷五〈和楊誠齋韻謝惠南海集〉有句云：「今代歐黃直有種」。劉克莊語見《後村先生大全集》卷三十六〈題誠齋像二首〉。
〔註15〕趙翼語，見《甌北詩話》。

　　　　《詩集》卷二十九〈與長孺共讀東坡詩〉）

可知誠齋於東坡詩亦濡染不淺矣。

　　考述至此，誠齋詩之淵源，大體可見；茲更作圖示之於後。老杜
「轉益多師」，誠齋寧不然乎！

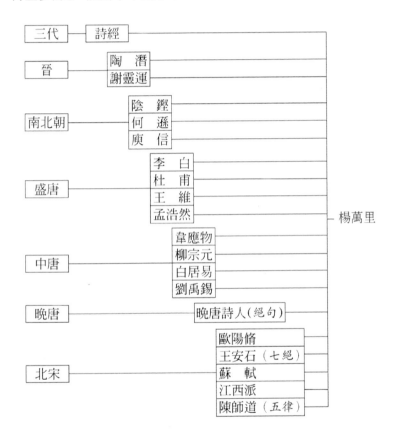

第二節　風格之演變與形成

　　誠齋平生嗜詩，自少至老，吟哦未輟；日常所見，胥入於詩；自
謂「予游居寢食，非詩無所與歸。」（〈朝天集序〉）「心疲於詩而病臞。」
〔註16〕用力之深，於歷代詩人中洵不多覯。故年方強仕，聲已四溢，

〔註16〕見本集卷四十三〈秋雨賦〉。

周必大贈詩至有「誠齋詩名牛斗寒，上規大雅非小山」之語。〔註17〕
迨自創體格，四方歸趨，則儼然為詩壇之盟主矣。〔註18〕

　　嚴羽論古今詩體，有「楊誠齋體」之目（見《滄浪詩話》），可知
誠齋詩風，必有異於前人者。茲就誠齋自述，略探其詩風形成之軌跡。

　　據《江湖集・自序》（見上節引），誠齋於紹興壬午年（西元1162
年）焚其少作。計自十四歲起從師受書，至此年七月，誠齋習為「江
西體」之詩。想必生澀矯揉，乏情寡味，與其個性迥不相侔，故盡毀
之。此後其詩風又屢有遷變，諸詩集自序中嘗概略言之：

> 余生好為詩，初好之，既而厭之。至紹興壬午，予詩始變，
> 予乃喜。既而又厭之。至乾道庚寅，予詩又變。至淳熙丁
> 酉，予詩又變。（《南海集・序》）

> 自淳熙丁酉之春，上暨壬午止，有詩五百八十二首，其寡
> 蓋如此。其夏之官荊溪，……戊戌三朝，時節賜告，少公
> 事，是日即作詩。忽若有悟，於是辭謝唐人及王、陳、「江
> 西」諸君子，皆不敢學，而後欣如也！（《荊溪集・序》）

案誠齋既謝絕「江西」諸君子，即先後學后山五律，半山七絕，及晚唐
絕句（見上節）。陳后山為北宋巨手，雖屬「江西派」，然詩法宗杜，而
最善五律。胡應麟《詩藪》曰：「陳師道得杜骨。」紀昀序《陳后山詩
鈔》曰：「五律蒼堅瘦勁，實逼少陵，其間意僻語澀者，亦往往自露本
質；然胎息古人，得其神髓，而不掩其性情，此后山之所以善學杜也。」
半山七絕之佳，前人已有定論，黃山谷曰：「荊公暮年作小詩，雅麗精
絕，脫去俗流，每諷味之，便覺沈灟生齒頰間。」〔註19〕胡仔曰：「荊

〔註17〕見「周益國文忠公集」《省齋文稿》卷五〈奉新宰楊廷秀攜詩訪別次
　　　　韻送之〉。
〔註18〕宋人姜特立撰《梅山續稿》卷一〈謝楊誠齋惠長句〉：「今日詩壇誰
　　　　是主？誠齋詩律正施行。」周必大《平園續藳》卷八〈跋楊廷秀贈
　　　　族人復字道卿詩〉：「家吉水之湴塘，執詩壇之牛耳。」袁說友《東
　　　　塘集》卷五〈和楊誠齋韻謝惠南海集詩三首〉：「固應宗派名江左，
　　　　底用宮袍入建章？」
〔註19〕見《漁隱叢話》卷三十五。

公小詩，……眞可使人一唱而三歎。」〔註20〕是皆評其絕句者也。誠齋
詩話亦謂半山及晚唐人絕句最工。而誠齋兼取眾長，學之有得，故有紹
興壬午、乾道庚寅（西元 1170 年）、淳熙丁酉（西元 1177 年）之三變。
紹興壬午之變與自焚少作，時距當不遠，則始學后山五律，可斷其不至
遲於是年初也。而此後其詩遂由「江西」體變而爲唐音矣。迄淳熙丁酉，
十五年間，成詩曰《江湖集》。至淳熙戊戌（西元 1178 年）頓悟，脫去
依傍，自我作古，其後遂如滄浪所謂之「誠齋體」矣。嘗有詩云：

> 筆下何知有前輩？（《詩集》卷十一〈迓使客夜歸四首之三〉）

> 問儂佳句如何法？無法無盂也沒衣。（《詩集》卷三十九〈酔閣
> 皂山碧崖道士甘叔懷贈美名人不及佳句法如何十古風〉）

其迥不由人，自創新體之意可見。綜上以觀，誠齋之詩凡歷兩大期，
三階段。今列表於下以明之：

兩　期	三階段	歷　程	起　迄　年　月	年　齡	歷時
仿效期	江西體	初從高守道受業	紹興十年（庚申、西元 1140 年）	14 歲	21 年
		學江西諸君子	紹興三十一年（辛巳、西元 1161 年）前	35 歲前	
	唐　音	學陳師道（五律）	紹興三十二年（壬午、西元 1162 年）	36 歲	15 年
		學王安石（七絕）	乾道六年（庚寅、西元 1170 年）前	37〜44 歲	
		學晚唐（絕句）	淳熙四年（丁酉、西元 1177 年）前	45〜51 歲	
創造期	誠齋體	自成一格（誠齋體）	淳熙五年（戊戌、西元 1178 年）後	52 歲起	29 年
		壽　終	開禧二年（丙寅、西元 1206 年）	80 歲	

誠齋詩風之演變與形成，大抵如上。誠齋既曰謝絕「江西」矣，

〔註20〕同前注。

而後人仍有以「江西派」視之者。如宋人王邁曰:「江西社裏陳黃遠,直下推渠作社魁。」〔註21〕劉克莊曰:「比之禪學:山谷,初祖也;呂、曾,南北二宗也;誠齋稍後出,臨濟德山也。」,〔註22〕是皆不得謂為知言。然觀誠齋於淳熙五年(西元 1178 年)撰〈宜州新豫章先生祠堂記〉述張栻來書曰:「子學詩山谷者,微子莫宜記之。」〔註23〕意頗自得;及淳熙十一年(西元 1184 年)撰〈江西宗派詩序〉,〔註24〕時年已五十八歲,對「江西」之詩猶極褒譽,則誠齋雖不欲為「江西體」,而「江西」詩風之影響於其詩者,恐在淳熙十一年前,猶未盡去也。又誠齋自謂淳熙五年以後,即辭謝晚唐與半山不學,然淳熙十六年(西元 1189 年)尚有詩云:

　　拈著唐詩廢晚餐,旁人笑我病詩癲;
　　世間尤物稱西子,西子何曾值一錢?
　　　　(《詩集》卷二十九〈讀笠澤叢書三絕之三〉)

又光宗紹熙元年(西元 1190 年)〈讀詩〉絕句云:「讀了唐詩讀半山」,〔註25〕知誠齋於十二、三年之後,對晚唐及半山詩仍屢屢玩索,固始終未嘗棄之也。

　　誠齋仿效期第一階段之詩,今不可得見;第二階段之詩,僅得《江湖集》七百數十首。而創造期「誠齋體」之詩,則共有八集,三千數百首;總計存詩四千二百餘首,五七古律,無體不備。「誠齋體」之風格如何,容於下節詳論;概言之,則《江湖集》仍謹守唐人矩矱,且用事較多;《荊溪集》以次,逐漸建立「誠齋體」之風貌,清新坦易,不立崖險。迄於暮年,國事日非,心緒蕭索,《退休集》乃不免率意之作矣。

　　方回曰:「楊誠齋詩一官一集,每一集必一變。」〔註26〕則誠齋

〔註21〕見臞軒集卷十六〈山中讀誠齋詩〉。
〔註22〕見《后村先生大全集》卷九十七〈茶山誠齋詩選序〉。
〔註23〕見本集卷七十二。
〔註24〕見本集卷七十九,或參閱第四章第二節第二目所引。
〔註25〕全詩見第三章第四節第一目引,或《詩集》卷三十三。
〔註26〕見《瀛奎律髓》卷一登覽類。

詩歷九變矣。而誠齋未嘗自言，方氏亦未詳言之。且又云：「誠齋詩晚乃一變，《江湖》、《荊溪》二集猶步步繩墨。」〔註27〕此與前言已不洽矣。所謂「一集一變」之說，求之於詩，殊難徵實。豈方氏意在揄揚，故有此說歟！

第三節　風格及特色

第一目　風　格

詩至唐盛矣至矣，而宋人擺脫牢籠，變唐人之已能，發唐人之未盡；其作始自歐、梅，其造極在山谷。誠齋晚出，而能創闢體格，於古今詩人中另樹一幟，至被目爲「誠齋體」，則其具獨特之風格，自不待言矣。縱覽其詩：平淡質樸、明白曉暢者有之，含蓄蘊藉、情韻綿邈者有之，想像奇妙、哲思深邃者有之，沈鬱頓挫、議論精警者有之，可謂異彩紛呈，不主一格。而其最顯著、最異於他人、而堪爲「誠齋體」風格之代表者，厥有二端：

一、清新坦易

江西派病於生澀，而誠齋矯之以清新。陸九淵稱其詩曰：「君詩正似清風快」。〔註28〕晚宋王邁稱之曰：「肝腸定不餐烟火，翰墨何曾著點埃？」〔註29〕亦許以清新之意。誠齋自云：

> 老來懷抱向誰開？歲晚無花薦一盃，
> 處分新霜且留菊，辟差寒日早開梅。
> 只教詩句清如雪，看得榮名細似埃。
> 管葛諸人端解事，也曾遭我笑渠來。（《詩集》卷十二〈晚興〉）

詩作於淳熙五年（西元 1178 年）；蓋盡謝唐人及王、陳、「江西」諸君子後，即以清新是尚；此詩乃不啻「誠齋體」之宣言矣。茲再舉律絕各一首爲例，以見其詩之清新可喜。

〔註27〕見《瀛奎律髓》卷二十梅花類。
〔註28〕見《象山先生全集》卷二十五〈和楊廷秀送行〉。
〔註29〕見《臞軒集》卷十六〈山中讀誠齋詩〉。

> 梅子留酸軟齒牙，芭蕉分綠上窗紗。
>
> 日長睡起無情思，閒看兒童捉柳花。
>
> （《詩集》卷三〈閒居初夏午睡起二首〉之一）
>
> 水色秋逾白，山光夜不青。一眉畫天月，萬粟種江星。
>
> 小酌居然醉，當風不覺醒，誰家教兒子，清誦隔疎櫺。
>
> （《詩集》卷二十八〈宿蘭溪水驛前三首〉之三）

誠齋謂《香山集》可解愁療疾（參閱第一節），可知其所賞在坦易。而其詩亦甚多採用口語，不避俚俗，形成明易流暢之風格；蓋有意爲之，以藥江西派之雕琢也。如〈庚子正月五日曉過大皐渡〉：

> 霧外江山看不眞，只憑雞犬認前村。
>
> 渡船滿板霜如雪，印我青鞋第一痕。（《詩集》卷十六）

曉霧未消，清霜似雪，誠齋竟爲登渡船之第一人，宦情之苦如見。然此詩之明暢，又人人能解。又如〈至後入城道中雜興〉：

> 大熱仍教得大晴，今年又是一昇平。
>
> 昇平不在簫韶裏，只在諸村打稻聲。（《詩集》卷四十一）

案簫韶傳爲虞舜之樂，此詩謂眞正之國泰民安，不表現於粉飾太平、歌頌帝王之宮庭歌舞中，而在於民間五穀之是否豐收；寓意甚深。而清新坦易，則堪稱「誠齋體」之代表作也。

二、風趣幽默

古人詩篇，殊少有幽默詼諧之趣者。初唐王梵志、寒山等，詩中雖時有此種情味，然每流於說理。獨誠齋性情本極幽默（參見第二章第一節），因得於此一詩境中，廣闢草萊，佔大地步；不僅前無古人，即自元至清，亦無可與比肩者。如〈燭下和雪折梅〉：

> 梅兄衝雪來相見，雪片滿鬚仍滿面；
>
> 一生梅瘦今却肥，是雪是梅渾不辨，
>
> 喚來燈下細看渠，不知眞箇有雪無？
>
> 只見玉顏流汗珠，汗珠滿面滴到鬚。（《詩集》卷十三）

首句呼梅爲兄，已令人莞爾。次句謂雪片滿鬚滿面，則梅花儼然爲一老翁矣。三四謂梅雪莫辨；五六翻疑雪之烏有，必欲燈下細看，令人笑意

步步昇高；閱至結局，不能不絕倒矣。又如〈出眞陽峽十首〉之一：

> 過盡危磯出小潭，回頭失卻石峯巉。
>
> 春寒料得元無事，知我猶藏一布衫。（《詩集》卷二十）

春寒料峭，本爲時序之常，誠齋則謂春寒係與己相嬉，知我猶藏布衫一件，故爾相逼也。（我若著上布衫，汝其奈何！）其想像之風趣，令人發噱。凡此皆隨筆抒寫，稱心而出，並無求工見好之意，而趣味橫生。誠齋嘗謂「風趣專寫性靈，非天才莫辦。」，〔註30〕其自許如此。而其詩中風趣幽默之處，俯拾皆是，故堪稱爲特有風格之一，而亦其詩之生機所在也。

第二目　特　色

誠齋之詩，卷帙雖繁，然覽誦一過，即可見其特色有二：一曰內容之兩面性，一曰遣詞之沖和性。

一、內容之兩面性

清人潘定桂謂誠齋「忠愛性情韓愈近」，〔註31〕余以爲誠齋憂國愛君之心性，民胞物與之襟懷，實大類老杜，韓公不能匹也。詩以言志，誠齋發之於詩者，乃一則憂思國事，惓懷民生，爲極嚴肅、極沈鬱之一面；一則游目蟲魚，寄情花草，爲極輕鬆、極愉怡之一面。

誠齋於國破之痛，耳聞目覩，故感時傷事，每多嘆喟之音。如隆興元年（西元 1163 年）有云：

> 亂起胡烽日，吾將強仕年。中原仍夢裏，南紀且愁邊。
>
> 陛下非常主，群公莫自賢！金臺尚未築，乃至羨強燕？
>
> （《詩集》卷一〈讀罪己詔三首〉之二）

蓋其生年適徽、欽二帝北狩，迄已三十八載；中原未復，南宋所有之半壁江山且岌岌可慮，而當朝諸公不念國家安危，競爲一身謀；故誠齋深致憂歎。更有疑者：金人尚未如燕昭王之建黃金臺以求賢士，則成敗未可知，以南宋之力，何至畏而求和哉！言外之意，蓋深望朝廷勿以小挫

〔註30〕見上章第三節袁枚條引。

〔註31〕見《楚庭耆舊遺集後集》卷十九〈讀楊誠齋詩集九首〉。

而易其志，當生聚教訓，以圖後效。清人翁方綱雖極詆誠齋，於此詩亦加褒語。〔註32〕又淳熙十年（西元 1189 年）撰〈初入淮河四絕句〉云：

船離洪澤岸頭沙，人到淮河意不佳。

何必桑乾方是遠，中流以北即天涯！

劉岳張韓宣國威，趙張二相築皇基。

長淮咫尺分南北，淚濕秋風欲怨誰？

兩岸舟船各背馳，波痕交涉亦難為。

只餘鷗鷺無拘管，北去南來自在飛。

中原父老莫空談，逢著王人訴不堪。

却是歸鴻不能語，一年一度到江南。（《詩集》卷二十九）

誠齋奉命迎伴金使，初抵淮河，思及河以北淪於夷狄，淮河已為宋、金國界，不禁感傷萬端。第一首語極沈痛，次首隱諷高宗及秦檜，三、四首哀憐淮北之民。他如〈道逢王元龜閣學〉（《詩集》卷二）、〈紀聞〉（卷四）、〈跋蜀人魏致堯撫幹萬言書〉（卷四）、〈豫章江皋二絕句〉（卷六）、〈過石磨嶺嶺皆創為田直至其頂〉（卷十四）、〈過揚子江二首〉、〈舟過揚子橋遠望〉、〈題盱眙軍東南第一山二首〉（卷二十九）、〈雪霽曉登金山〉（卷三十）、〈望楚州新城〉（卷三十二）、〈江天暮景有歎二首〉（卷三十四）、〈宿牛亭秦太師墳庵〉（卷三十五）等，俱感時憂國之作，其詞或非直露，其意則皆灼然可見。清人潘定桂讀《誠齋詩集》後，有句曰：「一官一集記分題，兩度朝天卷自攜。老眼時時望河北、夢魂夜夜繞江西。連篇爾雅珍禽疏，三月長安杜宇啼。試讀淮河諸健句，何曾一飯忘金隄？」〔註33〕堪謂誠齋之異代知音矣。

誠齋賦性仁民愛物，悲天憫人；為州縣時施行仁政，為朝官時奏請節用愛民，輕徭薄賦；於其子次公、幼輿之官監稅前，皆以勿厚徵為誡。〔註34〕雖不居官，然對民間疾苦，天災人禍，莫不戚戚於懷，

〔註32〕翁方綱曰：「誠齋讀罪己詔詩極佳，此元從真際發露也。」見《石洲詩話》卷四。

〔註33〕同註31。

〔註34〕參見第一章，及《誠齋詩集》卷四十〈送次公子之官安仁監稅〉、〈送

而一一見之於詩。如紹興三十二年（西元 1162 年）有詩曰：

　　夜來飛霰打僧牕，便恐雪眞數尺強。

　　催科不拙亦安出？吾民瀝髓不濡骨！

　　（《詩集》卷一〈曉立普明寺門，時已過立春，去除夕三日爾，將歸有嘆〉）

時誠齋爲零陵丞，洞悉民隱；詩作于視旱途中，故曰民財已罄，則催科政拙，亦唯有聽之而已。末句沈痛之極。乾道元年（西元 1165 年）又有詩曰：

　　去秋今夏旱相繼，淮江未淨郴江沸。

　　餓夫相語死不愁，今年官免和糴不？

　　（《詩集》卷三〈旱後郴寇又作〉）

案「和糴」爲當時弊政，一名「助軍糧草」；初則官付錢，民出穀，兩和商量，然後交易；其後演爲強配數額，低價徵收，苟有稽延，則追捕鞭撻，甚於稅賦，號爲「和糴」，其實剝削。「苛政猛於虎」，至民不以餓死爲憂，但憂「和糴」可否豁免耳。末二句記餓夫之語，令人讀之，愴然欲淚。紹熙二年（西元 1191 年）又有詩曰：

　　斫地燒畬旋旋開，豆花蕎莢更菘栽。

　　荒山半寸無遺土，田父何曾一飽來？

　　（《詩集》卷三十四〈發孔鎮晨炊漆橋道中紀行十首之五〉）

稅負苛繁，地力磽薄，田父雖終年勞瘁，寸土不遺，而所入仍不足以溫飽，誠可痛已。嘉泰四年（西元 1204 年），又有詩曰：

　　豺虎深交雁鶩行，到官管取汝無妨。

　　只將剽劫爲喧鬧，喝放歸來儘陸梁。

　　群盜常山蛇勢如，一偷捕獲十偷扶。

　　十偷行賂一偷免，百姓如何奈得渠？

　　塗客前春荷一豬，城門賣得兩千餘。

　　明朝回到石斧嶺，連喫數刀今在無？

　　（《詩集》卷四十二〈十山歌呈太守胡平〉一之一、二、三）

幼輿子之官澧浦慈利監稅）。

地方下層官吏包庇盜賊，相濟爲惡，黎元如俎上魚肉，唯聽之宰割耳。
此詩直訴民瘼，使人如親見閭閻哀楚之情，有不能不惻然感動者。而
誠齋時年已七十八矣。他如〈視旱遇雨〉、〈明發石山〉（卷一）、〈憫
農〉、〈農家嘆〉（卷二）、〈和蕭伯和禱雨〉（卷三）、〈宿龍回〉（卷四）、
〈觀稼〉（卷七）、〈過白沙竹枝歌〉（卷二十八）、〈至後入城道中雜興〉
（卷四十一）等，皆咏歎民生疾苦之作，不能備舉。誠齋抱匡世濟民
之志，以未遂明主，壯懷不遂；然社稷蒼生，繫其心膂，發諸吟咏，
是爲其詩之嚴肅面。

　　誠齋因富民胞物與之熱情，故對耳目所及之蟲魚鳥獸、花草樹
木，莫不注視與關懷；益以處於宋代，對當世之詩風不能無所因承，
故其詩詠物者，多達五百二十餘首，動物如牛、鴉、鷺、寒雀、啄木
鳥、蟬、蜻蜓、蜘蛛、凍蠅、蜜蜂、螳螂、螞蟻、促織、魚等，植物
如楓、松、柳、竹、梅、菊、荷、桃、橘、梨、水仙、石榴、荔枝、
枇杷、櫻桃、銀杏、山茶等，無不入詩，而又以同情與欣賞之心態出
之，故其詠物詩偏多情趣。如詠鴉：

　　穉子相看只笑渠，老夫亦復小盧胡。
　　一鴉飛立鈎欄角，仔細看來還有鬚！（《詩集》卷十二）
鴉習於飛翔空中，一旦靜立於鈎欄角，逼近眼前，父子皆視之而笑。
末句謂鴉有鬚，表現詩人赤子之心，使讀者亦爲之莞爾。又如〈披仙
閣上觀酴醾〉：

　　仰架遙看時見些，登樓下瞰脫然佳。
　　酴醾蝴蝶渾無辨，飛去方知不是花。（《詩集》卷廿七）
酴醾盛發，仰觀固可，俯瞰更佳。蝶舞花間，渾然莫辨，直至飛去，
始知蝴蝶之非花也。二十八字，竟似春日賞花圖！誠齋詠物詩多類
此。是爲其詩之輕鬆面。

　　感懷國事、咏歎民生，與寫蟲魚草木之趣，二者截然不同，故構
成內容之兩面性，而爲誠齋詩特色之一。

　　清人光聰諧曰：「誠齋與放翁同在南宋，其詩絕不感慨國事，……

與放翁大不侔。」〔註35〕眞厚誣古人矣。誠齋詩之感慨國事，已如上述；況誠齋與放翁仕歷不同，其對國事之憂思與獻議，已表達於所撰〈千慮策〉、奏疏、及函牘中（參見第一章），居位以論政，固不待於詩也。歷代詩人而顯達者，莫不如此。使放翁爲誠齋，亦不致於詩中盡抒憂憤；若少陵爲玄宗所用，則杜詩當非今日面目，而「致君堯舜上，再使風俗淳。」及「許身一何愚，竊比稷與契。」〔註36〕等語，亦絕不見諸筆墨也。

二、遣詞之沖和性

誠齋淡泊爲懷，與人無爭；又或得諸理學素養，故對人生萬象，世情變化，皆能冷靜視之，理性處之；而出之於詩者，遂多沖寬和平之詞。中年以前，家徒四壁；刺常州時，猶有「兒啼索飯」之事（見《詩集》卷十二），然其詩絕少作苦語。如乾道元年（西元 1165 年）撰〈次昌英主簿叔乞米韻〉：

　　　魯公尚有粥爲食，盧老今無僧作鄰。
　　　文字借令眞可煮，吾曹從古不應貧。
　　　詩腸幸自無煙火，句眼何愁著點塵。
　　　俗子豈知貧亦好，未須容易向渠陳。（《詩集》卷三）

雖無米爲炊，然詩文窮而後工；且貧正所以勵進取，見節操；而此未可以爲俗人道也。其豁達如此。又志大才高，心存忠愛，惟宦途屢仆，終以贛州太守（未赴）免官，而同年及同僚則有貴爲宰執者；然其詩絕少作激憤語。如淳熙十五年（西元 1188 年）因論配享事忤孝宗，以直秘閣出知筠州，啓行之日有詩曰：

　　　出却金宮入梵宮，翠微綠霧染衣濃。
　　　三年不識西湖月，一夜初聞南澗鐘。
　　　藏室蓬山眞昨戲，園翁溪友得今從。
　　　若非朝士追相送，何處冥鴻更有蹤。

〔註35〕見《有不爲齋隨筆》庚卷。
〔註36〕見杜詩〈奉贈韋左丞丈〉及〈自京赴奉先縣詠懷〉。

（《詩集》卷二十七〈戊申四月九日得請補外初出國門宿釋迦寺〉）

泰然自得之情，見於字裏行間。又誠齋雖具經濟之才，抱家國之憂，然其詩絕不作夸飾語。此大異於放翁者。近人錢鍾書曰：「放翁詩余所喜誦，而有二癡事：好譽兒，好說夢。兒實庸材，夢太得意，已令人生倦矣。復有二官腔：好談匡救之略，心性之學；一則矜誕無當，一則酸腐可厭。」（《談藝錄》）譽平庸之兒、說得意之夢、談匡救之略，皆浮夸語也，而誠齋不爲。

綜觀誠齋詩，除憂怛國事、哀恤民生之作外，少有淒苦之音，罕見憤激之語，絕無浮夸之言。故遣詞之沖和性，又形成其詩之另一特色。

第四節　技巧與缺失

第一目　技　巧

誠齋作詩，他人以「活法」目之。案「活法」本「江西派」所深賞之詩筆，呂居仁曰：「學詩當識活法。所謂活法者，規矩備具，而能出於規矩之外；變化不測，而亦不背於規矩也。是道也，蓋有定法而無定法，無定法而有定法；知是者，可與語活法矣。謝玄暉有言：『好詩流轉圓美如彈丸。』此眞活法也。」〔註37〕所謂「有定法而無定法」，即以有法寓於無法之中。作詩之道，規矩律度固不可無，然善詩者必於規矩律度之中，力求縱橫變化。如學棋之有棋譜，習樂之有樂譜，而所貴在神明自得，逸乎譜外也。誠齋之詩，縱橫運轉如盤中丸，未可以一律拘，而要其終，亦不出於盤，故得謂爲「活法」。抑有進者：誠齋之詩，不僅清新圓美，變態多方；且其對事物之觀察體會，求全求深，「罄澄心以凝思，眇眾慮而爲言。」（陸機〈文賦〉），故筆下多前人未道之語，是其活法又不止於居仁所云之「活法」矣。然則誠齋有「活法」之實，而終不倡言「活法」者，豈以居仁之活法，有所未備耶！

〔註37〕見劉克莊〈江西詩派小序〉引呂居仁撰〈夏均父集序〉。

誠齋對事物之觀察、思考，與寫作之手法，常不守成法，不拘定法；異於古人，勝於時人。茲節就披覽所得，鈎稽其作詩技巧凡十，臚述於次。蓋紬其要者，藉略窺誠齋之「活法」為何如耳，非敢謂盡得其全也。

一、神於體物

宋人欲在唐人後別闢天地，故對所見所聞之細事微物，亦以入詩；而體察深入，著筆細緻，又出唐人之上。誠齋尤為此中之魁傑，其詩集中，詠物者逾十之一，可云夥矣；而多盡刻劃之能，人人所常覿，而人人所未道。如〈觀蟻二絕〉：

> 偶爾相逢細問途，不知何事數遷居？
> 微軀所饌能多少，一獵歸來滿後車。

> 一騎初來隻又雙，全軍突出陣成行；
> 策勳急報千夫長，渡水還爭一葦杭。（《詩集》卷十一）

此二絕對蟻之生活，觀察甚細密，摹寫極生動。而微軀、一獵二句，隱然有諷喻之意，又深得味外之旨也。又〈凍蠅〉云：

> 隔窗偶見負暄蠅，雙腳按挲弄曉晴。
> 日影欲移先會得，忽然飛落別窗聲。（《詩集》卷十二）

蠅之為物，人所共厭，而誠齋對之興味盎然，注視良久。詩人每保有童心，吾於誠齋見之。而「雙腳按挲」，蠅之神態畢具，堪稱妙語。又蠅撞於紙窗之上，響聲微細，非專注不易聞及，可見誠齋觀察入微，而筆觸細膩。又如〈宿潮州海陽館獨夜不寐〉：

> 臘前蚊子已能歌，揮去還來奈爾何！
> 一隻攪人終夕睡，此聲元自不須多。（《詩集》卷十九）

蚊子揮去還來，一隻在旁，終夕難安，可謂人人共有之經驗；然誠齋之先，無人道出。末句暗諷朝中小人，深婉有致。

誠齋詠物詩中，詠花者較詠他物為多，計一百七十餘首。如詠水仙花云：

> 韻絕香仍絕，花清月未清。天仙不行地，且借水為名。

開處誰爲伴，蕭然不可親。雪宮孤弄影，水殿四無人。

（《詩集》卷九）

寫水仙之清，想像極豐。又〈南溪早春〉：

還家五度見春容，長被春容惱病翁。

高柳下來垂處綠，小桃上去末梢紅。

捲簾亭館酣酣日，放杖溪山款款風。

更入新年足新雨，去年未當好時豐。（《詩集》卷三十九）

清人陳衍曰：「三、四寫桃、柳，一上一下，可謂體物瀏亮。」〔註38〕
堪稱的評。誠齋詠花詩中，又以詠梅居多，對各類梅花窮形極貌。如
咏殘梅：

雪已都消去，梅能小住無？雀爭飛落片，蜂獵未蔫鬚。

（《詩集》卷九〈梅殘〉）

梅於雪後本倍見精神，然此詩作於二月，春雪已融，梅亦將別去矣。
雀爭落瓣，蜂獵梅鬚，梅之零落如見。又詠冰裏梅花：

何人雙贈水精瓶？梅花數枝瓶底生：瘦枝尚帶折痕在，隔
瓶照見透骨明。大枝開盡花如雪，小枝未開更清絕；爭從
瓶口迸出來，其奈堪看不堪掇！人言水精初出萬壑時，欲
凝未凝如凍脂；上有江梅花正盛，吹折數枝墮寒鏡。玉工
割取到人間，琢出瓶子和梅看：至今猶有未凝處，瓶裏水
珠走來去。只愁窗外春日紅，瓶子化作「亡是公」！

（《詩集》卷十三〈梅花數枝篸兩小瓷瓶，雪寒，一夜二瓶凍裂，剝
出二水精瓶，梅花在焉，蓋冰結而為此也〉）

冰裏梅花，殊不易見，此詩瓶花雙寫，一瀉而成，極見工力。他如模
山範水、詠月歌雲之作，亦多且佳。如〈夜宿東渚放歌三首〉之三：

天公要飽詩人眼，生愁秋山太枯淡；旋裁蜀錦展吳霞，低
低抹在秋山半：須臾紅錦作翠紗，機頭織出暮歸鴉；暮鴉
翠紗忽不見，只見澄江淨如練。（《詩集》卷廿八）

三句以下，寫雲霞之態，變幻生奇，旋生旋滅，非誠齋健筆不能道也。

〔註38〕見陳氏編著《宋詩精華錄》卷三。

又如〈題興寧縣東文嶺瀑泉〉：

> 石如鐵色黑，壁立鏡面平。水從鏡面一飛下，蘄笛纖簞風
> 漪生。石知水力倦，半壁鍾作玉一泓；水行到此欲小憩，
> 後水忽至前水驚；分清裂白兩派出，跳珠躍雪雙龍爭。不
> 知落處深幾許？千丈井底碎玉聲。（《詩集》卷十九）

寫石壁與瀑泉，有靜有動，有色有聲；而造語刻意生新。如此歌行，非才情絕大者不能。至〈紀羅楊二子游南嶺石人峯〉長韻（見《詩集》卷十五），則周必大嘗云：「讀之如身履羊腸，耳聞斑寅，心膽震悸，毛髮森聳，詩能動人，一至是矣。」〔註39〕可知其形容之工。劉勰曰：「寫氣圖貌，既隨物以宛轉；屬采附聲，亦與心而徘徊。」（《文心雕龍·物色》）誠齋詩足以當之。故他人或善於體物，而余謂誠齋神於體物也。

二、慣於擬人

詩人凝神觀賞外物，以致渾然忘我，而不自覺以己之情感、意志、動作等心理活動移注於物，使死物生命化，無情事物有情化；此在美學中謂之「擬人作用」，或曰「移情作用」。用之於詩，在修辭學中謂之「擬人格」，或曰「人格化」。此種筆法，前代詩人用之不多，而誠齋則慣於使用。如詠月詩：

> 溪邊小立苦待月，月知人意偏遲出。
> 歸來閉戶悶不看，忽然飛上千峯端！
> （《詩集》卷八〈釣雪舟中霜夜望月〉）

> 秉燭趨省署，兩街猶閉門；素娥獨早作，碧沼瀚黝盆；
> 寶釦剝見漆，半稜光剩銀。忽作青白眼，圜視向我嗔！……
> （《詩集》卷二十五〈早入東省殘月初上〉）

> 坐久人將睡，更深月始明。素娥欺我老，偏照雪千莖！
> （《詩集》卷四十〈夏夜露坐〉）

月有喜怒，又弄人，欺人，真可愛復可憎矣。又如詠山詩：

> 萬山不許一溪奔，攔得溪聲日夜喧。

〔註39〕見「周益國文忠公集」《平園續藁》卷九〈跋楊廷秀石人峯長篇〉。

到得前頭山腳盡，堂堂溪水出前村。（《詩集》卷十六〈桂源舖〉）

山與溪鬬，但山有盡處，溪終得昂然而出。「堂堂」二字，令人聯想《論語·子張》篇：「堂堂乎張也！」及《孫子·軍爭》篇：「勿擊堂堂之陣。」乃悟誠齋用字之妙。山不僅與溪鬬，且山與山爭，山與人爭：

> 遠山高絕近山低，未必低山肯下伊！
> 定是遠山矜狡獪：跳青湧碧角幽奇。

> 嶺下看山似伏濤，見人上嶺旋爭豪。
> 一登一陟一回顧，我腳高時他更高！

（《詩集》卷二十八〈過上湖嶺望招賢江南北山四首〉之一、二）

山本靜止，然誠齋謂山與人爭勝，見人上嶺，山亦爬高；此山在誠齋視之，直似一狡獪之小猢猻矣。山又與江神聯手，施詭譎以弄人：

> 前山欺我船兀兀，結約江妃行小譎：
> 乘我船搖忽遠逃，見我船定忽孤出！
> 老夫敢與山爭強，受侮不可更禁當，
> 醉立船頭看到夕，不知山於何許藏？

（《詩集》卷二十八〈夜宿東渚放歌三首〉之一）

江神使船或搖或定，而船搖則山遁，船定則山出。詩人不甘侮弄，乃整日醉立船頭，看山更遁向何處？山點人癡，令人失笑；復不知此詩之妙在於寫山，抑寫詩人之醉語醉態也？又如詠花、草、稻、麥之詩：

> 細草搖頭忽報儂，披襟攔得一西風。
> 荷花入暮猶愁熱，低面深藏碧傘中。

（《詩集》卷十〈暮熱游荷池上五首〉之三）

> 秧纔束髮幼相依，麥已掀髯喜可知。
> 笑殺槿籬能耐事，東扶西倒野酴醾。

（《詩集》卷二十七〈過南蕩三首之一〉）

細草搖頭，為報風訊；荷花畏暑，以葉遮面；稻秧年幼，故爾相擁；麥因張芒，喜極大笑。設想及鑄詞俱妙。在誠齋筆下，宇宙萬物，乃皆有生命，有情感，與人類無異矣。

三、巧於譏刺

誠齋以爲詩之主要功能在諷刺譏議，〔註40〕故其詩常涵譏刺之意；然又主張當如〈國風〉、〈小雅〉之「好色而不淫」，「怨誹而不亂」；及《春秋》之「微而顯，忠而晦，婉而成章，盡而不汙。」〔註41〕故其譏刺之詩極少出以逕直顯豁之詞。如〈郡中上元燈減舊例三之二而又迎送使客〉詩：

> 村裏風回市裏聲，月中人看雪中燈。
> 滿城只道歡猶少，不道譙門冷似冰。（《詩集》卷十三）

此詩作於常州任內。案南宋與金人議和後，每逢年節，互派使臣往來相賀；所經之地，例須接待供應，州縣負擔極重，地方官吏及人民皆不勝其擾。詩題云云，已寓深意。首句言城市喧鬧之聲，因風送入鄉村；則鄉村之冷落可知矣。三、四句謂城中吏民猶嫌未能盡歡，不知捍衞國疆之戰士，在寒宵中荷弋達旦，其心情爲何如耶？實則隱諷當時君臣「直把杭州作汴州」，不存復國之念，更不知金人且夕可至也。又如〈宿靈鷲禪寺〉詩：

> 初疑夜雨忽朝晴，乃是山泉終夜鳴；
> 流到前溪無半語，在山做得許多聲。（《詩集》卷十四）

山泉在山時衝激作響，及與溪合，遂默然無聲。蓋隱諷當時士大夫，未仕之先，無不放言高論，慨然有攬轡澄清之志；一旦居官，則隨人俯仰，但求名位利祿，不復以國事爲念矣。又如〈寒食雨中同舍人約遊天竺得十六絕句呈陸務觀〉：

> 萬頃湖光一片春，何須割破損天眞？
> 却將葑草分疆界，葑外垂楊屬別人！（《詩集》卷二十二）

案《宋史·蘇軾傳》：「西湖多葑，自唐及錢氏，歲輒浚治；宋興，廢之，葑積爲田。軾取葑田積湖中，南北徑三十里，爲長堤以通行者，杭人名曰蘇公堤。」此詩似於東坡致不滿之意，實則隱刺南宋朝廷，

〔註40〕參閱第三章第二節第三目。
〔註41〕參閱第四章第一節第三目。

何故以錦繡河山之半，拱手送人？又《過揚子江二首》：

> 祇有清霜凍太空，更無半點荻花風。
>
> 天開雲霧東南碧，日射波濤上下紅。
>
> 千載英雄鴻去外，六朝形勝雪晴中。
>
> 攜瓶自汲江心水，要試煎茶第一功！
>
> 天將天塹護吳天，不數殽函百二關。
>
> 萬里銀河瀉瓊海，一雙玉塔表金山。
>
> 旌旗隔岸淮南近，鼓角吹霜塞北閑。
>
> 多謝江神風色好，滄波千頃片時間！（《詩集》卷廿九）

詩作於淳熙十六年（西元 1189 年）十一月，誠齋時為接伴金國賀正旦使。案當時金山絕頂建有「吞海亭」一座，亭舘壯麗，登望尤勝，每金使來聘，例延至此亭烹茶。第一首頸聯為借古弔今，「千載英雄」指劉、岳、韓、張諸將，「六朝形勝」指南宋小朝廷；尾聯語似超曠，意極沈痛；誠婉而諷，微而顯也。次首起聯謂長江天塹，險要過於殽函；而尾聯感謝江神助風，使舟行迅捷；其意則謂長江不可恃，而隱諷南宋之危在眉睫也。語極蘊蓄，而警闢有力。﹝註42﹞又〈舟過揚子橋遠望〉：

> 此日淮壖號北邊，舊時南服紀淮壖！
>
> 平蕪盡處渾無壁，遠樹梢頭便是天。
>
> 今古戰場誰勝負，華夷險要豈山川？
>
> 六朝未可輕嘲謗，王謝諸賢不偶然！（《詩集》卷廿九）

末聯謂東晉雖偏安江左，但王導、謝玄皆一時名將相，足以禦侮保國。蓋隱謂今日朝廷，小人充斥，賢者無所用，恐東晉之不若也。又〈清曉出郭迓客七里莊〉：

> 偏得春憐是柳條，腰肢別作一般嬌。
>
> 微風不動渠猶舞，剛道春風轉舞腰。（《詩集》卷三十五）

此詩明寫柳枝，暗諷一般朝官俛首低眉，仰人鼻息，至如柳枝無風而舞，可憐亦復可笑也。誠齋譏刺之詩，其詞婉意微，往往如此。案誠齋嘗舉蘇公刺暴公之詩為例，以為三百篇之後，此味絕矣，惟晚唐諸子及半山

﹝註42﹞用今人周汝昌之說。

老人差近之。〔註43〕誠齋寢饋有年，半山之後，惟誠齋得之矣。

四、精於屬對

誠齋詩雖力求擺脫，然天分、學力所至，驅遣文字，任意搬弄，其技巧於無意間出之，往往不求工而自工。如近體詩格律，貴在屬對，而誠齋詩對偶之佳者，所在多有。如張季長以綠研寄誠齋，爲人以栢木簡換去，誠齋作詩謝之，有句云：「如何綠玉涵風面，化作青銅溜雨枝。」宋人黃昇以爲奇對。〔註44〕又爲廣東提刑時，督軍求盜，過普寧縣瘦牛嶺，有詩云：「平生豈願乘肥馬，臨老須教過瘦牛。」宋人韋居安以爲的對。〔註45〕又如〈寒食雨作〉詩：「晚寒政與花爲地，曉雨能令水作天。」近人陳衍以爲天地作對，工而自然。〔註46〕又〈暮泊鼠山聞明朝有石塘之險〉詩：「雁來野鴨却驚去，我與舟人俱仰看。」陳衍評曰：「三、四似不對，而似無字不對，流水句似此方非趁筆。」〔註47〕誠齋之精於對仗蓋如此。又今人錢鍾書以爲歷代詩人中，近體作對格式較夥者不過五家；而誠齋與焉。「其中佳對，巧勿可階，而曲能悉達，使讀者忘格律之窘縛，亦詩之適也。」（《談藝錄》）今觀其近體詩對仗，常用叠字，或一字數字重出，其意蓋欲陳樣翻新，不肯襲常蹈故也。茲分類各摘一、二例如次，以爲斑豹之窺焉。

（一）叠　字

1、句首叠字

碌碌堪朝列，星星已鬢華。

（《詩集》卷六〈詔追供職學省曉發鳴山馹〉）

細細一風寒裏暖，時時數點雨中晴。

（《詩集》卷十六〈萬安道中書事〉）

〔註43〕見第四章第一節第三目引〈頤菴詩薰序〉。

〔註44〕誠齋詩見《詩集》卷二十五〈利州路提刑秘書張季長送洮研發視乃一段柏木也作詩謝之〉。黃昇語見《詩人玉屑》引《玉林詩話》。

〔註45〕誠齋詩見《詩集》卷十九〈過瘦牛嶺〉，韋居安語見《梅磵詩話》。

〔註46〕誠齋詩見《詩集》卷十，陳衍語見《宋詩精華錄》卷三。

〔註47〕誠齋詩見《詩集》卷二十一，陳衍語見《宋詩精華錄》卷三。

2、句尾叠字

一風來瑟瑟，萬竹冷修修。

（《詩集》卷三十八〈擬吉州解試秋風楚竹吟詩〉）

積雨乍晴還楚楚，東風小暖莫匆匆。

（《詩集》卷三十八〈萬花川谷海棠盛開〉）

3、上腰叠字

開窗片片灑人面，送眼山山呈玉肌。

（《詩集》卷三十三〈泊姑蘇城外大雪〉）

山轎聲聲柔觔緊，葛衣眼眼野風清。

（《詩集》卷三十七〈六月將晦夜出凝歸門〉）

4、下腰叠字

寒生更點當當裏，雨在梅花蔌蔌邊。

（《詩集》卷九〈書齋夜坐〉）

飽餐蘭菊枝枝月，醉灑雲煙句句霜。

（《詩集》卷四十二〈送廬陵宰趙材老〉）

5、句首及上腰叠字

紅紅白白花臨水，碧碧黃黃麥際天。

（《詩集》卷二十七〈過楊村〉）

6、句中叠字

近嶺已看看遠嶺，連峯不愛愛孤峯。

（《詩集》卷三十四〈過謝家灣〉）

7、句首及下腰叠字（且爲同一字）

低低簷入低低樹，小小盆栽小小花。

（《詩集》卷二十四〈題水月寺寒秀軒〉）

8、上腰及下腰叠字

自慚下下中中語，只合休休莫莫傳。

（《詩集》卷二十五〈再拜和謝朱叔正機宜投贈獎及南海集之句〉）

9、句首、句中及句尾叠字

節節生花花點點，茸茸曬日日遲遲。

（《詩集》卷三十三〈紅錦帶花〉）

（二）重　出

1、一、三字重出

　　兩窗兩橫卷，一讀一沾襟。(《詩集》卷四十二〈夜讀詩卷〉)

　　春後春前雙雪鬢，江南江北一茅廬。(《詩集》卷九〈夜坐〉)

2、二、五字重出

　　舊雨仍新雨，今年勝去年。(《詩集》卷三〈和周仲容春日〉)

　　韻紹香仍絕，花清月未清。(《詩集》卷九〈水仙花〉)

3、二、六字重出

　　急讀何如徐讀妙，共看更勝獨看渠。

　　(《詩集》卷二十九〈與長孺共讀東坡詩〉)

　　十程擬作一程快，一日翻成十日留。

　　(《詩集》卷三十四〈從丁家洲避風行小港出荻港大江〉)

4、三、六字重出

　　却入青原更青處，飽看黃本硬黃書。

　　(《詩集》卷三〈賀澹菴先生胡侍郎新居落成〉)

5、四、七字重出

　　絕知將種仍詩種，不放騷人與外人。

　　(《詩集》卷二十一〈答提點綱馬驛程劉修武翰〉)

　　大田今日非昨日，多稼新秋勝舊秋。

　　(《詩集》卷四十二〈病中喜雨呈李吉州〉)

6、五、七字重出

　　身行楚嶠遠更遠，家寄秦淮東復東。

　　(《詩集》卷三十五〈風花〉)

（三）疊字兼重出

1、二、六重出，四、五疊字

　　鷗邊野水水邊屋，城外平林林外山。

　　(《詩集》卷十〈苦熱登多稼亭〉)

2、三、六重出，四、五疊字

　　無夕不談談不睡，看薪成火火成灰。

（《詩集》卷五〈送周仲覺來訪又別〉）

絕壁入天天入水，亂篙鳴石石鳴船。

（《詩集》卷三十六〈閶門外登溪船〉）

3、三、七重出，五、六疊字

同花異葉枝枝異，一種樂枝節節樂。

（《詩集》卷四十一〈瑞香盛開呈益國公〉）

疊字可摹景入神，然最難下，如用之妥當，足令全篇生色。至一字或
數字重出，以之對偶，亦非有才情者不能，故昔人謂之「巧變對」。
誠齋於此二者皆優為之，真所謂能者無所不能也。

五、善於用典

誠齋詩多明暢易曉，或以為少用故實，其實不然，特覽者未覺耳。
蓋誠齋用典多暗用、活用，似繫風捕影，未有迹也。如〈普明寺見梅〉
詩：

城中忙失探梅期，初見僧窗一兩枝。
猶喜相看那恨晚，故應更好半開時。
今冬不雪何關事，作伴孤芳却欠伊。
月落山空正幽獨，慰存無酒且新詩。（《詩集》卷一）

此詩結聯老嫗能解，然亦有故實在焉。七句乃用漢張衡〈思玄賦〉：「幽
獨守此仄陋兮」，及陳子昂〈感遇詩〉：「幽獨空林色」。又案《龍城錄》
曰：「隋開皇中，趙師雄遷羅浮。一日，天寒日暮，在醉醒間，因憩
僕車於松林間酒肆傍舍。見一女人，淡妝素服，出迓師雄。時已昏黑，
殘雪對月，色微明。師雄喜之，與之語，但覺芳香襲人，語言極清麗。
因與之叩酒家門，得數杯，相與飲。少頃，有一綠衣童來，笑歌戲舞，
亦自可觀。頃之醉寢，師雄亦懵然，但覺風雨相襲。久之，時東方已
白，師雄起視，乃在大梅花樹下，上有翠羽，啾嘈相顧，月星參橫，
但惆悵而已！」［註48］誠齋蓋暗用此故實。八句曰「無酒」，又反用

［註48］《龍城錄》二卷，舊題柳宗元撰。《唐志》未收，《朱子語錄》謂王
銍偽作。清「四庫全書」仍附入《五百家注柳先生文集》內。但《四
庫提要》辨為他人偽作，另列「小說家類」「存目」。

之。覽者倘不之察，烏知其於此坦易之結聯中，寓有古人成言，且暗用、反用一典耶？又〈兒啼索飯〉詩：

> 飽暖君恩豈不知，小兒窮慣只長飢。
>
> 朝朝聽得兒啼處，正是炊粱欲熟時。（《詩集》卷十二）

此詩更淺白，乍讀只道尋常敘事，然末句亦暗用唐人傳奇《枕中記》之故實。意謂本不強求富貴，今聞小兒啼飢之聲，益如黃粱夢醒矣。又〈初秋戲作山居雜興俳體十二解〉：

> 卓午從他火繖張，先生別有睡爲鄉。
>
> 竹牀移徧兩頭冷，瓦枕翻來四面涼。（《詩集》卷三十九）

此詩末句如口語，然亦有來歷。宋趙彥衛撰《雲麓漫鈔》有曰：「介甫嘗言：『夏月晝睡，方枕爲佳。』問其何理？曰：『睡久氣蒸枕熱，則轉一方冷處。』是則眞知睡者耶！」誠齋用典常渾然無迹，一若胸臆語，人不知其用典也。

六、工於作結

　　誠齋以爲「詩已盡而味方永，乃善之善也。」（《誠齋詩話》）故其詩結局變化多方，而每臻超妙。本目三項引〈過揚子江二首〉，結聯筆力雄健，而含蘊深沈，即其一例。其他結句之佳者，不可殫舉，茲再記數首於後：

> 江欲浮秋去，山能渡水來。娿隅蠻語雜，欵乃楚聲哀。
>
> 寒早當緣閏，詩成未費才。愁邊正無奈，歡伯一相開。
>
> （《詩集》卷一〈題湘中館〉）

此詩前六句寫景述事，語勢未了，而末聯急轉，以情收束；初言愁思萬端，繼言借酒寬解；蘊藉淳蓄，餘情盪漾。又首聯極寫秋水江天之浩蕩，兩相對照，末聯益覺有無限蒼涼之感矣。又：

> 幽人睡正熟，不知江雨來。驚風颯然起，聲若山嶽摧。起坐不復寐，萬感集老懷。……即今踰知命，已先十年衰；不知後此者，壯心肯更回？舊學日疏蕪，書冊久塵埃；聖處與天似，而我老相催！坐念慨未已，東牕晨光開。
>
> （《詩集》卷十一〈夜雨〉）

此詩寫夜坐聽雨之心情與感慨，嘆身心之已衰，傷壯志之未酬；但落句以景作結，曙光熹微，象徵前途之無窮希望。一句扭轉全篇，使人吟之，餘味盎然。又：

　　繡簾無力護東風，燭影何曾正當紅。

　　獸炭貂裘猶道冷，梅花不易玉霜中。（《詩集》卷十三〈夜坐〉）

此詩作於正月初，寫天寒風厲之狀。前三句俱作勢，末句廻峯一轉，乃言梅花猶自傲寒霜；氣勢沈雄，使全篇俱活。而雖寫梅花，實亦誠齋之自況也。又：

　　南山有新觀，大殿初落成。入門山脊動，仰目天心橫。

　　柱起龍活立，簷飛鵬怒升。影入西湖中，失盡千峯稜。

　　天竺拉靈隱，駿奔總來庭。老禪定何巧，幻此壯玉京？

　　書生茅三間，飢眠方曲肱。

　　　（《詩集》卷二十五〈九月十日同尤延之觀淨慈新殿〉）

此詩極寫淨慈新殿之嵯峨壯麗，而問老僧以何種法門變化出此，遂令行都生色？結二句忽一筆宕開，乍看似不接續，實則筋脈相連。蓋淨慈新殿當時具名「淨寺報恩光孝禪寺」，凡稱「報恩光孝」之寺，皆用以紀念徽宗者，故大事修建，奢麗無度，耗費公帑，其數至鉅。而民生凋敝，國計維艱，罔所顧及。誠齋指老禪為問，意則另有所屬，特不欲形諸文字耳。而結二句極言書生之貧，以與新殿相對照，語雖淺近，實則寄興遙深。蓋士大夫之寒素如此，則田夫漁婦，尚忍聞問耶！又：

　　朔吹憎船進，東墩讓雨行。雲隨青嶂動，鴉度白雲明。

　　淹泊寧吾願？吟哦且客情。江邊一株柳，憔悴似餘生。

　　　（《詩集》卷三十六〈阻風鄉口一日，詰朝船進，雨作，再小泊雷江〉）

此詩作於江東副使任。起聯言風雨之驕橫；三、四寫景；五、六已露惆悵之意，雖言舟次淹泊，蓋亦隱喻仕途之多艱也。結聯又以景收，江邊弱柳，飄搖於勁風苦雨中，淒涼憔悴，一似詩人。末句情景交融，而不道我似柳，反曰柳似我，尤能曲傳心事，極唱歎之致也。

七、描摹動態

　　誠齋神於體物，前已言之。至對物之動態，則尤長於描摹，鉅細

靡遺。方回謂其詩「飛動馳擲」，〔註49〕今人錢鍾書曰：「誠齋善寫生。……如攝影之快鏡，兔起鶻落，鳶飛魚躍，稍縱即逝而及其未逝，轉瞬即改而當其未改，眼明手捷，蹤矢躡風，此誠齋之所獨也。」（《談藝錄》）蓋讀後有得之言。茲特不避贅瑣，拈舉數詩於次，以闡明誠齋之所長。

> 清晨洗面開篷門，巨螳螂在水上奔；
> 前怒兩臂秋竹竿，後拖一腹春漁船。
> 偶然拾得破蛛網，挈取四角沈重淵。
> 柳上螳螂工捕蟬，水上螳螂工捕鱣。
> 捕蟬頓頓得蟬食，捕鱣何曾得鱣喫？
>
> （《詩集》卷三十六〈水螳螂歌〉）

此詩狀水螳螂奔行之態，極爲傳神。

> 老夫不奈熱，跣足坐瓦鼓。臨池觀游魚，定眼再三數。
> 魚兒殊畏人，欲度不敢度。一魚試前行，似報無他故；
> 眾魚初欲隨，幡然竟回去。時時傳一杯，忽忽日將暮。
>
> （《詩集》卷三十七〈觀魚〉）

此寫游魚欲行不敢，將行又回，眞如攝影之快鏡，而筆致極細。

> 雨足山雲半欲開，新秧猶待小暄催。
> 一雙百舌花梢語，四顧無人忽下來。
>
> （《詩集》卷三十八〈積雨小霽〉）

此詩僅以末二句寫百舌鳥，然鳥之動態，宛然在目。「四顧無人」四字，生動之至；誠齋觀察之敏銳，於此可見。

> 人煙懨懨不成村，溪水微茫劣半分；
> 流到前灘忙似箭，不容雨點稍成紋。
>
> （《詩集》卷十六〈小溪至新田〉）

此詩末二句寫溪水激湍，狀若飛箭，以至雨點甫落，即被衝散；其描摩之眞切，令人歎服。

> 上得船來恰對山，一山頃刻變多般：
> 初堆翠被百千摺，忽拔青瑤三兩竿。

〔註49〕見張鎡著《南湖集》卷首方回撰〈讀功父南湖集詩并序〉。

> 夾岸兒童天上立，數村樓閣電中看。
>
> 平生快意何曾夢，老向閶門下急灘。
>
> （《詩集》卷三十六〈閶門外登溪船〉）

此詩寫船下急灘時所見之山容岸景，直如今日之電視錄影，生動逼真，雖身歷其境亦不能道出。誠齋之善于描摹動態，可見一斑。

八、設計層次

誠齋詩固不乏隨興漫成者，然精思力構者亦多。蘇東坡謂「元輕白俗」，然白詩之病在於盡，不在於俗；而誠齋則多寓意曲折，含咀不盡之作。清人陳衍曰：「宋詩中如楊誠齋，非僅筆透紙背也。他人詩，只一摺，不過一曲折而已；誠齋則至少兩曲折。他人一摺向左，再摺又向左；誠齋則一摺向左，再摺向左，三摺總而向右矣。」（《陳石遺先生談藝錄》）此言誠齋詩曲折有層次，可謂別具隻眼。今略舉數例，以證陳氏之知言。

> 愛他休日更新晴，忍却春寒上古城。
>
> 廢壘荒蘆無一好，春來微徑總堪行。
>
> （《詩集》卷九〈休日登城〉）

此詩先言冒寒登古城，則古城必有可賞之景矣。三句忽一轉，謂一無可觀者；結句乃又反說，謂春光明媚，雖羊腸微徑，亦可遊目騁懷。是二十八字中，有二轉折，三層次矣。又：

> 天齊浪自說浯溪，峽與天齊眞箇齊。
>
> 未必峽山高爾許，看來只恐是天低！
>
> （《詩集》卷十八〈峽山寺竹枝詞〉）

此詩首句言浯溪齊天之說，爲無根之談；次句一轉，謂此峽眞與天齊；三、四句忽又自我否定，謂恐是天低，故覺峽高。眞縱橫出沒，莫可臆度矣。至五、七古則曲折尤多，層次尤富。如〈夏夜玩月〉詩：

> 仰頭月在天，照我影在地；我行影亦行，我止影亦止。
>
> 不知我與影，爲一定爲二？月能寫我影，自寫却何似？
>
> 偶然步溪旁，月却在溪裏！上下兩輪月，若個是眞底？
>
> 爲復水似天，爲復天似水？（《詩集》卷四十）

此詩前四句爲一意；五、六句另出新意。七、八忽一轉，問月自寫其
影則何如？問語甚妙。九至十二句又一轉，謂月在溪中，不知上下兩
月，何者爲眞？末二句再一轉，問溪與天何者爲主，何者爲客？設問
甚奇；而全篇乃四層次矣。又如〈重九後二日同徐克章登萬花川谷月
下傳觴〉詩：

> 老夫渴急月更急，酒落杯中月先入：
> 領取青天併入來，和月和天都蘸濕。
> 天既愛酒自古傳，月不解飲眞浪言。
> 舉杯將月一口吞，舉頭見月猶在天。
> 老夫大笑問客道：月是一團還兩團？
> 酒入詩腸風火發，月入詩腸冰雪潑：
> 一杯未盡詩已成，誦詩向天天亦驚。
> 焉知萬古一骸骨？酌酒更吞一團月！（《詩集》卷三十七）

此詩每兩句一轉折。五、六句乃承一、二句而言；七、八句乃承三、四
句而言。九、十句由獨飲而爲對語，十一至十四句寫酒後種種；末二句
以感慨作結。全篇寥寥十六句，而兩句一轉，靈變莫測；層次之多，直
如重巒叠嶂，令人難以擒捉矣。至於氣勢豪雄，彷彿太白，猶其餘事也。

九、以俗為雅

誠齋有意爲淺白樸拙，故常以俗語入詩。用俗語本爲宋人作詩之
通例，而誠齋獨多。然誠齋嘗誡初學者用俗語須經前輩取鎔，乃可因
承；〔註50〕其詩中所用俗語，則多經烹鍊，鮮有率爾出之者，故能以
俗爲雅。如：

> 已坐詩臞病更羸，諸公剛欲餞湘湄。
> 夜浮一葉逃盟去，已被沙鷗聖得知！
>
> （《詩集》卷一〈夜離零陵，以避同僚追送之勞，留二絕簡諸友〉）

案「聖」乃唐、宋時俗語，義爲有神通（聰慧過人）。韓愈已先用之：
「泥盆淺小詎成池，夜半青蛙聖得知。」（〈盆池五首〉）

〔註50〕參閱第四章第一節第二目。

　　兩月春霖三日晴，冬寒初暖稍秧青。

　　春工只要花遲著，愁損農家管得星！（《詩集》卷二〈農家嘆〉）

案「星」爲俗語，即「一星半點」之意。「管得星」，猶云「不管」，語意極沈痛。

　　大熟虛成喜，微生亦可嗟。禾頭已生耳，雨腳尚如麻。

　　頃者官收米，精於玉絕瑕。四山雲又合，奈爾老農家！

　　（《詩集》卷四〈宿龍回〉）

案「禾生耳」爲俗語，指久雨之後，禾穗黴爛發黑。唐張鷟撰《朝野僉載》記諺語有云：「秋雨甲子，禾頭生耳。」

　　村落豐登裏，人家笑語聲。溪霞晚紅濕，松日暮黃輕。

　　只麼秋殊淺，如何氣許清？不應久閑散，便去羨功名。

　　（《詩集》卷五〈秋日晚望〉）

案「只麼」爲俗語，猶云只如此。

　　忽傳故人去，得書墨未乾；又傳故人亡，驚悼摧肺肝！

　　鼎貴良獨佳，安貧未遽賢；向以我易彼，安知不作難？

　　（《詩集》卷十〈聞一二故人相繼而逝感嘆書懷〉）

案「作難」爲俗語，即「爲難」之意。今口語猶如此。

　　劍外歸乘使者車，浙東新得左魚符。

　　可憐霜鬢何人問，焉用詩名絕世無？

　　彫得心肝百雜碎，依前塗轍九盤紆。

　　少陵生在窮如蝨，千載詩人拜寒驢。

　　（《詩集》卷二十二〈跋陸務觀劍南詩稿〉）

案「百雜碎」爲俗語，猶言「細碎」之意。

　　道旁小樹復低枝，摘盡青梅肯更遺？

　　偶爾葉間留一箇，且看漏眼幾多時？

　　（《詩集》卷二十七〈亦山亭前梅子〉）

案「漏眼」爲俗語，即「遺漏未見」之意。今口語猶如此。

　　路入宣城山便奇，蒼虯活走綠鸞飛；

　　詩人眼毒已先見，却旋裹雲作翠幰。

　　（《詩集》卷三十四〈曉過花橋入宣州界〉）

案「眼毒」爲俗語，猶言眼尖、眼屬害。

> 擣籃作雨兩宵傾，生怕難乾急放晴；
> 一路東皇新曬染，桑黃麥綠小楓青。

> （《詩集》卷三十五〈寒食前一日行部過牛首山〉）

案「生怕」爲俗語，猶言只恐怕。今口語仍如此。

> 飲酒無奇訣，且斟三四分；初頭只嫌淺，忽地有餘春。
> 身外多少事，燈前仔細論。絕憐青女老，忍冷撒瓊塵。

> （《詩集》卷四十〈夜飲〉）

案「初頭」爲俗語，猶言開頭、開始時。

　　誠齋詩中，其他俗語尚多，如「拚却」、「著腳」、「底處」、「作麼生」、「打閑」、「嶄新」、「無籍在」、「打頭」、「擔閣」、「沒十成」、「片子時」等等，不必備舉。然因前後左右烘托得法，故用之不覺其俗。今人陳衍曰：「誠齋又能俗語說得雅，粗語說得細。」（《石遺室詩話》卷十六）其言良是。

十、因事出奇

　　誠齋具極精密之觀察力，與極靈敏之思維力；故隨物賦形，因事起意，而能構思精巧，設想超絕；其詩遂多有他人未道之奇語，沁人心脾，耐人咀味。茲舉數例於左：

> 老來無面見毛錐，猶把閑愁付小詩。
> 若道愁多頭易白，鷺鷥從小鬢成絲。（《詩集》卷七〈有歎〉）

髮因愁白之句，昔人詩中多有之，如老杜曰：「惆悵頭更白。」誠齋則作翻案語，而以鷺鷥爲證，使人不能不服其幽默與狡獪。

> 五十如何是後生？呼兒拔白未忘情。
> 新年只道無功業，也有霜髭六七莖。（《詩集》卷九〈鑷白〉）

視「霜髭」爲功業，可謂奇想！雖曰自嘲，然非誠齋不能道。

> 野菊荒苔各鑄錢，金黃銅綠兩爭妍；
> 天公支與窮詩客，只買清愁不買田。（《詩集》卷十五〈戲筆〉）

菊葉與青苔皆圓形，狀似古代之銅錢；二物惟詩人觀賞，蓋天公用以供詩人買愁也。全篇構思奇巧。

> 懊惱春光欲斷腸，來時長緩去時忙；
> 落紅滿路無人惜，踏作花泥透腳香。

《詩集》卷十六〈小溪至新田〉

落花滿路，已無香氣；縱有之，亦絕不能穿透腳背，而誠齋乃有「透腳香」之語，設想極為新奇。

> 小立層臺岸幅巾，除鶯作伴更無人。
> 曉風草草君知麼？不為高荷惜水銀。

《詩集》卷十六〈六月九日曉登連天觀〉

曉風何以急遽呼嘯？蓋欲摧毀荷葉上之露珠。設問自答，堪稱妙語。

> 大磯愁似小磯愁，篙稍寬時船即流。
> 撐得篙頭都是血，一磯又復在前頭。

《詩集》卷十八〈過顯濟廟前石磯竹枝詞〉

案石磯峙立江中，使江水受阻而迴旋洶湧，最為行船之險。故逆行之船，舟人須極力撐篙，始能通過；稍一鬆力，船即順流倒退而下。然雖用力極至，篙頭亦不致流血。三句極言舟人用力之苦，造語奇險。

> 若見邱遲問老夫，為言臞似向來臞。
> 更將雙眼寄吾弟，帶去稽山看鑑湖。

《詩集》卷二十四〈走筆送濟翁弟往浙東謁邱宗卿〉

案稽山即會稽山，鑑湖又名鏡湖或慶湖。誠齋竟欲以雙目付之濟翁，俾觀賞會稽山水，設想奇絕。

> 水色本正白，積深自成綠。江妃將底藥，軟此千里玉？
> 詩人酒未醒，快吸一川淥。無物嚥清甘，和露嚼野菊。

《詩集》卷二十八〈江水〉

他人寫江水多寫實景，而誠齋凌空著筆，三句以下，詞意俱妙。

> 北風五日吹江練，江底吹翻作江面。大波一跳入天半，粉
> 碎銀山成雪片。五日五夜無停時，長江倒流都上西。計程
> 一日二千里，今踰灩澦到峨眉。更吹兩日江必竭，却將海
> 水來相接。老夫早知當陸行，錯料一帆超十程；如今判却
> 十程住，何策更與陽侯爭？水到峨眉無去處，下梢不到忘
> 歸路。我到金陵水自東，只恐從此無南風。

（《詩集》卷三十四〈池口移舟入江，再泊十里頭潘家灣，阻風不止〉）

此詩寫逆風，而全就江水西流著想，語極驚人。誠如清人陳衍云：「驚人語，乃未經人道矣。」（《宋詩精華錄》）

誠齋每因事出奇，生奇想，造奇語。故宋劉克莊曰：「今人不能道語，被誠齋道盡。」（《後村詩話》）陳衍曰：「（誠齋）大畧淺意深一層說，直意曲一層說，正意反一層、側一層說。」（《石遺室詩話》）錢鍾書亦曰：「人所未言，我能言之；誠齋之化生爲熟也。」（《談藝錄》）欲明誠齋作詩之活法者，或可於此處得其一斑。

第二目　缺　失

誠齋作詩技巧，概如前述，雖有未盡，然其「活法」大抵可見。惟以無時無地不吟咏，無事無物不入詩，遂不免有挾泥沙以俱下者，而爲後人所詬病。考其極少數篇什之缺失：一曰失之浮滑，二曰失之俚俗，三曰失之粗率。茲各揭例如次：

一、失之浮滑

雨裹船中不自由，無愁稊子亦成愁；

看渠坐睡何曾醒，及至教眠却掉頭。

（《詩集》卷二十七〈嘲稊子〉）

月色幸自好，元無半點雲；

移牀來一看，雲月兩昏昏。（《詩集》卷三十四〈問月〉）

千萬重山見復遮，兩三點雨直還斜。

行穿錦巷入雪巷，看盡桃花到李花。

（《詩集》卷四十〈辛酉正月十一日東園桃李盛開〉）

看花不合在花間，外面看來錦一般；

每一園花三丈許，紅花圍繞白花圍。

（《詩集》卷四十〈溪邊回望東園桃李〉）

類此之詩，似信筆而成，雖爲數極尟，然意淺詞滑，終非佳構。

二、失之俚俗

上巳春陰政未開，寒窗愁坐冷如灰。

凍蠅觸紙飛還落，仰面翻身起不來。（《詩集》卷十〈上巳〉）

可惜新年雨未多，不妨剩與決天河。

農人皺得眉頭破，無水種秧君奈何！

（《詩集》卷十六〈明發海智寺遇雨〉）

南中冷暖眞難齊，一日之間具四時。

脫了又添添又脫，寒衣暑服鎮相隨。

（《詩集》卷十七〈二月將半寒暄不常〉）

村店事事無，秋熱夜夜至。

一張好竹牀，無人將去睡。（《詩集》卷三十四〈村店竹牀〉）

一更打二點，夜夜此時睡。

今夜當此時，不睡緣底事？（《詩集》卷三十四〈將睡〉）

類此之詩，似嫌俚俗太甚，如「仰面翻身起不來」之句，幾近民謠，
或不能不視爲敗筆也。

三、失之率露

江梅珍重雪衣裳，薄相紅梅學杏裝：

渠獨小參黃面老，額間艷艷發金光。（《詩集》卷十二〈蠟梅〉）

非關枕上愛吟詩，聊復銷愁片子時。

老眼強眠終不夢，空腸暗響訴長飢。

翻來覆去體都痛，乍暗忽明燈爲誰？

只道晝長無那著，夜長難奈不曾知。（《詩集》卷十五〈不寐〉）

吾州五馬住閩山，分我三山荔子丹。

甘露落來鷄子大，曉風凍作水晶團。

西川紅錦無此色，南海綠羅猶帶酸。

不是今年天不暑，玉膚照得野人寒。

（《詩集》卷四十〈走筆謝吉守趙判院分餉三山荔子〉）

尤蕭范陸四詩翁，此後誰當第一功？

新拜南湖爲上將，更差白石作先鋒。

可憐公等俱癡絕，不見詞人到老窮。

謝遣管城儂已晚，酒泉端欲乞移封。

　　　（《詩集》卷四十二〈寄張功父姜堯章〉）

上列諸詩，如「額間豔豔發金光」、「翻來覆去體都痛」、「甘露落來雞
子大」等句，似皆出手粗率，難謂非白璧之玷。

第五節　影　響

　　誠齋於唐人及蘇、黃諸大家之後，奮其健筆，自開戶牖，其詩在
當時已風靡士林；姜特立有〈謝楊誠齋惠長句〉詩曰：「今日詩壇誰是
主？誠齋詩律正施行。」（《梅山續稿》卷一）可知其時效「誠齋體」者
甚眾。自元迄今，賞者日稀，然仍有少數別具識見之士，宗之效之。今
略舉以詩擅名而效誠齋者數人，藉知誠齋一脈，至清季猶未絕也。

一、張　鎡

　　張鎡篤賞誠齋，尊之為師。〔註51〕鎡詩清新雋永，不乏與「誠
齋體」相似之處。遺有《南湖集》，「四庫全書」收。茲錄三首如次：

　　　朝朝摘白髮，新生亦非黑。

　　　縱使白不生，禿翁還諱得？（〈戲成白髮二首〉之二）

　　　因病經句不賦詩，無詩病思轉難支。

　　　今朝詩句未成了，已覺全無病可醫。（〈園中雜書〉）

　　　風掠浮萍水面來，翠綃成段接還開。

　　　無情却似多情物，不到詩中不肯回。（〈南湖上觀萍〉）

二、劉克莊

　　克莊詩論上承誠齋之餘波，上章已論及。案克莊嘗自謂其詩「初
由放翁入，後喜誠齋……手鈔口誦。」〔註52〕又云：「老去僅名小家
數，向來曾識大宗師。……誠叟放翁幾日死，著鞭萬一詩肩隨。」
〔註53〕其對誠齋之服膺，於此可見；故其詩頗有近誠齋者。有《後

〔註51〕張鎡與誠齋交遊始末，詳第二章第四節第三目。
〔註52〕見《後村先生大全集》卷九十六〈劉楮集序〉。
〔註53〕見前書卷三十五〈病起十首〉。

村大全集》行世。今錄三首如次：

> 日日抄書懶出門，小窗弄筆到黃昏。
> 丫頭婢子忙勻粉，不管先生硯水渾。（〈歲晚書事〉）

> 老子無糧可禦冬，強鳴飢吻和寒蛩。
> 舍南舍北花如雪，止嚥清香飽殺儂。（〈病後訪梅〉）

> 池上秋開一兩叢，未妨冷淡伴詩翁。
> 而今縱有看花意，不愛深紅愛淺紅。（〈芙蓉〉）

三、方　回

方回，字萬里，號虛谷，宋景定三年（西元 1262 年）進士，知嚴州。入元為建德路總管，尋罷，遂肆意於詩。有《桐江集》、《桐江續集》、及《瀛奎律髓》等行世。虛谷嘗稱誠齋詩「時出奇峭，然無一語不天成」；〔註54〕《瀛奎律髓》選誠齋詩三十一首之多，且於〈至日後十日雪中觀梅〉詩批註曰：「千變萬化，橫說直說。學者未至乎此，不可便以為率。」可見其對誠齋之傾倒。案其所撰〈送俞唯道序〉及〈桐江續集序〉二文，知其詩出入於誠齋與放翁，而歸於「江西」。故亦有誠齋詩之風味。茲錄三首於次：

> 江行初見雪中梅，梅雨霏微棹始廻。
> 莫道無人肯相送，廬山猶自過湖來。（〈過湖口望廬山〉）

> 客裏花都盡，初聞曉樹鶯。
> 鶯聲雖已老，畢竟是鶯聲。（〈四月一日早聞鶯〉）

> 密樹陰陰小石臺，雨餘更綠幾痕苔。
> 蝸牛上到葵花頂，日出如何下得來？（〈雨餘早起〉）

四、袁　枚

袁枚深推誠齋，其所主「性靈說」即繼響誠齋之詩論，前已言之。其詩出入誠齋、放翁，自謂「不矜風格守唐風，不和人詩鬭韻工。」（〈自題〉）有《小倉山房詩集》行世。其清新流麗之處，大似誠齋。

〔註54〕見《桐江集》卷三〈跋遜初尤先生尚書詩〉。

茲錄三詩如次：

> 柳絮風吹上樹枝，桃花風送落清池。
>
> 升沈好像春風意，及問春風風不知。（〈偶見〉）
>
> 白日不到處，青春恰自來。
>
> 苔花如米小，也學牡丹開。（〈苔〉）
>
> 正月東風柳未芽，一庭梅影雪橫斜。
>
> 重他身份緣何事？只爲能開冷處花。（〈梅〉）

五、郭　麐

郭麐，字祥伯，號頻伽；吳江才子。清嘉慶間，以詩名吳、越。爲詩自抒其情，不屑屑於流派，而對誠齋極嚮慕。嘗題《誠齋詩集》曰：「嘔心怵腎更雕肝，走盡詩家十八盤；活句未應無法在，當時元不要人看。」〔註55〕著有《靈芬舘詩集》。其寫景詠物，頗得誠齋活法。茲錄二詩如後：

> 小憇人家屋後池，綠楊風軟一絲絲。
>
> 輿丁出語太奇絕，安得樹陰隨腳移？（〈真州道中絕句〉）
>
> 飛鳥欲何去？翼然乘遠方。
>
> 夕陽方在半，忽墮亂流中。（〈登吳山望江〉）

除上述諸人外，他如宋之姜夔、王邁、方岳、項安世，「永嘉四靈」，元之李屏山，明之袁宏道，清之呂留良、查愼行、江湜、金張等，皆有當時名而效誠齋者，茲不備述。〔註56〕

〔註55〕見《靈芬舘詩集》二集卷二〈丹叔手鈔誠齋詩集竟校讎一過輒書其後即用誠齋體〉。

〔註56〕今人錢鍾書云：「作詩學誠齋，幾乎出藍亂眞者，七百年來，唯有江弢叔。」（《談藝錄》）江詩未見。

第六章　結　語

　　誠齋一生，力學不倦，淹貫百家；操履端方，氣節凜然；故文學政事，兩俱有聲。乃年愈高而詩愈進，位愈退而名愈顯；享八秩之遐齡，負朝野之重望；於古今詩人中，亦罕覯矣。

　　誠齋於文章兼擅眾體，詩、詞固無論矣，即辭賦、奏議，亦傳誦士林。其〈浯溪〉一賦，宋之岳珂、元之劉壎，皆許爲奇絕。〔註1〕其奏議之文，則歷代舉子視爲瓌寶，宋、元、明屢有刊本。〔註2〕

　　誠齋之詩論，除《詩話》一書外，另散見於序、跋、函牘中。《詩話》所云，似爲初學而發；而序、跋、函牘所言，則爲較高層次之理論。二者經爬梳排比，其詩論已規模大具，燦然可觀。（詳第三、四章）近人朱東潤云：「《誠齋詩話》不知作於何時，以其中論用字一則言之，度當在壬午以前，誠齋詩體未大變之時；原文所稱，尙不脫鍊字習氣也。」〔註3〕此說恐未爲是。蓋誠齋教人作詩，皆示以正常之律度。〔註4〕在學者言，所謂學不躐等，守正而後知變；在誠齋言，則大匠教人以規矩，而不能使之巧也。

〔註1〕見岳珂撰《桯史》卷三，劉壎撰《隱居通議》卷四。
〔註2〕詳第二章第五節第二目《誠齋先生文膾》。
〔註3〕見朱氏撰《中國文學批評史大綱》，台灣開明書店，頁164。
〔註4〕詳第四章第一節。

　　誠齋之詩，一空依傍，自闢天地。宋承唐代之後，其詩數變，而誠齋又在「江西」之外，另陳一新面貌。並世詩人對誠齋詩之評騭，今可見者，皆為褒詞：

　　張鎡曰：「筆端有口古來稀，妙悟奚煩用力追。」（《南湖集》卷六〈誠齋以南海、朝天兩集詩見惠，因書卷末〉）

　　姜特立曰：「巨編固已汗牛積，長句猶能倚馬成。今日詩壇誰是主？誠齋詩律正施行。」（《梅山續稿》卷一〈謝楊誠齋惠長句〉）

　　陸游曰：「人言誠齋詩，浩然與俱東。字字若長城，梯衝何由攻？我望已畏之，謹避不欲逢。」（《劍南詩稿》卷五十三〈謝王子林判院惠詩篇〉）

　　周必大曰：「誠齋詩名牛斗寒，上規大雅非小山。」（「周益國文忠公集」《省齋文稿》卷五〈奉新宰楊廷秀攜詩訪別，次韻送之〉）又：「誠齋家吉水之湴塘，執詩壇之牛耳。」《平園續稿》卷八〈跋楊廷秀贈族人復字道卿詩〉）

　　項安世曰：「雄吞詩界前無古，新創文機獨有今。」（《平菴悔稿》卷五〈題劉都監所藏楊祕監詩卷〉）

　　趙蕃曰：「甘能膏齒頰，清且醒肺腑。詎須割蜂房，底用煎茗乳？」（《章泉稿》卷一〈雪中讀誠齋荊溪諸集，成古詩二十韻奉寄〉）

　　葛天民曰：「生機語熟却不俳，近代獨有楊誠齋。才高萬古付公論，風月四時輪好懷。知公別具頂門竅，參得徹兮吟得到；趙州禪在口皮邊，淵明詩寫胸中妙。」（《葛無懷小集・寄楊誠齋》）

　　劉克莊曰：「歐陽公屋畔人，呂東萊派外詩。海外咸推獨步，江西橫出一枝。」（《後村先生大全集》卷三十六〈題誠齋像二首〉）

他如姜夔、袁說友、韓淲、王邁等，對誠齋亦稱譽有加，眾口一詞。終南宋之世，竟無訾議之者；誠齋詩為時流賞嗜，於此可見。則姜特立稱其為詩壇盟主，周必大謂其「執詩壇之牛耳」，諒屬事實，非為諛詞也。

迄至金、元，誠齋詩仍享譽不衰，如李屏山謂其「活潑剌底，人難及也。」方回稱其「時出奇峭，然無一語不天成」。李治謂其「句句入理」。惟陳櫟曰：「楊誠齋亦間氣所生，何可輕議？其詩文有無限好語，亦有不愜人意處。」〔註5〕

至明代時，則已毀譽參半：

李東陽曰：「楊廷秀學李義山，更覺細碎。」（懷麓堂詩話）

何良俊曰：「楊萬里……諸人之詩，雖則尖新，太露圭角，乏渾厚之氣；然能鋪寫情景，不專事綺繢；其與但爲風雲月露之形者，大相逕庭，終在元人上。」（《四友齋叢說》卷二十五）

胡應麟曰：「楊、范矯宋而爲唐，舍其格而逐其詞，故綺縟閨闥而遠丈夫。」「南渡諸人詩尚有可觀者，如尤、楊、范、陸，時近元和。」（《詩藪》外編卷五）

有清一代貶之者眾，褒之者似較寡：

呂留良曰：「後村謂誠齋天分也似李白；蓋落盡皮毛，自出機杼。古人之所謂似李白者，入今之俗目，則皆俚嗲也。」（《宋詩鈔》）

袁枚曰：「誠齋一代作手，……其天才清妙，絕類太白。瑕瑜不掩，正是此公眞處。」「詩有音節清脆，如雪竹冰絲，非人間凡響：在唐則青蓮一人，而溫飛卿繼之；宋有楊誠齋。」（《隨園詩話》卷八、九）

陳訏曰：「楊誠齋矯矯拔俗，魄力又足以勝之，雄傑排奡，有籠挫萬象之慨，攀韓頡蘇宜也。」（《宋十五家詩選》）

潘定桂曰：「每於人巧俱窮處，直把天公掇拾來。餐到韭荓驚異味，陶成瓦礫亦詩材。」（《楚庭耆舊遺集》後集卷十九〈讀楊誠齋詩集九首〉）

他如謝啓昆、郭麐、延君壽等，亦盛稱之。貶之者如：

葉燮曰：「宋人富於詩者，莫過於楊萬里、周必大，此兩人所作，

〔註5〕諸人語分見劉祁撰《歸潛志》卷八，方回撰《桐江集》卷三〈跋遂初尤先生尚書詩〉，李治撰《敬齋古今黈》卷八，陳櫟撰《勤有堂隨錄》。

幾無一首一句可采。」(《原詩》外篇)

沈德潛曰:「楊誠齋積至二萬餘,……然排沙簡金,幾於無金可簡,亦安用多爲哉!」(《説詩晬語》卷下)

翁方綱曰:「若誠齋以輕儇佻巧之音,作劍拔弩張之態;閲至十首以外,輒令人厭不欲觀,此眞詩家之魔障。」(《石洲詩話》卷四)

他如賀裳、朱彝尊、田雯、愛新覺羅弘曆、紀昀、王昶、全祖望、李慈銘等,亦皆同聲訶詆。

入民國後,則陳衍、錢鍾書、樊增祥、鄭孝胥等,對誠齋多所稱揚。

陳衍曰:「作白話詩當學誠齋,看其種種不直致法子。」(《宋詩精華錄》卷三) 〔註6〕

錢鍾書曰:「人所未言,我能言之;誠齋之化生爲熟也。」(《談藝錄》)

綜上觀之,歷代對誠齋詩之評騭,有譽之極至者,亦有毀之極至者,形成極端之兩面。在吾國詩史上,集極譽與極毀於一身之詩人,當無如誠齋者。然明代以降,誠齋之詩名,每下愈況;「誠齋諸集孤行天壤數百年,幾乎索解人不得。」 〔註7〕 何以致此?自不能無因。蓋南宋時人,對「江西派」艱澀生僻、乏情寡味之風,已漸生厭,而有求變之心;及誠齋出,擺脱恆蹊,易之以明暢平熟及幽默風趣,兼以晚唐風致爲倡,足以新人耳目,並世詩家遂群相歸趨,尊爲泰斗。復以其節概風義,爲世所仰,文以人貴,則或有一二心非之者,亦噤不出聲矣。逮乎明季,前後七子倡言復古,標舉格調,主張文必秦漢,詩必盛唐,而誠齋之受折抑,勢不能免矣。入清後,詩人或宗唐,或尊宋,或言格調,或主神韻,或標性靈,或倡肌理;門戶既立,臧否自異。當其心者,則舉之於雲衢;忤其意者,欲墜之於九淵。如誠齋

〔註6〕陳氏編選《宋詩精華錄》,收東坡詩最夥;次則爲誠齋詩,達五十五首之多。

〔註7〕語見錢鍾書撰《談藝錄》。

已焚及輯存之詩，數共五千餘首，而沈德潛乃曰「二萬餘」；為掊擊先賢，至不恤造作事實，設詞欺人，人心之不平如此，良可慨已！猶有說者：放翁詩名，當時不若誠齋，然其詩直抒忠愛，善為悲壯，梁任公贊之曰：「集中十九從軍樂，亙古男兒一放翁！」（〈讀陸放翁詩〉）而明、清兩代，異族侵凌，山河變色，士大夫悲憤屈辱之情，唯藉誦放翁詩以自解，誠齋詩遂庋諸高閣矣。然則陸、楊二家盛衰之迹，抑亦運會攸關乎！雖然，誠齋詩薰蕕並陳，瑕瑜不掩，亦不容諱。紀昀曰：「（誠齋）雖沿江西詩派之末流，不免有頹唐粗俚之處，而才思健拔，包孕萬有，自為南宋一作手，非後來四靈、江湖諸派可得而並稱。」（《四庫全書總目提要》）堪謂持平之論。

近人所著文學史，對誠齋之論述，或言其流派，或品其風格，皆三數語而盡；所見非不允愜，然未得其全貌。夫詩至南宋，能事已盡，而誠齋深造獨悟，別為一格；又兼備眾體，富於篇什；復有名篇佳句足以傳世；除創作外，兼有理論；而其詩論與詩風，不獨籠罩當世詩壇，且影響於後世；則其在文學史上，自應雄據一席之地，豈沈、翁等信筆誣謗，可得而撼之哉！

重要參考書目

1. 《誠齋集》　楊萬里　台灣商務印書館
2. 《誠齋詩集》　楊萬里　台灣中華書局
3. 《楊誠齋全集》　楊萬里　舊鈔本（三種）
4. 《楊萬里選集》　周汝昌　河洛出版社
5. 《宋史》　脫脫等　鼎文書局
6. 《宋史新編》　柯維琪　新文豐出版公司
7. 《宋史翼》　陸心源　文海出版社
8. 《宋史紀事本末》　陳邦瞻輯　鼎文書局
9. 《南宋書》　錢士升　日本進修館刊本
10. 《皇宋中興兩朝聖政》　不著撰人　文海出版社
11. 《建炎以來繫年要錄》　李心傳　台灣商務印書館
12. 《宋人軼事彙編》　丁傳靖　台灣商務印書館
13. 《鶴林玉露》　羅大經　新興書局
14. 《貴耳集》　張端義　廣文書局
15. 《楊萬里范成大卷》　不著撰人　明倫出版社
16. 《宋人生卒考示例》　鄭師騫　華世出版社
17. 《江西通志》　陶成等　雍正十年刊本
18. 《江西通志》　趙之謙等　光緒七年刊本
19. 《吉安府志》　朱承陶等　乾隆四十一年刊本
20. 《吉安府志》　劉繹等　光緒元年刊本

21.《吉安府志》　歐陽主生等　順治十七年刊本

22.《大明一統志》　李賢等　百成書店

23.《中國疆域沿革史》　史念海　史地研究社

24.《楊氏大族譜》　楊金國等　新遠東出版社

25.《楊萬里年譜簡編草藳》　崔驥　江西教育第十九期

26.《四庫全書總目》　紀昀等　藝文印書館

27.《四庫全書總目提要辨正》　余嘉錫　藝文印書館

28.《文心雕龍》　劉勰　粹文堂

29.《詩品》　鍾嶸　世界書局

30.《文鏡秘府論》　遍照金剛　河洛出版社

31.《詩人玉屑》　魏慶之　九思出版社

32.《漁隱叢話》　胡仔　廣文書局

33.《瀛奎律髓》　方回　明成化三年紫陽書院本

34.《詩藪》　胡應麟　廣文書局

35.《箋注隨園詩話》　袁枚　鼎文書局

36.《石洲詩話》　翁方綱　廣文書局

37.《說詩晬語》　沈德潛　藝文印書館

38.《石遺室詩話》　陳衍　台灣商務印書館

39.《陳石遺先生談藝錄》　黃曾樾編　北平中華書局

40.《談藝錄》　錢鍾書　明倫出版社

41.《百家詩話總龜》　阮一閱　廣文書局

42.《詩話叢刊》　日本近藤元粹等　弘道文化公司

43.《歷代詩話》　何文煥　藝文印書館

44.《續歷代詩話》　丁仲祜　藝文印書館

45.《清詩話》　丁仲祜　藝文印書館

46.《百種詩話類編》　臺師靜農　藝文印書館

47.《宋詩話輯佚》　郭紹虞　華正書局

48.《中國詩律研究》　王力　文津出版社

49.《詩詞散論》　繆鉞　開明書店

50.《全唐詩》　盤庚出版社

51.《宋詩鈔》　呂留良等　世界書局

52. 《宋詩紀事》　厲鶚　台灣中華書局

53. 《宋詩精華錄》　陳石遺評點　廣文書局

54. 《黃山谷詩集注》　任淵等注　世界書局

55. 《胡澹菴先生文集》　胡銓　漢華文化公司

56. 《南湖集》　張鎡　台灣商務印書館

57. 《后村先生大全集》　劉克莊　台灣商務印書館

58. 《桐江集》　方回　台灣商務印書館

59. 《桐江續集》　方回　台灣商務印書館

60. 《小倉山房詩集》　袁枚　台灣中華書局

61. 《中國文學批評史》　郭紹虞　明倫出版社

62. 《中國文學批評史》　羅根澤　龍泉書屋

63. 《中國文學批評史》　陳鍾凡　龍泉書屋

64. 《中國文學批評》　方孝岳　廣城出版社

65. 《中國文學批評史大綱》　朱東潤　開明書店

66. 《中國文學發展史》　劉大杰　華正書局

67. 《中國詩論史》　鈴木虎雄　台灣商務印書館

68. 《宋詩概論》　嚴恩紋　華國出版社

69. 《宋詩概說》　吉川幸次郎　聯經出版社

70. 《宋詩派別論》　梁昆　台灣商務印書館

71. 《南宋文學批評資料彙編》　張健　成文出版社

72. 《宋代詩家呂本中研究》　歐陽炯　本社